BASTEI
LÜBBE

Primula Bond

Die Qual der Wahl

Erotischer Roman

Ins Deutsche übertragen von

Sandra Schmitz

BASTEI LÜBBE TASCHENBUCH
Band 15 259

1. Auflage: Januar 2005

Deutsche Erstveröffentlichung
Titel der englischen Originalausgabe:
Country Pleasures

Dieses Werk wurde vermittelt durch die
Literarische Agentur Thomas Schlück GmbH, 30827 Garbsen
Umschlaggestaltung: Bianca Sebastian
Titelabbildung: getty images
Satz: SatzKonzept, Düsseldorf
Druck und Verarbeitung:
Maury Imprimeur, Frankreich
Printed in France
ISBN 3-404-15259-X

Sie finden uns im Internet unter
www.luebbe.de
www.bastei.de

Der Preis dieses Bandes versteht sich einschließlich
der gesetzlichen Mehrwertsteuer.

Erstes Kapitel

Der Regen klatschte gegen die Fenster. Das alte Reethausdach triefte, und es sah so aus, als wollte das Wasser unter den Türen durchsickern. Der Wind zerrte an allen losen Balken, die er finden konnte, er heulte um die Ecken, und wenn er sich legte, dann nur, um heftigen Schauern Platz zu machen.

Janie konnte es kaum glauben. Himmel, es war Juli. Dies sollte ihr Sommerhaus sein, sanft an einen Hügel im südlichen Devon geschmiegt. Ihr kam es mit den Rosen- und Efeuranken eher wie ein Hexenhaus vor. Von der Straße war das Haus gar nicht zu sehen – ein perfektes Versteck.

Sie hatte sich vorgestellt, nackt im Garten zu tollen, verborgen hinter Bäumen und Büschen, Cocktails zu trinken und nackt im Meer zu baden. Das ideale Ambiente, um ihr Leben neu zu ordnen und gestärkt ins nervende Berufsleben zurückzugehen.

»Haben wir Holzscheite, um Feuer zu machen?«, fragte Sally, als sie im Wohnzimmer mit der niedrigen Balkendecke saßen. »Und gibt es Wärmflaschen? Ich habe kein Gefühl mehr in den Zehen, dabei bin ich erst seit ein paar Stunden hier.«

Janie wandte sich vom Fenster ab. Sie hatte gerade beobachtet, wie die Blütenblätter der Rosen unter dem Gewicht des Regens abfielen.

Sally hockte vor dem leeren Kamin und lauschte einer der wenigen CDs (Jazz und Klassik), die sie neben der

Hi-fi-Anlage gefunden hatte. Sie grübelte über den Niedergang ihrer Karriere und leckte die Wunden eines angeschlagenen Selbstbewusstseins. Wie immer hatte sich Janie eingeschaltet und beschlossen, dass die Freundin Ruhe und Entspannung brauchte, und die sollten sie beide hier in Devon finden.

Seit ihrer Schulzeit war Janie die inoffizielle Therapeutin Sallys gewesen. Sie waren völlig gegensätzlich, was wahrscheinlich der Grund war, dass ihre Freundschaft so lange hielt. Janie war eine verträumte Bohemienne, und Sally verließ sich auf sie, jedenfalls mehr als auf ihre forschen Freundinnen aus der Londoner City. Und wenn jemand sie aus ihrer Krise führen konnte, dann war es Janie.

»Ich werde damit schon fertig, Janie, ganz egal, was sie schreiben«, hatte Sally eine Woche zuvor behauptet und auf die Wirtschaftsseiten der Zeitungen gewiesen, die auf dem Tisch des Cafés in der Portobello Road lagen. Sie saßen in der Sonne und hatten sich gezwungen, die hämischen Artikel über Sally, ›die kleine Blonde‹, zu lesen, die versucht hatte, den Markt im Sturm zu erobern.

»Diesmal haben sie mich ausgetrickst. Diese Schweine haben gegen mich gearbeitet, vor allem der Bastard Jonathan Dart. Ich habe ihn erst vor sechs Monaten eingestellt, und noch bevor ich geradeaus schauen konnte, hatte er seine Finger in meinem Höschen, und danach hat er mich kalt abserviert. Dabei hatte ich nichts dagegen, mehr als seine Finger im Höschen zu fühlen.«

»Jetzt hör aber auf!« Janie warf die Zeitungen auf den Gehweg und drückte eine Hand auf Sallys Mund.

»Genug. Kein Wort mehr über Politik, Jonathan und Höschen.«

»Aber ich hatte wirklich nichts dagegen«, beharrte Sally, nachdem sie sich von der Hand der Freundin befreit hatte. »Doch dann stellte sich heraus, dass ich mit dem Feind schlief! Als ich es erfuhr, war es wie ein Blitz aus heiterem Himmel. Ich war überhaupt nicht darauf vorbereitet.«

»Ich sagte, du sollst damit aufhören. Männer sind kein Thema mehr.«

»Auch richtige Hengste nicht? Ich meine, richtige Hengste in Nadelstreifen und mit dicken Lunchpaketen?«

»Gerade die nicht«, konterte Janie. »Höre mir endlich mal zu. Du hast keinen Job mehr, stimmt's?«

»Okay, das brauchst du mir nicht ständig unter die Nase zu reiben«, knurrte sie wütend und griff in ihre Handtasche. »Wo ist mein Lippenstift?«

»Also hast du jetzt ein paar Tage Zeit, oder? Und ich schätze, du hast auch eine hübsche Abfindung herausgeholt.«

»Ja, ziemlich üppig sogar.« Sally grinste und zog die Lippen nach. Sie hob die Stimme und setzte sich aufrecht hin, während der Kellner an ihrem Tisch vorbeihuschte. »Damit kann ich ein paar Wochen Karibik finanzieren. Raus aus diesem Rattenloch. Können wir die Rechnung haben, bitte?«

»Die Karibik kannst du vergessen.« Janie hustete, als draußen ein Motorrad vorbeiknatterte. »Fahre mit mir zu Bens Cottage. Ich gehe sowieso – es kostet nichts, weil ich ihm versprochen habe, ein paar Wände anzustreichen. Außerdem werde ich ein Auge auf seine anderen Häuser in der Gegend haben und nachschauen, ob irgendwo Reparaturen erforderlich sind.«

»Ich will von Arbeit nichts mehr hören«, sagte Sally seufzend. Sie hielt eine Fünf Pfund Note für den Kellner in der Hand und hatte ihre Handynummer auf den Kassenzettel geschrieben. »Arbeit ist kein Thema mehr für mich.«

»Ist auch nicht nötig. Du kannst faulenzen, deine Wunden lecken, dir einen Salat reinziehen und eine Flasche Wein öffnen. Ich würde mich über deine Gesellschaft freuen. Es ist ziemlich ruhig da unten, besonders, nachdem die schielenden Nachbarn schräg gegenüber an der Pest oder so gestorben sind. Jedenfalls sind sie nicht mehr da. Deshalb kannst du niemandem deine Möpse unter die Nase halten, Sally. Sally!«

Sally streckte ihre Zunge heraus und sah Janie unter flatternden Wimpern an. »Ja, ja, ich höre zu. Therapeutische Ruhekur im Niemandsland. Keine Geschäfte, keine Bars, keine Männer. Darling, was für eine wunderbare Idee!«

Sie schob den Stuhl zurück und stand auf. Sie stellte einen Fuß auf den Sitz, hob die Hände und versuchte, die ungebändigten Haare mit einem Kamm einzufangen. Ihr ausgefranster Minirock rutschte die Schenkel hoch und umspannte nur noch knapp ihre runden Backen.

Im Schatten, den der Rock auf die Schenkel warf, konnte man einen Blick auf Sallys goldene Schamhaare erhaschen, und weil sie auf einem Bein herumzappelte, konnte man auch sehen, wie sich die Labien leicht öffneten. Der magentafarbene Schlitz bot sich einen kurzen Moment dar.

Im Café drehten sich einige Köpfe um, und der Kellner schlug verärgert mit der flachen Hand auf die Kasse, weil er nicht alles gesehen hatte. »Übrigens – von welchem Höschen hast du gesprochen?« Janie zupfte an Sallys engem Rock. »Du hast eben gesagt, Jonathan hätte dir ins Höschen gefasst.«

»Ja, und?« Sally nahm den Fuß vom Sitz, aber machte sich nicht die Mühe, den Rock nach unten zu ziehen, er bedeckte den Schoß nur äußerst knapp. Sie beugte sich über den Tisch, um ihre Handtasche an sich zu ziehen – der kleine Rock hätte genauso gut nach Hause gehen können. Sallys weiße Backen waren völlig entblößt. Trotzige blonde Härchen rahmten ihre Pussy ein.

»Du trägst doch nie ein Höschen!«

Die Frauen kicherten, und in dieses Kichern klingelte Sallys Handy. Sally klappte es auf und hörte zu, wobei sie zum Kellner schaute, der sich lässig an die Theke lehnte und in sein Handy sprach. Sie fuhr sich mit der Zunge langsam und sehr sinnlich über die Lippen.

»Okay, dann sehen wir uns in Devon«, sagte sie ins Handy, zwinkerte Janie zu und stieß mit der Hüfte gegen den Stuhl am Nachbartisch, wodurch ihr Rock noch höher geschoben wurde. Sie schritt an den gaffenden Leuten vorbei und auf ihren wartenden Bewunderer zu.

Jetzt saß Sally geduckt auf einem der geblümten Sofas im Wohnzimmer, um sich herum die verstreut liegenden Bücher und Zeitschriften. Sie rieb sich die Hände, als stünde sie im eiskalten Sturm, und blies in ihre Teetasse.

»Hier, zieh das an, wenn dir kalt ist«, rief Janie und warf einen dicken Pullover durchs Zimmer. »Oben im Schrank habe ich viele von Bens Pullovern gefunden.«

»Wunderbar«, schnatterte Sally. »Phantastisch, wie dick seine Pullover sind. Sie duften nach Seife und Wolle.

Ich wette, als Kind hast du immer seine Klamotten tragen wollen.«

»Du hast absolut keine Ahnung«, murmelte Janie. »Ich war damals die kleine Nervensäge, die nicht nach Hause gehen wollte, wenn er und sein hässlicher Freund Jack Cowboy und Indianer spielten.«

»Cowboy und Indianer? Wie süß. Bestimmt hätten sie dich gern als Squaw in ihr Spiel einbezogen, wenn ihr alle mehr Phantasie gehabt hättet.« Sally legte den Kopf schief. »Sie hätten dich dabei erwischen können, wie du ihnen nachspionierst, und dann hätten sie dich fesseln und mit dem Lasso an den Marterpfahl binden können. Das ultimative Phallussymbol. Drüben im Garten hätte er gut hingepasst, hinter den Buchen. Da hätten ihn selbst die Eltern nicht bemerkt. Stell dir vor, wie die Jungs um dich herum tanzen, wie sie ihre Tomahawks schwingen. Sie drohen, dich den Göttern zu opfern, aber dann begnadigen sie dich, sie binden dich los und zerren dich in ihr Tipi, und dort schenken Häuptling Pochender Pinsel und sein Gehilfe Flinke Zunge dir ihre volle Aufmerksamkeit.«

Janie prustete los. »Deine Phantasie geht mit dir durch, Sally. Unsere Kindheit wurde von Enid Blyton geprägt und nicht von Linda Lovelace.«

»Was schert mich die Wirklichkeit? Denk doch nur mal an die verpassten Möglichkeiten.« Sally kniete sich aufs Sofa und spielte die Szene in Gedanken durch. »Sie haben dich mit deinem eigenen Lasso gefesselt, du liegst hilflos und nackt auf dem Bärenfell – aber wenigstens gab es ein Feuer im Wigwam, was man von diesem Bau hier nicht sagen kann.«

»Ich werde mich beim Management beschweren.«

»Die beiden knien neben deinem geschmeidigen jungen Körper, einer an deinem Kopf, der andere zu deinen Füßen. Für sie ist es auch was Neues, und sie wechseln sich ab, erforschen dich mit Händen und Lippen, mit Zunge und Zähnen. Jeden Quadratzentimeter deines Körpers nehmen sie sich vor, sie streicheln deine Haut, nagen an dir herum und küssen und saugen ...«

»Wollen sie mich nicht im großen Topf weich kochen?«

»Dummkopf! Du wälzt dich die ganze Zeit auf dem Bärenfell herum und strengst dich an, deine Beine geschlossen zu halten, aber gleichzeitig willst du auch von deinen Fesseln befreit werden, damit du dich revanchieren kannst ...«

»Hör auf!« Janie warf mit einer Zeitschrift nach Sally. Sie errötete, als sie sich das Bild ausmalte: sie und die beiden großen Jungen, dicht zusammen im Wigwam. »So etwas ist nie geschehen.«

»Na, gut, wenn dir meine Phantasie nicht gefällt, dann behalte ich sie für mich.« Sally zog einen Schmollmund.

»Wir waren doch nur einfältige Kinder. Die Jungen waren mehr daran interessiert, sich gegenseitig Wunden zuzufügen, damit sie Mut und Schmerzgrenzen ausloten konnten, statt mich als Sexspielzeug einzusetzen. Zum Glück wussten sie nicht, dass ich in sie verknallt war.«

Janie ging hinüber in die Kaminecke und sah ihr Bild im blinden Spiegel. Sie drehte zwei lange Haarsträhnen zu Zöpfen.

»Was hast du von einem Schwarm, wenn nichts dabei herauskommt, Minihaha?«, fragte Sally. »Du musst über die Männer herfallen, die du haben willst, oder du musst sie wenigstens wissen lassen, dass du scharf auf sie bist. Das ist jedenfalls meine Taktik. Aber du bist nie so eine schamlose Schlampe gewesen wie ich, nicht wahr? Dabei könntest du die Rolle fabelhaft spielen mit deinen dunkelroten Haaren und den schräg stehenden Augen. Es fehlt nur noch der Federschmuck im Haar und ein kesses Kleidchen aus Büffelfell.«

»Du hast gut lachen«, sagte Janie. »Uns zu verkleiden ist vielleicht unsere einzige Unterhaltung, bis der Fernseher repariert ist. Komm jetzt, hebe deinen Arsch hoch und hilf mir bei der Suche.«

Sally verzog das Gesicht. »Wobei soll ich dir helfen?«

»Holzscheite schleppen, elektrische Heizöfchen auftreiben, Monopoly suchen, Kartenspiele ...«

»Vibratoren?«

»Als ob ein gestandener Mann in seinem Wochenendhaus Vibratoren aufbewahren würde.«

»Du nimmst ihn immer in Schutz, nicht wahr?«, monierte Sally und erhob sich schwerfällig vom Sofa. »Ich habe noch kein böses Wort über ihn gehört.«

»Ich sagte doch nur, dass Vibratoren ...«

»Sag's nicht. Er ist der wandelnde Vibrator. So gut bestückt, dass seine Freundinnen es gar nicht nötig haben, ein Spielzeug für ihre Lust mitzubringen.«

»Ich habe keine Ahnung von seinem Sexleben«, sagte Janie prüde. »Wir haben uns oft gesehen, damals, als im Sommer die ganzen Verwandten kamen, aber jetzt bleiben wir meist über E-Mail in Kontakt. Ich habe ihn schon seit Jahren nicht mehr gesehen.«

Janie ging in den kalten Flur und riss die Schranktüren unter der Treppe auf.

»Und er hat nichts dagegen, dass wir in sein Haus einfallen, während er Urlaub macht?«, fragte Sally, folgte der Freundin und hockte sich neben sie.

»Nein, hat er nicht. Er ist froh, dass sein Haus bewohnt ist, und schau dich doch mal um. Das Haus braucht mehr als ein bisschen frische Farbe. Ich wette, er hat seit zehn Jahren nicht mehr renoviert. Jetzt braucht das Haus eine Generalüberholung.«

»Ich werde wohl nicht viel von dir in diesem Urlaub haben, was? Ich meine, wenn du von morgens bis abends den Pinsel schwingst?«

»Aber du bist doch zum Entspannen hier. Ich werde das ganze Haus sowieso nicht renovieren können. Jedenfalls nicht allein. Ich muss mit ihm reden, dass er ein paar Maurer engagiert.«

Sally schob Janie zur Seite und starrte in die Abstellkammer. »Das ist wie in einem Roman von Noel Coward – Tennisschläger, Krockuettore, Sonnenschirme. Und was ist dieses Ding hier?«

Eine Ansammlung von Metallstäben purzelte über den Boden.

»Ich glaube, daraus kann man eine Schaukel für den Garten bauen«, murmelte Janie und schob die Einzelteile in die Plastikhülle zurück. »Wenn man sich seinen Fundus ansieht, sollte man meinen, hier scheint immer die Sonne.«

Sally wanderte den Flur entlang und in ein anderes kleines Zimmer auf der Rückseite des Hauses. »Nicht unbedingt«, rief sie. »Er hat hier ein hübsches Büro eingerichtet. Man kann den ganzen Winter hier verbringen, wenn man genug Vorräte rangeschafft hat. Er kann seine Geschäfte von diesem Büro aus abwickeln, oder er kann ein Buch schreiben.«

»Aber Ben sitzt keine fünf Minuten still«, wandte Janie ein, als sie der Freundin gefolgt war, die neugierig das Büro inspizierte. »Mich überrascht der Computer und das auch sonst gut ausgestattete Büro. Ich dachte immer, er hält sich nur zwei oder drei Mal im Jahr hier auf.«

»Er mag ja dein Held sein, Minihaha, aber ich glaube, da gibt es noch eine Menge, was du über ihn erfahren musst. Vielleicht lenkt er von hier aus ein geheimes Unternehmen, weit weg von den kritischen Augen von Interpol und der Steuerfahndung.«

Janie schloss eine Schranktür und wischte sich Spinngewebe aus den Haaren. »Du hast Recht, es gibt vieles über ihn, was ich nicht weiß. Ich habe nicht einmal eine Ahnung, wie er heute aussieht.«

»Was ist aus seinem hässlichen Freund geworden?«, fragte Sally und ging die Treppe hoch, ihre Tasche in der Hand.

»Jack? Ich habe keinen Schimmer. Das letzte Mal habe ich ihn gesehen, als er oben auf den Klippen auf Möwen schoss und mich nur knapp verfehlte. Damals müssen wir fünfzehn gewesen sein. He, was machst du da?«

Janie sah Sally oben im Zimmer verschwinden. Sie setzte schnell nach, zwei Stufen auf einmal.

»Das große Schlafzimmer für mich«, verkündete Sally und blockierte kichernd die Tür.

»Zu spät«, sagte Janie. »Da habe ich mein Gepäck schon abgestellt. Wenn er will, dass ich den ganzen Sommer hier bleibe, um sein Haus auf Vordermann zu bringen, dann habe ich beim Zimmer die erste Wahl.«

»Aber ich bin dein Gast!«, wandte Sally ein.

»Ja, genau, deshalb steht dir das Gästezimmer zu. Es ist hübsch, schau es dir an.«

Sie gingen gemeinsam zum kleineren Schlafzimmer, in dem ein breites viktorianisches Himmelbett auf Messingpfosten stand, verziert mit vielen spitzenumrandeten Kissen.

»Es ist wirklich hübsch«, sagte Sally. »Aber wer ist für die Dekoration verantwortlich? Seine Mum?«

Sie sahen sich um. Die Vorhänge aus Musselin bauschten sich im Wind ein wenig auf. Draußen gab es einen winzigen Balkon.

»Ja, kann schon sein. Oder seine Schwester. Ich schätze, sie kommt ab und zu vorbei. Jedenfalls sieht die Einrichtung nicht sehr männlich aus, das muss ich zugeben.«

»Vielleicht bringt er seine Freundinnen hierher und besucht sie in der Nacht für eine schnelle Nummer.«

»Hörst du auch mal auf, an Sex zu denken?«, fragte Janie.

»Nein. Vierundzwanzig Stunden, sieben Tage lang. Bist du sicher, dass du es vierzehn Tage lang mit mir aushältst?«

»Nun ja, ich fange an zu zweifeln.«

»Das kann ich gut verstehen, denn ich bin nicht sicher, ob ich zwei Wochen mit mir verbringen möchte, wenn ich völlig frustriert bin – und das werde ich nach den zwei Wochen bestimmt sein.«

»Aber du bist doch hier, um abzuschalten, um dich zu erholen. Um dir eine bessere Welt zu schaffen. Und ich bin hier, um dir dabei zu helfen.«

»Ich werde mein Bestes geben, mich nicht zu benehmen.« Sally quetschte sich an Janie vorbei. »Lass mich jetzt dein Schlafzimmer sehen.«

»Noch nicht. Ich habe mich noch nicht eingerichtet.« Sie schüttelte sich. »Jetzt bin ich es, die friert.« Janie drehte sich um und wollte zur Treppe zurück. »Wir müssen irgendwie das Haus beheizen.«

»Oh! Schau mal da oben! Das wird mein Zimmer!«

Sally lief voller Eifer eine schmale Wendeltreppe hoch. Ben hatte also doch was im Haus verändert. Hier oben war alles neu, sah Janie, als sie zur Mansarde hinaufstieg. Der Raum war wie eine Zuflucht angelegt; die Wände waren schwarz gestrichen, ebenso wie die Dachbalken, die an der Decke sichtbar waren. In das Reetdach war ein riesiges Fenster eingelassen, das zum Meer zeigte. Ein Teleskop stand auf einem Stativ und war zum Himmel gerichtet.

»Das war früher der Speicher«, sagte Janie. »Er muss ihn irgendwann ausgebaut haben.«

»Du brauchst dir nur auszumalen, welchen Spaß du hier oben haben kannst. Besonders mit diesem Teleskop.« Sally schaute hindurch, schüttelte es ungeduldig und gab auf. Sie warf ihre Tasche auf die Patchworkdecke, die auf dem niedrigen chinesischen Bett lag, das so aussah, als wäre es ursprünglich mal ein Floß gewesen. »Sehr gemütlich«, sagte sie, »alles sieht so aus, als wäre dein Vetter Ben noch hier. Ich meine, irgendwie komme ich mir wie ein Eindringling vor.«

»Dummkopf, er weiß doch, dass wir hier sind.«

»Ja. Aber was tut er allein hier oben? Glaubst du, er feiert Orgien? Ich meine, genug Platz hat er ja.«

Janie nahm Sally am Arm und führte sie zurück zur Wendeltreppe. »Er entspannt sich und hängt in aller Ruhe ab. Nicht jeder hat so schmutzige Phantasien wie du.«

Der Wind fegte besonders laut durch die Haustür, als sie unten ankamen. Stöhnend und ächzend schoben die jungen Frauen ein paar elektrische Öfen, die sie in den Besenkammern gefunden hatten – ebenso wie einen verstaubten Karton mit einem Trivial Pursuit sowie ein Schachbrett –, ins Wohnzimmer.

»Puh, jetzt riecht es hier wie in einer Gruft.« Sally kräuselte die Nase. Die Elektroöfen sonderten Staubgeruch ab. »Ich schätze mal, dein Ben hat keine Putzfrau. In meiner Londoner Wohnung habe ich eine, die jede Woche gründlich säubert. Wenn sie fertig ist, kann ich mich sogar im Bronzegriff der Duschtür spiegeln.«

»Willkommen im wahren Leben, *mademoiselle*«, sagte Janie, rieb ihre Hände über dem Heizgerät und sah sich im Zimmer um. Jetzt wirkte alles schon viel gemütlicher. »Keine Putzfrau, keine Köchin. Aber gefällt dir wenigstens das Ambiente, nachdem es jetzt wärmer geworden ist?«

Sally schlang die Arme um ihren Körper. Die Hände verschwanden in den weiten langen Ärmeln des viel zu großen Pullovers. Sie lief eine Weile auf der Stelle, dann setzte sie sich aufs Sofa, das sie schon als ihren Stammplatz betrachtete. »Absolut«, sagte sie. »Wenn es bewohnbar ist, wird aus dem Haus ein wahrer Schatz.«

»Heißt das, wir brauchen in diesem scheußlichen Wetter nicht hinauszugehen, um Holzscheite zu suchen?«

»Später vielleicht. Für den Moment will ich es dir ersparen. Doch der Kamin sieht wie tot aus ohne Feuer, findest du nicht auch?«

Janie wechselte die CD und genoss den Moment der Stille. »Trivial Pursuit?«, fragte sie nach einer Weile.

»Dame?«

»Wir haben schon genug Damen hier.«

Das Heulen des Winds fassten beide als Zustimmung auf.

»Ich weiß, was uns das Herz wärmt.« Sally schnäuzte sich in ein rosa Taschentuch und sah sich im Wohnzimmer um.

»Du hast von deinem Häuptling geträumt und eine große Überraschung für ihn geplant. Ben und ein weiterer strammer Krieger werden jeden Moment zu uns in den Wigwam stürmen, die Lendenschurze leicht angehoben, die Tomahawks angriffslustig in den Händen. Sie haben es auf unsere Körper abgesehen.«

»Ein bisschen weit hergeholt«, sagte Janie ernüchternd. »Ich habe dir doch gesagt, dass wir hier eine männerfreie Zone haben. Ben arbeitet in Amsterdam, glaube ich. Er würde natürlich sofort kommen, wenn er wüsste, welche Schlampe es auf ihn abgesehen hat. Ich schätze, ich werde Ben vor dir schützen müssen.«

»Du meinst, du willst ihn für dich.«

»Sei nicht albern«, wehrte Janie ab. »Ich setze den Kessel auf.«

»Kessel?«

»Okay, ich öffne eine Flasche von dem Chardonnay, den du mitgebracht hast«, stellte Janie richtig. »Du musst deine ganze Abfindung für die Kisten Wein und Delikatessen ausgegeben haben. Und zur Unterhaltung des Abends wirst du mir erzählen, wie das mit dem Kellner gelaufen ist.«

»Mit welchem Kellner?«, fragte Sally unschuldig.

»Ach, komm schon. Du hast kein Wort über dieses bestimmte Treffen verloren, dabei habe ich doch gesehen, wie heiß du warst, als ich dich vergangenen Sonntag allein im Café zurückgelassen habe.«

Sally lachte und kuschelte sich in die Sofakissen. »Ach, den meinst du. Ich hatte noch gar keine Gelegenheit, über ihn zu sprechen, und außerdem muss ich mich von der Nummer noch erholen.«

»Ich glaube dir kein Wort«, sagte Janie, ging in die Küche, holte den Wein und überlegte, dass sie die Schränke in der Küche am besten in einem sanften Blau streichen sollte.

»Wieso willst du überhaupt was darüber wissen? Ich

denke, du hast das Haus zur männerfreien Zone erklärt.«

»Das schließt doch keine Männergeschichten aus«, stellte Janie klar, als sie mit Weinflasche, zwei Gläsern und einem Sortiment an Snacks ins Wohnzimmer zurückkam. »Also, fang an. ›Es war eine dunkle Nacht und ...‹«

»Na gut, wenn du darauf bestehst. Setz dich hin und höre zu. Aber es war keine dunkle Nacht, das weißt du selbst. Es war ein glühend heißer Nachmittag, es ist nicht mal sieben Tage her, aber ich spüre die Striemen heute noch.« Sallys Stimme klang heiser vor erinnerter Lust. »Also, was du jetzt hören wirst, ist starker Tobak. Cowboys und Indianer ist ein Kinderspiel dagegen.«

»Das möchte ich gern selbst entscheiden.« Janie zog den Korken mit einem ›Plopp‹ heraus, was sich im stillen Haus wie ein Donnerschlag anhörte.

»Nun, zunächst stellte sich heraus, dass der Kellner gar keiner war. Ihm gehört der verdammte Laden. Mir fiel sein Name auf – Rod Mastov. Er besitzt eine Kette von Cafés und Bars im ganzen Land.«

»Rod«, sinnierte Janie. »Guter Name. Besonders, wenn er der Hengst war, den du in ihm vermutet hast. Oder hat er sich sogar als Sugardaddy erwiesen?« Janie schlug die Beine übereinander und griff sich eine Hand voll Erdnüsse.

»Er hat nichts von einem Sugardaddy an sich. Zugegeben, er ist älter, als er in den engen schwarzen Jeans aussieht, aber er ist fit wie ein Floh. Keine zwei Minuten, nachdem du gegangen bist, saßen wir im Taxi.«

»Du hast deinen Charme noch nicht eingebüßt«, murmelte Janie.

»Ich befand mich in einer Notsituation. Nach dem

Ärger in der Firma brauchte ich dringend Sex. Damit kann ich Stress abbauen, verstehst du?«

Janie hob die Schultern. »Ich wäre gar nicht erst auf die Idee gekommen, dass er ein Kandidat für dich sein könnte.«

»Das liegt daran, dass du nie Ausschau hältst. Wach auf und rieche den Duft des Kaffees, Janie. Man kann nie wissen, wohin er dich führt. Es erwischt dich meist, wenn du am wenigsten damit rechnest.«

Janie lachte und zog ein paar Kissen vom Sofa – eins als Sitzunterlage und eins, um es an sich zu drücken. Der Wind rüttelte wieder an Türen und Fenstern, und sie schüttelte sich unwillkürlich.

»Mir ist es egal – selbst wenn Antonio Banderas jetzt draußen stünde und darauf wartet, dass ich rauskomme und mit ihm spiele«, sagte sie. »Ich bleibe hier, wo es endlich etwas wärmer wird.«

»Deshalb wirst du auch nie solche wilden Abenteuer wie ich erleben.«

»Ja, du hast wohl Recht. Ich werde mich damit begnügen müssen, von deinen wilden Abenteuern zu hören.«

»Na, warten wir mal ab. Wo waren wir?«

»Wir fahren mit einem Taxi durch London, Seite an Seite mit einem Windhund von Unternehmer.«

Sally nahm den Faden wieder auf. »Also, wir hätten auch zu Fuß gehen können. Er lebt nur um die Ecke. Aber Taxis haben ihren eigenen Reiz, nicht wahr? Sehr gefährlich und aufregend, mit einem fremden Mann in einem Taxi zu sitzen.«

»Mit deinen hohen Zieh-mich-durch-Absätzen wärst du nicht weit gekommen.«

»Ich weiß. Eigentlich dumm. Die Taxis haben Plastiksitze, wie du weißt, und meine Schenkel klebten am Sitz. Himmel, war das ein heißer Tag. Wenn ich die Beine übereinander schlug, quietschte es unanständig, und mein kurzer Rock rutschte immer höher. Sehr ungalant. Aber er hatte nur Augen für mich, und nach einer Weile fragte ich mich ...«

»... ob sich in seinen engen schwarzen Jeans gar nichts rührte?«, warf Janie ein.

Beide mussten lachen.

»Ja, stimmt, irgend so etwas in dieser Richtung habe ich gedacht. Auf der anderen Seite war ich mir sicher, dass er ein cooler Typ war, verstehst du? Dann spürte ich seinen Finger auf meinem Arm, und ich fuhr auf wie eine Katze, die mit kochendem Wasser übergossen wird.«

Janie gähnte. »Selbst ich hatte schon mal ein Erlebnis, in dem mehr passiert ist als ein Finger auf meinem Arm.«

»Ja, aber vergiss nicht, dass ich absolut ausgehungert war. Seit Jonathan hatte ich kaum mehr als ein Händeschütteln von einem Mann erfahren, mal abgesehen von dem Trip nach Paris, als ich mich unterwegs nackt ausgezogen habe, aber das ist schon Jahre her ... nun ja, zwei Monate.«

»Darüber musst du mir das nächste Mal erzählen, also morgen, wenn das Wetter nicht besser wird.«

»Nein, nein, morgen bist du dran«, forderte Sally. »Meine Geschichte in Paris muss warten. Aber es ist eine heiße Kiste, das kann ich dir schon mal verraten. Jonathan ist bestückt wie ein Pferd. Das Ding steht von seinem Leib ab wie ein ...«

»Wie der Schlagstock eines Gendarms?«

Sally grinste. »Du sagst es. Genau. Man muss ihn sehen, um es zu glauben. Es ist ein Wunder, dass wir überhaupt unsere Arbeit geschafft haben. Paris im Frühling, im frühen Sommer. Hotel mit Balkon, Blick auf die Champs Elysées, und niemand unten in den Straßen sah, dass er es mir von hinten besorgte, während ich mich übers Geländer lehnte.«

»Ich dachte, du willst dir diese Geschichte aufsparen«, sagte Janie.

»Ich musste das los werden, sonst wäre ich noch geplatzt. Das soll dir nur klar machen, wie erregt ich war, als ich neben Rod im Taxi saß. Ich meine, nach meinem Zölibat. Wie gesagt, ein leichtes Streicheln des Fingernagels über meine sonnengebräunte Haut, und schon war ich hin und weg.«

»Aber ich werde doch nicht den ganzen Abend von der Affäre mit dem Mann und seinem Fingernagel hören, oder?« Janie schaute hinüber zu den samtenen Vorhängen. Der Wind, der durch die Ritzen fegte, war kräftig genug, den schweren Stoff hin und her zu bewegen. Sally erzählte wahnsinnig witzig über sich, und Janie hörte ihr gern zu, aber trotzdem fragte sie sich, wie sie ihre liebestolle Freundin zwei Wochen lang bei Laune halten konnte.

»Janie?«

Janie fuhr herum und sah, dass Sally sie intensiv betrachtete. »Wenn du total ehrlich bist, muss es dir doch auch so gehen, nur noch zehn Mal schlimmer. Wenn du seit Monaten oder gar seit Jahren keinen Sex mehr gehabt hast, dann muss es doch den ganzen Tag in dir kribbeln, oder?«

»Das kann ich nicht beantworten«, gab Janie zurück. »Ich weiß es nicht. Ich nehme an, wenn du nicht daran denkst, hört der Trieb irgendwann auf.«

»Von dieser Theorie halte ich nichts. Ich glaube, das

Verlangen lauert dicht unter der Oberfläche. Bei uns allen. Es sei denn, du bist wie ich, dann lauert es nicht – du lechzt die ganze Zeit danach.«

»Selbst jetzt?«, fragte Janie und krümmte sich innerlich.

»Selbst jetzt. Ich brauche nur eine Gelegenheit. Darüber zu reden ist ein erbärmlicher Ersatz, aber es hilft uns ein bisschen, nicht wahr? Weißt du, manchmal bedarf es nur einer winzigen Berührung oder des Dufts eines bestimmten Aftershaves oder des gewissen Blicks in den Augen eines Kerls – und schon bin ich hingerissen.« Sie sah Janie in die Augen. »Das musst du von mir lernen.«

»Ich hatte ganz vergessen, wie gern du Menschen was beibringen willst«, lachte Janie und nahm noch einen Schluck Wein.

»Zuhören und lernen, Mädchen, zuhören und lernen. Ich sagte dir doch, Mastov brauchte mich nur mit diesen unglaublichen Augen anzusehen. Zuerst sah er auf meine Füße, dann auf die Beine, auf die Möpse – was ich ihm nicht verdenken konnte, denn sie fielen mir praktisch aus dem weißen Top.«

»Halb London weiß, dass du an dem Tag keinen BH getragen hast«, sagte Janie. »Aber du hast das Glück, dass du einen BH auch nicht brauchst – im Gegensatz zu einigen von uns.«

»Frauen sind mit ihren Brüsten nie zufrieden, nicht wahr?«, fragte Sally. »Ich habe dich immer um deine dicken Dinger beneidet, aber du versuchst sie ja immer unter den weiten Blusen zu verstecken. Das gelingt dir nicht, man kann Größe und Form immer noch sehr gut abschätzen. Ich wette, die Kerle starren dir immer zuerst auf die Oberweite. Du hast es nicht leicht, an einer Horde Bauarbeiter vorbeizugehen.«

Janie errötete und hob die Schultern. »So schlimm ist es nicht. Und was ist mit dir, wenn du dich ohne Slip als wahre Schlampe zu erkennen gibst?«

»Nun spiel mal nicht die Unschuldige. Wenn es nicht schon längst geschehen ist, wird eines Tages ein Kerl deine Bluse aufreißen und seinen pochenden Rüssel zwischen deine Bälle legen wollen.«

Janie kicherte in ihr Weinglas. Ihre Brüste begannen unter der dunkelroten Bluse zu prickeln, als sie sich vorstellte, dass ein Mann sein Gesicht in das verborgene Tal rieb. Es war, als spürte sie seinen Atem und die nasse Zunge auf der nackten Haut. Sie begann zu träumen, zu wem das Gesicht gehörte, dann gab sie sich einen Ruck, verschränkte die Arme vor der Brust und lenkte ihre Gedanken in andere Bahnen.

»Siehst du? Du weißt es selbst. Du musst nur deine Hemmungen verlieren.«

»Aber im Moment reden wir nicht über mich, oder?«

»Warum nicht? Wir können über alles reden.«

»Nein, das will ich nicht. Ich will warm werden, mich betrinken und von Mr. Mastov hören.«

»Du bist verdammt neugierig, Janie, aber du kannst nicht immer von Erlebnissen aus zweiter Hand leben. Ich habe mir die Aufgabe gestellt, jemanden zu finden, der dir alles beibringt. Vielleicht stelle ich dir sogar Mastov vor.«

»Bei so einem weiß man doch nie, wo er gerade gewesen ist.«

»Lass es dir von ihm erzählen. Er hat es einzigartig drauf, mit dir zu flirten. Mir hat er ins Ohr geflüstert: ›Ganz egal, was man dir von mir erzählt hat, ich will dich nicht vernaschen. Aber vielleicht werde ich ein bisschen an dir lecken.‹«

»Was für eine plumpe Anmache«, rief Janie und drückte die Arme gegen ihre Brüste, die noch stärker zu prickeln begannen. »Was hat man dir denn über ihn erzählt?«

»Nun ja, er hat den Ruf, ein streunender Wolf zu sein und nichts anbrennen zu lassen – und glaube mir, jedes Wort stimmt.«

»Und was hast du ihm geantwortet?«

»Meine Lippen waren zu trocken, um überhaupt etwas sagen zu können. Ich presste die Knie zusammen wie ein schüchternes Schulmädchen und stellte mir vor, wie er mit der Zunge unter meinen Rock fährt, immer höher ... und vergiss nicht, dass ich kein Höschen trage.«

»Okay, okay, erspare uns die Beschreibung von jeder Ecke und Falte.«

Janie suchte eine bequemere Stellung auf dem Boden und steckte eines der Kissen zwischen die zusammengepressten Schenkel. Ein beharrliches Zucken irritierte sie, aber sie wusste genau, dass es die Reaktion auf Sallys Bericht war. Es war, als wäre das Gesicht, das sie sich eben zwischen ihren Brüsten vorgestellt hatte, jetzt zwischen ihre Schenkel gerutscht.

Über dem Meer grollte der Donner, der Regen prasselte unentwegt, und draußen legte sich eine frühe Dämmerung übers Land.

»Ich rutschte auf meinem Sitz hin und her«, fuhr Sally fort. »Ich verstellte meine Stimme und quietschte: ›Oh, Großvater, was hast du für eine lange Zunge?‹«

»Nicht dein üblicher Spruch bei solchen Gelegenheiten. Ich meine, sonst sagst du doch immer ...«

»Zeig mir deinen Schwanz.«

Sie bogen sich vor Lachen und spuckten in ihre Gläser.

»Lass mich raten«, brachte Janie schließlich heraus. »Er antwortete: ›Damit ich dich besser schmecken kann ...‹«

»Ja, genau das hat er gesagt. Und was es noch spannender machte – in dem Moment sah ich im Innenspiegel die Augen des Taxifahrers. Er hatte jedes Wort gehört. Ich sah, dass er interessiert war. Seine Augen glitzerten.«

»Vielleicht war er eingeweiht?«, mutmaßte Janie und zog die Knie bis unters Kinn. Ihre Beine drückten noch immer das Kissen, während sie begann, vor und zurück zu rucken. Das Kissen drückte gegen ihren Schoß. »Mastovs Komplize sozusagen«, fuhr sie fort. »Vielleicht war es so geplant, dass er das Taxi anhielt, über den Sitz sprang, Mastov zur Seite schob, deinen Rock anhob und zu arbeiten anfing, während Mastov zusehen durfte.«

»Du malst dir solche Szenen gründlich aus, was? Liegt das vielleicht an unseren Gesprächen über den Dreier im Wigwam?«

»Du hast mich doch erst auf die Idee gebracht.«

Das Kissen unter ihr schien sie aufzuheizen. Janie hörte auf, sich vor und zurück zu bewegen. Sie schlug die Beine übereinander und begann damit, die langen Haare zu einem neuen Zopf zu flechten.

In ihren Gedanken befand sie sich wieder im alten wackligen Zelt, das die Jungs hinter dem dichten Gebüsch im Garten aufgestellt hatten. Sie lief geduckt hinein und fand Ben und Jack, die nah beieinander saßen und schmale Stöcke rieben, um Feuer zu machen, wobei sie ausgedachte Beschwörungen murmelten. Sie rissen von Staunen den Mund weit auf, als sie Janie sahen. Ben runzelte die Stirn, Jack starrte nur. Sie waren nicht mehr die Jungs ihrer Kindheit, aber Männer waren sie auch noch nicht. Janie drückte sie hintenüber, sie fielen auf den

Rücken und blieben liegen, während sie über ihnen stand. Niemand hatte sie gegen ihren Willen in den Wigwam gezerrt, sie war von allein gekommen und bereit, die Kontrolle zu übernehmen. Es gab nur schwaches Tageslicht, das durch die Rauchöffnung hereinfiel.

Sie beugte sich über die Jungs, die ihre Hände hoben und damit begannen, die einzelnen Felle ihres Kleids zu lösen. Nur noch zwei schmale Streifen bedeckten ihre Brüste. Sie streckte die Schultern nach hinten, und dabei platzten die Knöpfe ab. Ihre Squawtracht rutschte hinunter, und ihre Brüste hüpften zur Freude der Jungs ins Freie.

»Hörst du mir zu, Squaw?« Sally hielt ihr leeres Glas wie Riechsalz unter Janies Nase.

»Ja, klar.« Janie nahm das Glas, schenkte aber nicht nach. »Ich dachte gerade, wie es mit deinem Taxifahrer weiter gegangen ist.«

»Lügnerin. Du warst hin und weg vom Geschehen in deinem Wigwam. Gib es ruhig zu. In Gedanken hast du sie beide verführt.«

»Nein, so weit war ich noch nicht. Ich stand gerade vor ihnen und neckte sie ein bisschen.«

»Ah, das hört sich gut an. Mach schon, erzähle mir alles. Ich will hören, was noch alles geschieht.«

Janie erhob sich vom Boden. Das Kissen rutschte nach unten, und ihre Beine zitterten vor Anstrengung, es festzuhalten.

»Ich wollte sie anmachen, das ist alles. Ich ließ mein Kleid von den Schultern rutschen. Ihre Augen liefen über, als sie meine nackten Brüste sahen. Ich war Feuer und Flamme; ich zeigte ihnen den ersten weiblichen Körper, den sie je gesehen hatten. Ich wollte ihre Lehrerin sein.«

»Du bist auf dem richtigen Weg«, lobte Sally. »Schieß deine Hemmungen in den Wind. Sieh zu, dass dir die Jungs aus der Hand fressen.«

»Das kann ich nicht.« Die Hitze, die das Rubbeln mit dem Kissen ausgelöst hatte, war zu schnell gewichen. »Ich bin nicht wie du, Sally.«

»Ich sage dir was«, meine Sally. »Wenn ich dir meine Geschichte erzählt habe, fordere ich dich heraus, es mir in der Zeit, in der wir hier sind, nachzutun. Am liebsten durch ein echtes Erlebnis, aber notfalls auch durch eine Phantasiegeschichte. Jedenfalls will ich eine saftige Story hören, bevor ich nach London zurückkehre.«

Janie stolperte in die Küche und spülte die Gläser unter dem lauten Wasserhahn. »Ich weiß nicht, ob ich das schaffe«, rief sie. »Hast du eine Ahnung, wie tot hier alles ist? Es gibt kein Geschäft, keinen Pub, nicht mal eine Bushaltestelle.«

»Wie ich schon sagte, Jungs und Männer gibt es überall«, hielt Sally dagegen. »Du musst nur die Augen offen halten. Ehrlich, Janie, muss ich denn alles für dich tun?«

»Im Augenblick sieht es so aus.« Janie kam ins Wohnzimmer zurück und schaltete eine Lampe ein. Von draußen fiel noch ein graues Dämmerlicht herein, aber das hielt sich nur im Bereich der Fenster, dahinter war es dunkel.

»Nun, gut«, sagte Sally seufzend. »Wenn wir in den zwei Wochen niemanden mit einem ordentlichen Willi finden, dann erwarte ich eine Fortsetzung der Geschichte, die sich im Wigwam abgespielt haben könnte.«

»Einverstanden«, sagte Janie und begann zu kichern.

»Was ist?«

»Du und deine Phantasien. Du steckst mich an.« Janie

schenkte ihre Gläser voll und kicherte weiter. »Erzähle mir, wie sein Haus aussah.«

»Er bewohnt eines dieser großen Pastellhäuser am Holland Park. Unheimlich viel Platz, die Wände und Fußböden aus schwarz-weißem Marmor, und überall hallt es. Offenbar hat er mit seinen Etablissements so viel zu tun, dass er keine Zeit findet, das eigene Haus einzurichten. Ganz sicher war nirgendwo die Hand einer Frau zu spüren.«

Janie reichte Sally das volle Weinglas und nahm wieder Platz, diesmal im Sessel. Sie griff nach ihrem Kissen und steckte es wieder zwischen die Schenkel, und fast sofort kehrte die Hitze zurück.

»Hast du dich denn bei ihm sicher gefühlt?«, fragte Janie und bemühte sich, ihre eigene Erregung zu unterdrücken.

»Ich habe mit ihm über seine Aktien gesprochen, denn in der *Financial Times* hatte ich gelesen, dass er an die Börse gehen will. Ich wollte ihm beweisen, dass ich ihn kannte und Bescheid wusste, und wenn er gemein geworden wäre, hätte ich ihn öffentlich fertig gemacht.«

»Das hättest du tun sollen«, sagte Janie augenzwinkernd. »Du wärst mit einem Schlag wieder im Gespräch gewesen. Ich sehe die Schlagzeilen schon vor mir. MEINE NACHT MIT MONSTER MASTOV. Damit könntest du ein Vermögen machen.«

»Das könnte ich nicht«, sagte sie leise, »denn er war alles andere als gemein. Und wenn ich es getan hätte, wäre nur ein Vorurteil, das alle von mir haben, wieder bestätigt worden – dass ich immer nur mit jemandem schlafe, wenn es eine gute Geschichte bringt.«

Sally verfiel ins Grübeln, und Janie stieß mit dem Fuß

nach ihr. »Das ist ja wohl das Letzte, dass du plötzlich zum Aschenputtel wirst. Sage mir endlich, was dich bewogen hat, in Blaubarts Schloss zu bleiben.«

»Ganz einfach. Es waren die Geschenke. Der Anblick einer Schachtel eines Designerladens, komplett mit Schleife und Namenszug, schaltete meinen Verstand wieder ein. Plötzlich begriff ich, dass auch er nur ein schmutziger alter Mann war, der sich mit Geschenken in mein Bett schmeicheln wollte. Ich dachte, er wäre Wachs in meinen Händen. Als ich nachforschen wollte, was es in den oberen Räumen zu entdecken gab, war Mastov sofort hinter mir her und verhinderte, dass ich auch nur einen Blick in die anderen Zimmer werfen konnte.«

»Warum? Was hat er zu verbergen? Mädchenhandel? Opfer, die er in Handschellen gefangen hält?«

Sally kicherte und legte ein Bein über den Arm des Sofas. »Das könnte ich dich auch fragen. Was hast du im großen Schlafzimmer oben versteckt? Vielleicht hast du jemanden ans Bett gebunden, den du nicht mit mir teilen willst. Ist es der Hausherr persönlich?«

»Das wäre ein Traum«, murmelte Janie. »Tut mir Leid, kein Mann in Handschellen, keine Vibratoren, nur eine weiße Zudecke und ein sehr züchtiger Schlafanzug.«

»Oh, das habe ich noch vergessen zu erzählen«, rief Sally. »Wir haben doch eben über verschiedene Spiele nachgedacht. Wir könnten uns verkleiden.«

»Wovon redest du denn jetzt schon wieder?«

»Das Geschenk in der Schachtel, die ich schon erwähnt habe. Das Geschenk von Mastov. Es ist ein langes weißes Negligé mit Spaghettiträgern. Halb durchsichtigem Musselin. Ich habe es mitgebracht.«

»Hast du es bei ihm angezogen?«

»Ja, klar. Er hat mich in sein Schlafzimmer geführt, das von einem riesigen chinesischen Opiumbett beherrscht wurde. Ineinander verschlungene Drachen in Schwarz und Gold. Mastov packte mich von hinten und biss sich in meinem Nacken fest. Ich meine, ich rede nicht von Lutschflecken. Hier, schau dir das mal an.«

Sally zog den Kragen von Bens weitem Pullover nach unten. Am Hals waren zwei rote Flecken zu erkennen, dicht unterhalb des Ohrs.

Janie sah sie erstaunt an. »Hm, also nicht Märchenheld, sondern Dracula.«

»Es machte mir nichts aus, denn es war eine Art von Lustschmerz. Wie Elektroschocks, die durch deinen Körper geschossen werden. Und natürlich half es, dass er dabei seine Erektion zwischen meine Backen rieb.«

Janie zuckte zusammen, als ein leichter Donnerschlag über dem Cottage explodierte.

Sally lachte sie aus. Der Regen nahm wieder zu. »Das ideale Wetter, um sich Geschichten zu erzählen. Du hast Recht – Mastov ist wie Dracula. Sein Zimmer war eiskalt. Ich begann mich zu schütteln. Und was macht er? Er zieht mich aus.«

»Nun, das ergibt Sinn«, warf Janie ein.

»Ich war bereit für seine forschende Zunge, das kann ich dir sagen. Ich erwartete sein Lecken, das er versprochen hatte. Ich stand da, Kleider weg, Gänsehaut, Nippel hart wie Korken, aber er sagte, er wollte mich betrachten.«

»Nach der ganzen Vorbereitung war das alles, was er tun wollte?« Janie richtete sich im Sessel auf und konnte ihre Enttäuschung nicht verbergen.

»Ich war wütend, das kannst du dir ja denken«, fuhr

Sally fort. »Mir war es die ganze Zeit noch nicht gekommen.«

»Vielleicht kriegen Männer in seinem Alter keinen mehr hoch«, meinte Janie.

»Nun, in diese Richtung dachte ich auch, aber dann hielt er mir das Negligé hin und sagte, ich sollte es anziehen. Ich dachte, ich sollte ihm eine Chance geben. Außerdem brauchte ich jemanden, der mich wärmte. Ich ging ins Bad und sah die Knutschflecken am Hals. Das hat mich aus der Bahn geworfen.«

»Kann ich gut verstehen«, sagte Janie. »Man hört ja von Vampiren, die vom Blut ganz normaler Menschen leben.«

»Aber soll ein normaler erfolgreicher Londoner Geschäftsmann ein Vampir sein? Ich redete mir gut zu, wollte nicht überreagieren und zog das Negligé an. Himmel, Janie, du musst es mal anprobieren. Du würdest großartig darin aussehen.«

»Aber er hat es dir geschenkt.«

»Es passt viel besser zu dir. Mir war es zu lang, aber als ich es anzog, fiel es so glatt an mir hinunter, als wäre ich eine vestalische Jungfrau – das ideale Futter für einen Vampir.«

»Ha, ha, du und Jungfrau!«

»Aber ein verlockender Gedanke, nicht wahr? Fast so, als opferte man sich zwei Indianerhäuptlingen.«

Die beiden Frauen grinsten sich an, streckten sich und sahen sich um. Draußen hatte sich eine bleierne Dunkelheit über das Land gelegt, man hörte außer dem Regen keinen Laut, und ihnen kam es so vor, als wären sie von der Zivilisation abgeschnitten.

Sally war bestrebt, ihre Geschichte weiter zu erzählen. »Als ich aus dem Bad trat, erklang Musik, und ich begann zu tanzen, selbstvergessen wie damals, als wir Animateure in den Clubs waren, erinnerst du dich?«

»Wie sollte ich das vergessen? Ich lief durch die Zuschauerreihen, verkaufte Programme und bemühte mich, ihre schmutzigen Bemerkungen zu überhören.«

»Aber es hat doch trotzdem einen Heidenspaß gemacht, oder? Ich und die Kicker Girls. Ich hätte meine Karriere als Tänzerin verfolgen sollen, statt als gescheiterte Börsenmaklerin zu enden.«

»Es war wie ... warte mal, sehen wir mal nach, ob Ben so was in seiner Sammlung hat.«

Sally raffte sich vom Sofa auf und kroch über den Boden zum CD Spieler. Sie ging die einzelnen Scheiben durch und legte eine Jazz CD mit einem wehklagenden Saxophon auf, begleitet von einem tiefen, hypnotischen Bass.

Sie lauschten eine Weile, nickten den Rhythmus mit dem Kopf mit, dann sprang Sally auf. »Stell dir den Pullover als langes weißes Negligé vor«, rief sie. Janie lachte.

»Na, gut. Dann bin ich Mastov.« Janie erhob sich ebenfalls und lehnte sich träge gegen die Kaminseite.

Sally zog den Pullover lang, bis er fast zu den Knien reichte. Sie trat mit den Beinen wie ein Pony aus, trabte auf Socken auf den Teppich und betrachtete sich im Spiegel.

»Du siehst wütend aus, nicht sexy«, kommentierte Janie.

»Ich *war* wütend!« Sally hob das Kinn, aber ihr starrender Blick sah eher verführerisch aus als schmollend. Sie schüttelte die Haare, die ihr Gesicht einrahmten.

»In der feuchten Luft sind deine Haare ganz kraus

geworden«, sagte Janie und musste sich ein Glucksen verbeißen.

»Was dir mit deiner glatten Mähne natürlich nicht passieren kann, du glückliche Kuh«, gab Sally zurück. »Du siehst wie ein Vollblut aus, das für Rennen trainiert worden ist, selbst wenn du gerade aus dem Bett gestiegen bist.«

Sie fuhren sich beide mit den Händen durch die Haare und lachten sich an.

»Pass auf«, sagte Sally und ließ sich von der Musik leiten. Sie schloss die Augen und rotierte den Nacken, aber es sah so aus, als würde der ganze Kopf sich drehen.

Janie kannte die Übung. Sie hatte vergessen, wie geschmeidig Sally war, und innerlich stimmte sie zu, wie schade es war, dass Sally ihre Laufbahn als Tänzerin nicht fortgesetzt hatte. Sie war die geborene Darstellerin.

»Dies ist eine der Übungen, die wir nie öffentlich aufgeführt haben«, sagte Sally, griff mit den Händen zum Bund des Pullovers und zog ihn langsam zu den Hüften hoch. »Stell dir vor, dies sei der weiße Unterrock, den ich von den Knöcheln langsam anhebe, immer höher, hinauf bis zu den Oberschenkeln.«

Sie hielt inne, hakte die Finger in die Wolle, stellte die Füße auseinander, dann wieder zusammen. Sie ließ den Pullover fallen und fuhr mit den Fingern über ihren Rippenbogen. Sie schaute Janie mit flatternden Lidern an, dann schaute sie in den Spiegel; scheu, verschämt, absolut nicht herausfordernd. Sie tätschelte über den Hals, nahm die kleinen festen Brüste in die Hände und drückte sie leicht.

Sie nahm die Nippel zwischen Daumen und Zeigefinger und zwickte sie leicht, dann strich sie über ihren

Bauch, beschrieb sinnliche Kreise und drückte mit einer Hand wie aus Versehen gegen ihren Schoß.

Sie schloss die Augen und riss den Mund weit auf, dann glitten ihre Hände zwischen die Schenkel, schoben sie auseinander, und Janie sah zu, wie sich die geschwollenen, feuchten Labien öffneten und schlossen.

Die Musik wurde lauter, und Janies Hüfte stieß gegen den Kamin. Sally beschleunigte die Bewegungen ihrer Knie, sie dehnte und beugte sie, und nach jeder Bewegung spreizte sie sie ein wenig weiter.

»Es fühlte sich anders an, als ich es für ihn getan habe«, keuchte sie und testete ihre Muskeln, bevor sie in den Spagat ging. »Diese Stellung erregte mich immer schon, aber diesmal besonders, weil ich ein Kleid trug. Meine Hände krochen verstohlen zwischen meine Schenkel, sie wollten einfach nicht stillstehen. Ich glaube, ich wollte, dass er mir dabei zusah.«

Sally demonstrierte das Streicheln ihrer Hände, richtete sich ein wenig auf, balancierte noch eine Weile, als schwebte sie über dem Boden, dann sprang sie auf.

Janie schaute mit erhitztem Gesicht zu und hoffte, dass Sally weiter tanzte.

Sally bückte sich tief hinunter, als wollte sie ihre Zehen berühren. Ihre Finger tasteten wieder nach dem Saum des Pullovers, krochen darunter und strichen über die Innenseiten ihrer Schenkel. Sie richtete sich auf, die Finger glitten höher und zogen den Pullover bis zur Taille mit. Sie stieß provozierend die Hüften vor und zurück, eine Hand hob den Pullover und strich über den flachen Bauch, die andere Hand näherte sich dem Dreieck mit den goldenen Härchen.

»Ich kann mich nicht erinnern, dass du bei den Kicker Girls so eine Stripnummer gezeigt hast«, bemerkte Janie, aber Sally ließ sich nicht ablenken. Sie streichelte sinnlich über ihren Leib.

»Wir haben immer einige Tanznummern draufgehabt, von denen unsere Lehrer nichts wussten«, sagte sie, die Stimme leicht angehoben, entweder vor Erschöpfung oder Erregung. »Dies war eine meiner Lieblingsnummern, ich habe sie selbst für die Truppe einstudiert.«

»Und was hat Mastov dazu gesagt?«

»Ich erkannte keine Reaktion bei ihm. Deshalb war ich entschlossen, noch einen Schritt weiter zu gehen.«

Sally schwenkte die Hüften, spannte die Pobacken an und ruckte provozierend den Unterleib vor. Ihre Finger spreizten sich über dem Schoß, als wollte sie ihre Labien teilen, und Janie erinnerte sich an den dunkelroten Spalt, den alle vergangene Woche im Café gesehen hatten. Dann ließ Sally den Pullover fallen und die Hand sinken, aber ihr Ausdruck verriet auch jetzt noch, dass sie heiß war.

Ihre Augen glänzten, und das Gesicht zeigte das festgefrorene Lächeln einer Cancan Tänzerin. Sie drehte sich in verrückten Kreisen von Janie weg und dem Sofa entgegen, dann beugte sie sich über den Sitz, stützte sich mit den Ellenbogen auf und präsentierte der Freundin ihre runden Backen.

»Das hast du bestimmt bei Affen abgeschaut, nicht wahr?«, fragte Janie und ließ sich wieder in ihren Sessel fallen. Sofort griff sie nach dem Kissen und presste es zwischen ihre Beine. »In der Paarungszeit zeigen sie sich gegenseitig ihre Rückseiten.«

»Danke, dass du leise gesprochen hast, Janie, aber jetzt kannst du mich nicht mehr aus dem Konzept bringen. Vergiss nicht, dass das Publikum dazu da ist, die Darsteller anzufeuern und zu ermutigen.«

Sie bot ihren Po immer noch der Welt an, während sie den Pullover nach oben zog und die Backen ein wenig rotieren ließ. Sie nutzte den Takt der sinnlichen Musik. Sie war jetzt in ihrer eigenen Phantasie gefangen und hatte vielleicht sogar vergessen, dass Janie da war. Sie legte sich auf die Brust und schob beide Hände zwischen die gespreizten Schenkel, fuhr über den Schritt, durch die Kerbe und wieder zurück. Sie zog die Backen auseinander und schwenkte sie hin und her.

»Deine Tanzlehrerin hätte sich davon nie mehr erholt, wenn sie das gesehen hätte«, stöhnte Janie und drückte das Kissen noch ein bisschen fester.

»Du hast Recht, ich hätte es ihr zeigen sollen«, sagte Sally. Sie war außer Atem, bückte sich tief und sah zwischen ihren Beinen auf Janie. »Die Kicker Girls hatten nie die Chance, wirklich verführerische Darbietungen in der Öffentlichkeit zu zeigen. Ich wurde aus der Truppe geworfen, weil ich zu klein und zu mollig war, aber ich wusste, dass ich die sinnlichste Tänzerin von allen war. Tanzen ist so erregend, ich hatte es fast vergessen. Wir werden auch noch zusammen tanzen, wenn das Wetter so bleibt, Janie.«

»Du weißt genau, dass ich nicht tanzen kann. Deshalb habe ich Eis und Programme verkauft. Aber ich will hören, was Mastov von deinem Strip hielt.«

»Nicht die geringste Regung. Du musst übrigens an der Wand stehen, wenn du seine Rolle spielst. Und hör auf zu zappeln. Oder musst du zum Klo? Na gut, bleib sitzen und reib dich am Kissen, wenn du willst. Also, ich musste noch einen drauflegen – aber um ehrlich zu sein, ich hätte auch gar nicht aufhören können. Ich liege da – du weißt, dieses Sofa ist sein Bett – gespreizt und den Po hoch in die Luft gereckt, und Mastov verzieht keine Miene. Also setze ich meine guten alten Finger ein …«

»Sally, hör auf!«

»Du hast gesagt, ich soll dir alles erzählen, deshalb will ich nichts auslassen.«

»Ja, aber warum gleich mit der ganzen Breitseite?«

Sally verdrehte die Augen. »Ich hoffe, dass du damit nicht meinen Po ansprichst. Du hast mich gefragt, was passiert ist, und dazu muss ich jede saftige Einzelheit erwähnen, sonst erhältst du ein falsches Bild. Außerdem habe ich meinen Spaß daran. Es geilt mich auf, dir das alles zu erzählen. Ich schildere genau, wie es sich zugetragen hat – und glaube mir, noch hat sich so gut wie nichts getan. Soll ich wirklich aufhören?«

Janie sagte nichts.

»Und worüber sollen wir reden, wenn ich aufhöre? Über die kommende Ernte?«

Janie schüttelte den Kopf. »Du und ich, wir finden doch immer etwas, worüber wir reden können. Also, ich bin …«

»… prüde? Du verbringst zu viele Wochenenden hier auf dem Land, pflanzt deinen Kohl oder was auch immer und hast keine Zeit, mit mir die heißen Läden in London zu besuchen. Wie auch immer, ich muss mir das jetzt von der Seele reden, auch wenn du es nicht hören willst.«

Janie warf der Freundin eine Tüte Chips zu, sie landete auf dem verlängerten Rücken, der immer noch in die Luft ragte. Die Küchentür knarrte, und Janie hörte, wie eine der Blumenampeln draußen gegen die Hauswand klatschte, aber sie sagte nichts. Ja, sie war prüde. »Rede weiter«, sagte sie. »Ich freue mich, dass du hier bist. Erzähle weiter.«

»Ich will mein kleines Mädchen nicht schockieren«, sagte Sally schmunzelnd. »Ich sagte dir ja schon, dass ich aufs Gas treten wollte. Ich begann mich zu reiben, wie man es in diesen schlimmen Filmen sieht. Es kam mir so vor, als wäre ich ganz allein, als triebe ich mein Spiel nur für mich. Meine Hüften bewegten sich noch im Takt der Musik, und meine Finger forschten immer weiter, immer tiefer, und er konnte genau sehen, was ich da trieb.«

»Und hast du ein Echo gefunden?«

»Was glaubst du? Der Mann steht auf Schlagen und Fesseln – Dinge, die ich noch nie versucht hatte. Ich liege also vornüber wie jetzt, völlig konzentriert auf das Spiel meiner Finger, und plötzlich steht er hinter mir, und bevor ich den Mund öffnen kann, schlägt er mich mit der flachen Hand auf den Po. Es beißt und brennt, aber gleich darauf prickelt es angenehm. Mastov streichelt die Stelle, aber ich warte nur darauf, dass er wieder zuschlägt – es geht mir nicht um den Schlag, sondern um das Kribbeln danach. Es war irre – ich habe die Leute immer verachtet, die auf Schläge stehen.«

»Offenbar hat er dich als willfähriges Opfer erkannt«, sagte Janie und streckte die Beine aus. Die Zehen tauchten in die kalte Asche auf dem Rost. Sie starrte in den dunklen Kamin; Glut war nicht mehr da. »Mir wird immer kälter.«

»Mir nicht. Ich kann seinen Schlag noch fühlen. Du solltest das mal versuchen. Blut und Hitze konzentrieren sich auf einen Punkt. In einem Moment spüre ich die Hitze vom Schlag, und im nächsten ist mir wieder kalt, weil es ja im Schlafzimmer so kalt ist. Dann schlägt er mich auf die andere Backe, und diesmal zieht die Hitze durch den ganzen Körper. Es war, als würden mich überall kleine heiße Finger streicheln, innen und außen. In mir entstand so etwas wie eine Sucht. Ich dachte, wenn ich nicht zu einer schnellen Nummer komme, dann bin ich auch damit zufrieden. Schließlich kann ich selbst für eine Penetration sorgen, wenn es sein muss – genau wie du, Janie.«

Janie stocherte immer noch mit dem Fuß in der Asche herum. »Was?«

Sie versuchte einen Salto und landete auf dem Sofa.

»Wenn du für dich beschlossen hast, allein zu bleiben, musst du die hohe Kunst der Penetration erlernen.«

»Ich muss neue Holzscheite holen«, sagte Janie und ignorierte den Rat der Freundin. »Es ist mir zu kalt.« Sie sah, wie Sally den Kopf schüttelte. Janie schlang die Arme um die Knie. »Ich habe zugehört, Sally. Die hohe Kunst der Penetration. Also, ich könnte das nicht. Nicht vor einem anderen ... he, ich habe nicht beschlossen, allein zu bleiben.«

»Dann beweise es. Sonst droht dir das Schicksal, dass du auf immer und ewig auf Vibratoren angewiesen bist.«

Janie rutschte auf ihrem Sitz herum und griff nach ihrem Glas. Die Bemerkung der Freundin hatte sie verletzt, aber sie bemühte sich, das nicht zu zeigen.

»Ein Mann wäre mir lieber«, murmelte sie.

Sally hatte sich von der Anstrengung des Tanzens erholt und nahm einen Schluck Wein. Beide Frauen schauten aus dem Fenster. Draußen war es noch immer dunstig und trübe, dabei war es nicht einmal Teezeit.

»Wo hält Ben Baby denn seine Fesseln versteckt?«, fragte Sally plötzlich.

»Keine Ahnung. Ich glaube, wir sollten die Finger von solchen Dingen lassen.«

Aber Sally war schon aufgesprungen und die Treppe hinaufgelaufen, bevor Janie sie daran hindern konnte. Die Dielenbretter knarrten über ihrem Kopf. Lass sie suchen, dachte sie amüsiert. Janie musste sich eingestehen, dass Sallys Geschichte nicht ohne Wirkung auf sie geblieben war, ob ihr das gefiel oder nicht. Zuerst hatte sie nur ein sanftes Zucken in der Pussy gespürt, aber jetzt war da ein starkes Pochen, so regelmäßig wie ein Uhrwerk.

Plötzlich stand Sally in der Tür, eine Reihe von Krawatten und Schleifen über dem Arm. Sie nahm eine Krawatte in die Hand, wirbelte sie durch die Luft, und es gab einen lauten Knall wie von einer Peitsche. Janie zuckte zusammen und erschauerte, und Sally strahlte übers ganze Gesicht.

»Das war Mastovs nächster Trick«, sagte Sally aufgeregt. »Die Penetration war immer noch nicht sein Ding. Soll ich dir zeigen, wie das mit der Peitsche funktioniert?«

»Nein, danke.«

»Also gut, dann probieren wir es mit dem Kissen aus. Der Knall sagt viel darüber aus, wie es sich auf deiner Haut anfühlt. Mastov schlug mit den Bändern zuerst auf meine Kniekehlen und wanderte dann nach unten zu den Fußsohlen. Ich wartete angespannt auf den nächsten Schlag – ich spürte ihn auf den Pobacken. Die Krawatte hinterließ einen roten Striemen – auf dem Kissen hört sich das längst nicht so knallig an. Dann hob er beide Krawatten und brachte sie mehrere Male kurz hintereinander auf meinen Po. Ja, genau so. Ich dachte, es müsste schmerzen, aber ich spürte nur ein wohliges Prickeln, und meine Haut begann zu glühen. Es war elektrisierend.«

Sally ließ die Krawatten noch einige Male aufs Kissen sausen, dann sank sie lachend und erschöpft aufs Sofa.

»Hatte er mit den Krawatten noch andere Tricks drauf?«, fragte Janie, lehnte sich zur Seite und legte eine andere CD auf.

Sally sprang wieder auf, sprudelnd vor Energie. Sie hob die Schultern, zog am Ausschnitt des Pullovers, bis sie die Ärmel abstreifen konnte, dann bewegte sie sich schlängelnd, und der Pullover glitt an ihr hinab wie eine Hülle.

»Stell dir jetzt vor, dass ich in einer Lache aus weißem Chiffon stehe und absolut nichts anhabe.«

»Okay, ich stelle es mir vor.«

Sally spreizte die Beine. Ihre Hüften bewegten sich im Takt der Musik, und ihre Finger glitten über den Bauch, dann streckte sie die Arme und griff an ihren Körper, als wären es die Hände eines Mannes. Mit einer Hand versuchte sie die andere abzuwehren, aber gleichzeitig drängten sich die Hüften der Hand entgegen.

»Du siehst erregter aus als er, Janie. Aber zu diesem Zeitpunkt, als ich splitternackt vor ihm stand, sah ich wenigstens die hübsche dicke Beule in den schwarzen Jeans. Ich schwenke also weiter die Hüften und greife mit einer Hand zwischen meine Beine.«

Janies Körper reagierte auf Sallys Beschreibung – und auch auf Sallys Körper. Das Kissen presste sich hart gegen ihren Schoß, und die Pussy pochte noch wilder, wenn es so aussah, als wollte Sally an ihr eigenes Geschlecht greifen.

»Dann stand er direkt vor mir und drückte seine Hand gegen meinen Schoß – he, er hatte meinen ganzen Busch in der Hand, während er mich mit der anderen Hand auf Abstand hielt. Er drang in mich ein, ein Finger nach dem anderen tastete sich vor und hinein. Nun, eigentlich hatte ich mir gewünscht, dass er mich auf diese Weise mit seiner Zunge aufspießte.«

Janies Geschlecht zuckte ruhelos. Sie drückte sich gegen das Kissen, wand sich hin und her und suchte nach einer Erleichterung ihrer wachsenden Erregung.

»Was ist dann passiert? Oder war's das schon?«, fragte Janie ungeduldig. Der Regen lief an den Fensterscheiben hinab und klatschte nicht mehr dagegen. Der Wind hatte sich gelegt.

»Er sorgte dafür, dass die Maschine weiterlief. Ich wollte etwas für ihn tun, wollte ihn abgrabschen, wollte ihn am ganzen Körper berühren ...«

»Aber du hattest ihm doch schon eine verwegene Schau geboten.« Janies Stimme klang leise und hechelnd. Sie fühlte, wie Nässe durch die Hose sickerte.

»Du hast Recht, aber er hatte immer noch keine Eile. Es war, als wollte er mich abschätzen oder so. Nachdem er mich eine Weile gerieben und betrachtet hatte, löste er seine Hand aus mir, hob mich aufs Bett und fesselte meine Hände an den Holzpfosten am Kopfende. Er löste das Band von der Geschenkschachtel. Um ehrlich zu sein, inzwischen war es mir egal, was er tat, so lange es sich gut anfühlte. Er nahm das Band und schlang es um mich – warte mal, ich muss es dir zeigen.«

Sally legte ein Band um Janies Schulterblätter und knüpfte über ihren Brüsten eine Schleife, die sie fest anzog. Janie keuchte, als sich das Band immer fester zog und dann als eine Art Harnisch wirkte, der über ihren Nippeln lag.

»Es sieht an dir noch viel besser aus, weil deine Möpse so viel größer sind«, bemerkte Sally und zog die Schleife noch einmal an. Janie spürte, wie die Brüste unter der

Einengung anschwollen. »Es hat seinen Reiz, findest du nicht auch? Die Brüste wehren sich gegen das feste Band, aber gleichzeitig mögen sie das Gefühl.«

Janie konnte nicht sprechen.

»Ich habe es nicht so fest geschnürt wie er. Die Wirkung ist verblüffend, nicht wahr? Deine Brüste drücken sich gegen den Stoff, sie sitzen in der Falle, und mit jedem Atemzug scheinen sie anzuschwellen. Meine Nippel lugten über das Band hinaus und reckten sich keck in die Luft. Als ob ich ein Minikorsett trüge. Dann suchte er ein anderes Band und spielte damit hier unten herum.«

Sally fing an, eine von Bens Krawatten über ihre Schenkel zu ziehen, vor und zurück, hoch bis zur Scham, hin und her. Sie hielt die beiden Enden fest und rieb den Stoff zwischen Schenkel und Pobacken, und dabei bewegte sie geschmeidig das Becken. Wie eine professionelle Stripperin, die mit dem ausgezogenen Strumpf oder einer Federboa spielt.

Janie stockte der Atem, als sie Sallys lüsterne Darbietung mit aufgerissenen Augen verfolgte. Die Zunge schob sich zögernd und verspielt aus Sallys Mund und glitt ungeheuer sinnlich über die vollen Lippen.

»Die Reibung war unerträglich«, keuchte Sally, »rau und süß zugleich, als wenn sich Stein auf Stein reibt, bis Funken schlagen.« Sie wetzte die Krawatte immer noch vor und zurück.

»Wie meine Jungs im Wigwam, sie haben auch so Feuer gemacht«, murmelte Janie leise und wiegte sich in einer unbewussten Nachahmung von Sallys Bewegungen. Ihre Brüste pochten schwer.

»Das Band um meine Brüste raubte mir den Atem. Geht dir das auch so? Ich konnte nur ganz kurze Atemzüge nehmen, denn das Band schnürte auch meine Rippen ein. Ich begann zu hecheln, aber noch konnte ich mich kontrollieren. Diese Leichtigkeit im Kopf – ich glaube, so fühlt es sich an, wenn man *high* ist oder Haarspray schnüffelt. Alles, was du siehst und fühlst, wird heller und verzerrt wie eine Karikatur.«

Ihre Sätze klangen abgehackt. Sie atmete tief ein und fuhr gehetzt fort: »Plötzlich hörte er auf, mit dem Band zu spielen. Als ob er eine Maschine abstellen wollte. Aber ich wollte mehr, obwohl meine Handgelenke gefesselt waren. Ich musste meine Schenkel gegeneinander reiben, um das scharfe Gefühl am Leben zu halten.«

Sally blieb stehen, schob die Finger unter die Jeans und drang stöhnend in sich ein.

»Ben würde die Krawatte nie wieder anziehen, wenn er wüsste, wozu du sie benutzt hast«, sagte Janie. Sie selbst zog ihre Hose vom Körper weg und bemerkte, dass ihr Schritt nass war. Sie hoffte, dass Sally ihren Zustand hinter dem Kissen nicht sehen konnte.

»Du solltest dafür sorgen, dass er sie bei der nächsten Gelegenheit trägt«, sagte Sally grinsend, »und wenn du schon dabei bist, kannst du ihm die nassen Stellen zeigen.«

Sie ließ sich wieder aufs Sofa fallen und fuhr mit der Hand noch einige Male über ihren Schritt. Dann warf sie die Haare in den Nacken, griff ihr Weinglas und trank es leer. Mit glänzenden Augen sah sie Janie an.

»Oh, ja, das hätte ich fast vergessen«, sagte Sally wie nebenbei. »Mastov hat mir dann seine Erektion gezeigt.«

»Ich dachte schon, dazu kommt es gar nicht mehr«, rief Janie.

»Ja, stell dir vor, ich liege gefesselt auf dem Bett, und er beugt sich über mich und holt seinen Schwanz heraus.

Er war nicht lang, aber er war dick und pochte aufgeregt auf und ab.«

Sie quietschten vor Lachen. Janie fürchtete, sie würde sich jeden Moment verraten. Der Slip klebte an ihrer Haut, und sie geriet außer Atem, als sie im Geiste Sallys Geschichte nacherlebte. Wie Sally nicht müde wurde zu betonen, hatte sie seit Jahren keinen Mann mehr gehabt. Sie konnte sich nicht einmal erinnern, wann sie das letzte Mal auch nur annähernd so erregt gewesen war. Sally sagte immer, dass es an ihrer romantischen Einstellung lag, sie wartete auf den Ritter auf weißem Pferd und mit geschwungenem Schwert, während sie den verschwitzten Kerl im Aston Martin mit geschwungenem Schwanz übersah.

Bisher hatte sie sich geweigert, auf Sallys Ratschläge zu hören, sie war glücklich in ihrer Welt mit guten Freundinnen und harmlosen Flirts. Doch wenn sie in ihrem Freundeskreis so glücklich war, warum fühlte sie sich jetzt so erregt wie nie? Vielleicht lag es am Cottage, am Regen, am eigenartigen Zwielicht des Nachmittags – oder an Sallys erotischer Schilderung. Was auch immer es war, sie war klamm und feucht und wäre fast gekommen.

»Das war's also mit deiner männerfreien Zone«, sagte Sally und schwenkte die Weinflasche. »Ich habe Mastov hier ins Zimmer gebracht, nicht wahr? Übrigens, du kannst deine Brüste jetzt erlösen, wenn du willst.«

»Ich habe mich schon gewundert, warum ich mich so beschwingt fühle«, sagte Janie glucksend. Sie öffnete die Schleife, und als sich die Krawatte öffnete, schwangen ihre Brüste, als wollten sie die neue Freiheit auskosten. Aber das Prickeln verstärkte sich noch. Sie wollte jetzt allein sein, ihre Brüste halten und massieren – besser noch, sie wünschte, dass ein anderer ihre Brüste hielt und drückte und massierte.

»Schau nicht so ernst aus«, rief Sally und wollte Janies Glas nachfüllen, aber Janie legte ihre flache Hand über das Glas. »Du hast jede Minute genossen, das kannst du nicht leugnen. Schau dich doch an. Endlich Farbe in deinen Wangen. Ich glaube, für heute mache ich Schluss.«

»Du kannst jetzt nicht aufhören«, protestierte Janie. »Was war mit Mastovs Zunge? Ich meine, er hat dir seine Lippen versprochen.«

Sally lachte. »Das Geheimnis berühmter Geschichtenerzähler ist genau das – verführe deine Zuhörer und halte sie in Spannung.«

Janie löste ihre Beine, die sie unter sich vergraben hatte, und erhob sich. Sie schüttelte sich, stellte ihr Glas auf den Kaminsims und sah sich wieder im Spiegel an. Hektische Flecken glühten auf ihren Wangenknochen, ihr Mund war weit aufgerissen, und hinter dem Nabel bildete sich ein Kloß, der sich langsam zu ihrem Schoß senkte.

»Ja, es ist eine gute Story. Man kann wohl sagen, dass sie mich aufgeweckt hat«, sagte sie langsam, zupfte ihr Hemd nach unten und sah ihre Freundin im Spiegel an, als sähe sie Sally zum ersten Mal. »Wir sind alte Freundinnen, aber ich habe keinen Schimmer, wie du es im Bett treibst. Wie du weißt, treibe ich gar nichts in meinem. Deine Schilderung war so anschaulich, dass man meinen könnte, ich wäre dabei gewesen. Ist es immer so?«

»Darling, ich habe vergessen, wie naiv du bist.« Sally kicherte. »Ich weiß, du bist keine Jungfrau, aber der Unterschied ist nicht sehr groß. Du bist zufrieden damit, Leute aus der Ferne anzuschwärmen. Aber da draußen laufen so viele Männer herum, und jeder ist anders. Ich wünschte, ich hätte viel mehr Zeit, dann könnte ich noch mehr ausprobieren.«

»Und du würdest alles noch mal tun? Ich meine – auch mit einem Fremden?«

»Du meinst das Poklatschen und das Fesseln? Oh, ja, sofort, wenn ich Mastov wieder treffe. Er hat mir ein paar neue Dinge gezeigt, und ich musste einsehen, dass ich doch nicht die Frau von Welt bin, für die ich mich immer gehalten habe.«

»Sind denn Fremde immer die besten Liebhaber?«

»Das muss nicht so sein. Aber bei ihnen bist du ungehemmter, verstehst du?«

»Gibt es denn so viel zu entdecken?«, murmelte Janie und betrachtete sich wieder im Spiegel. Ihr Atem hatte sich noch nicht beruhigt. Die Erregung sammelte sich in ihrem Schoß. Es war, als griffen lange Tentakel nach ihr, zerrten und zupften und öffneten ihre Labien. Sallys intime Beschreibung und ihr sinnlicher Tanz hatten genau die Wirkung gehabt, die Sally vorausgesehen hatte. Köstliche Gefühle hatten sie ausgelöst. Janie wollte sie bewahren, bis sie allein in ihrem Schlafzimmer war. Aber jetzt war die Zeit noch nicht reif dafür.

Einen Moment lang lauschten die beiden Frauen dem Regen. Janie starrte Sally an, die auf dem Sofa lag, die Augen geschlossen.

»Erinnere dich, du warst es, die alles hören wollte. Gib zu, dass es dich angemacht hat.« Sally schlug die Augen auf. »Du bist scharf geworden. Aber wir sind ins sonnige Devon gefahren, um mit der Natur eins zu werden, um die Stadt hinter uns zu lassen, um die streichelnden Hände, die flachen Bäuche, die kundigen Zungen und Lippen und die heißen pochenden Schwänze zu vergessen – ich brauche dir also den Rest der Geschichte nicht zu erzählen, nicht wahr?«

Janie stieß sich vom Spiegel ab und drehte sich zu Sally um.

»Also gut. Hier werden wir sowieso niemanden finden, der uns helfen kann. Lassen wir Mastov und seine Fesselspiele im Holland Park zurück. Wir beide werden zwei Wochen lang die Einsamkeit genießen können.«

»Wie befohlen, Sergeant. Aber jetzt will ich mal ein paar Befehle schnarren. Wenn du unbedingt das Kommando übernehmen willst, dann gehe hinaus und hole uns Holzscheite für den Kamin.«

Zweites Kapitel

Es regnete immer noch, und es war viel dunkler geworden, als Janie endlich genug Mut gesammelt hatte, um hinauszugehen. Sie warf sich einen der riesigen Regenmäntel mit Kapuze um, die im Flurschrank hingen, fummelte lange an der verriegelten Haustür herum und sah dann missmutig hinaus ins scheußliche Wetter.

»Nun warte nicht auf besseres Wetter«, schalt Sally vom gemütlichen Wohnzimmer aus. »Ich suche uns noch eine Flasche Wein.«

»Dann steck sie in den Kühler«, sagte Janie. »Ich fühle mich irgendwie ruhelos. Vielleicht breche ich zu einem kurzen Spaziergang auf.«

»Du bist nicht ruhelos, sondern geil«, rief Sally lachend. »Ich sollte öfter scharfe Geschichten erzählen.«

»Ich bleibe nicht lange weg«, sagte Janie und ignorierte die Wahrheit in Sallys Diagnose. »Da schreitet sie hin und fürchtet weder Sturm noch Regen«, deklamierte sie.

Sally winkte ihr träge zu und richtete sich auf dem Sofa ein, ein Bein angewinkelt über der Armlehne. Ihre zierliche Hand glitt hinunter und streichelte geistesabwesend über ihren Bauch. Sie begann zu dösen.

Janie fand keine Scheite, nicht im Haus und auch nicht draußen. Das war typisch Ben. Auf nichts vorbereitet. Sie ging den Gartenpfad entlang und öffnete das Tor. Eine gewaltige Trauerweide lehnte herüber und strich mit langen silbrigen Blättern über ihr Gesicht, wobei dicke Regentropfen ihr in den Nacken rannen.

Der Garten war derart überwuchert, dass ein Passant das Cottage gar nicht wahrnehmen würde. So war es Ben am liebsten.

Vom Tor aus geriet man auf die mit Splitt bestreute Einfahrt, und von dort gab es einen Zugang zur schmalen Straße, die vom Meer ins nächste Dorf führte.

Statt der Straße zu folgen, schritt Janie in ihren geliehenen, viel zu großen Gummistiefeln quer über die Einfahrt. Sie streckte die Arme aus und spürte die Dornenhecke und das Loch, durch das sie und ihr Vetter oft gekrochen waren, wenn sie über das Land des benachbarten Bauern laufen wollten. Es würde vierzig Minuten dauern, wenn sie der Straße folgte, aber querfeldein würde sie in zehn Minuten da sein, und niemand würde sie sehen. Sie wollte sich der Holzscheite des Nachbarn bedienen, und wenn sie keine fand, mussten sie morgen zum Strand gehen und Treibgut sammeln.

Der Wein ließ es in ihren Ohren klingen, und Sallys Abenteuer ging ihr nicht aus dem Kopf. Die Bilder stiegen wie Blasen vor ihren Augen auf. Janie spürte einen neuen, nagenden Hunger in sich. Wie gewöhnlich hatte Sally Recht. Es war frustrierend. Diese starken Gefühle, die sie jetzt empfand, waren immer da, sie hatte sie nur unterdrückt, aber jetzt meldeten sie sich so heftig, dass sie schmerzten.

Sie hielt direkt auf den Bauernhof zu. Früher blühte der Weizen um diese Jahreszeit, aber jetzt war daraus eine saftige Weide geworden. Der jetzige Besitzer ließ den Hof und die Felder brach liegen.

Janie schaute auf ihre matschigen Gummistiefel, ihr Kopf noch voller Bilder von Sallys derber Sprache. Sally war sexverrückt, darüber hatten sie schon immer gewitzelt, aber sie tanzen und ihre Blöße zu sehen war, als lugte sie durch ein Schlüsselloch, unfähig, sich vom Anblick loszureißen.

Sie war vom Cottage weggelaufen, aber geholfen hatte das nicht. Sie konnte immer noch die schwüle Szene in der exklusiven Londoner Wohnung sehen, die silbernen Bänder, die wie Peitschenschnüre auf Sallys hingestrecktem Körper landeten. Janies Phantasie ging noch viel weiter. Sie sah sich gespreizt vor dem Mann liegen, gefesselt, erregt, die Brustwarzen steif, und der kalte Fremde stand über ihr und knöpfte seine Hose auf.

Sally brachte sie mit ihren Sexgeschichten völlig aus dem Gleichgewicht. Janie hatten einen langen, stillen Sommer eingeplant, ohne Ärger, ohne Aufregung. Aber sie hätte natürlich voraussehen können, dass es mit dieser Wildkatze kein ruhiges Leben geben würde.

Sie war froh, dass ihr der Regen ins Gesicht fiel, er lenkte sie von ihren heißen Gedanken ab. Sie musste sich gegen den starken Wind stemmen, als sie sich den verfallenden Gebäuden des Bauernhofs näherte. In der Nähe glaubte sie das Geräusch eines Land Rovers zu hören, aber das war nicht ungewöhnlich, denn einige Landwirte benutzten die Küstenstraße, um ihre Felder zu bestellen.

Der Zaun hinter dem Schweinestall war halb niedergerissen, deshalb hatte sie keine Mühe, darüber zu klettern, aber dahinter steckte sie knöcheltief im Matsch fest. Sie musste mit beiden Händen an ihr Knie fassen, um ihren Fuß zu befreien. Nach dem nächsten Schritt hatte sie wieder festen Boden unter den Füßen. Ein paar Schubkarren standen neben dem Haupthaus, und vor dem alten Milchgeschäft stand ein knallgelber Kartoffelroder. Nirgendwo ein Zeichen von Leben.

Janie hatte nicht das Verlangen, den ganzen Bauernhof

zu inspizieren, obwohl sie, Ben und Jack als Kinder keine Gelegenheit versäumt hatten, auf die Geräte zu klettern und den Motor zum Laufen zu bringen.

Tatsächlich sah sie in einer Ecke die Holzscheite liegen, genau da, wo sie nach ihrer Erinnerung immer gestapelt worden waren, an die Scheune gelehnt, unter dem vorstehenden Dach. Janie sah sich um.

Der Bauernhof verfiel immer mehr, und im Dämmerlicht wirkten die verlassenen Gebäude unheimlich. Jetzt fehlte nur noch, dass der uralte Bauer mit den wenigen Zahnstumpen im Mund sie über den Hof hetzte. Klopfenden Herzens schritt sie rasch zu den Holzscheiten vor der Scheune. Sie musste sich strecken, um die obere Lage zu erreichen, und füllte den Korb, den sie mitgebracht hatte.

»He, was machen Sie denn da?«

Janie fuhr so hastig hoch, dass sie mit dem Kopf an ein Metallstück stieß. Ihre Kapuze fiel ihr vor die Augen, und zu allem Überfluss ließ sie ein Stück Holz direkt auf ihre Zehen fallen. Um die Ecke der Scheune war ein Mann aufgetaucht, ähnlich mit Kapuze vermummt wie sie. Er stand nur wenige Schritte von ihr entfernt, aber sie konnte durch den Regenvorhang sein Gesicht kaum erkennen. Sie sah nur, dass er groß und breit und mit einer Schaufel bewaffnet war.

»Nichts, das heißt … eh, ich suche Holz«, krächzte Janie. »In unserem Cottage ist es kalt, wir brauchen ein Feuer im Kamin. Hier gibt es niemanden, der sich um den Hof kümmert.«

»Doch«, sagte er. »Ich.«

Die Gestalt trat näher, und Janie wich bis zur Wand zurück. Unter der Kapuze trug der Mann eine Tweedmütze, die er jetzt hochschob, um sie besser sehen zu können. Janie sah ein unrasiertes Kinn, zusammengepresste Lippen und schwarze Augen, die hinter einer Schildpattbrille glitzerten.

»Ich dachte, Sie wären ein Mann, bis ich Ihre Stimme hörte«, sagte er. »Aber ich will Sie noch einmal fragen: Was machen Sie da?«

»Ich dachte, der Bauernhof wäre verkauft worden, weil ich gehört hatte, dass der Alte gestorben ist«, murmelte Janie und rieb sich den Kopf, um die Sterne zu verjagen, die vor ihren Augen tanzten. »Ich dachte, hier wäre niemand. Die Holzscheite werden doch nur nass und sind dann nicht mehr zu gebrauchen.«

»Stimmt, der Hof ist verkauft, und der alte Bauer ist vor kurzem gestorben. Der neue Besitzer glaubt, er hätte einen Bauerhof in einer der ruhigsten Gegenden Englands gekauft, und er wird ziemlich sauer sein, wenn er erfährt, dass Diebe über seinen Besitz herfallen.«

»Er ist nicht hier, und es geht nur um ein paar alte Holzstücke.« In ihrem Kopf klopfte es wie verrückt, und sie begann zu schwanken.

»Sind Sie in Ordnung? Ich kann eine Wunde an Ihrem Kopf sehen.« Plötzlich klang er besorgt. Er stützte sich mit einer Hand an der Scheunenwand ab und beugte sich vor, um ihre Stirn zu inspizieren. Er hob die freie Hand, und Janie zuckte zusammen und stieß mit dem Kopf gegen das gestapelte Holz.

»Nun entspannen Sie sich schon, verdammt! Himmel, das ist Ihr schlechtes Gewissen, was? Ich will mir doch nur Ihre Verletzung ansehen.«

»Sind Sie nicht nur ein Streuner, sondern auch ein Sanitäter?«, fragte Janie.

»Nun, ich kenne mich aus. Sie bluten.« Er zeigte ihr

seine Hände, als wollte er beweisen, dass er keine Waffe hielt, und schob ihre nassen Haare aus der Stirn. »Sie bluten nicht stark, aber es rinnt von der Kopfhaut.«

Er zeigte ihr seine Fingerspitze, und gemeinsam starrten sie auf das Blut.

»Kommen Sie hier hinein. Es ist der einzige Bau mit einem intakten Dach.« Er führte sie in die Scheune. Er sicherte die Tür von innen, indem er seine Schaufel dagegen stellte.

Draußen hörten sie den Wind, der an losen Asphaltbahnen zerrte, aber in dieser Ecke der Scheune saßen sie im Trockenen. Janie setzte sich auf einen Strohballen und beugte einen Moment lang den Kopf zwischen die Knie.

Sie konnte nicht gut Blut sehen; der Anblick ließ sie schwitzen. Sie hielt die Augen geschlossen, während sie sich aus dem Regenmantel schälte, dann schüttelte sie die nassen Haare, bis sie in Strähnen über ihren Rücken fielen.

»Ich war unhöflich«, sagte sie zum Boden. »Wenn wir hier ausharren, bis der Regen aufhört, sollte ich mich entschuldigen. Aber ich habe wirklich nicht damit gerechnet, hier jemandem zu begegnen. Seit Jahren verfällt der Hof.«

»Ich weiß. Es wird eine lange Zeit dauern und viel Arbeit kosten, ihn wieder aufzubauen. Auch ich entschuldige mich, dass ich Ihnen einen Schrecken eingejagt habe.« Er drehte am Lichtschalter, aber es tat sich nichts. Dann hörte sie seine Schuhe im Stroh. Der trockene Geruch des alten Strohs stieg ihr in die Nase. Er blieb stehen. »Im schwachen Licht habe ich Sie nicht erkennen können, aber ich frage mich, ob Sie mir irgendwie bekannt sein könnten.«

Die Stimme klang ganz nah an ihrem Ohr. Der Strohballen schwankte, als er sich neben sie setzte.

»Was?«

Janie hob den Kopf. Es ging ihr schon wieder besser. Es war der erste Moment seit Sallys Einzug ins Cottage, das sie mit ihrer großstädtischen Energie und ihren lockenden, quälenden Geschichten füllte, in dem Janie sich ruhig fühlte. Ruhig und beruhigt.

»Diese dunkelroten Haare, die Farbe eines guten Bordeaux. Ich habe solche Haare schon mal gesehen. Aber damals bin ich ihnen nicht so nahe gekommen, dass ich sie riechen konnte. Sagen Sie mir, wonach es duftet. Regen, klar, auch ein wenig nach nervösem Schweiß, aber da ist noch mehr ... Ringelblumen?«

Janie sah ihn mit großen Augen an. »Wie haben Sie das geraten? Aber es stimmt, mein Shampoo enthält den Extrakt von Ringelblumen.«

»Ich hab's doch gesagt! Entweder ist es die Farbe oder der Duft, es kommt mir vertraut vor. Sie natürlich auch, ich weiß nur noch nicht genau ...«

»Sie müssen sich irren. Ich bin nicht von hier.«

»Ich auch nicht. Aber Sie haben gesagt, dass Sie diesen Bauernhof kennen.«

»Wir kamen oft zu Besuch, als wir Kinder waren. Mein Vetter und sein Freund. Wir haben immer gedacht, der alte Maddock und seine Söhne wären böse Trolle. Sie sind mit Mistgabeln hinter uns her gerannt, und einmal ist die ganze Sippschaft mit einem Revolver auf uns losgegangen.«

»Ich kann es dem Alten nicht verdenken«, sagte der Fremde. »Ihr habt wahrscheinlich seine Ernte vernichtet und sein Vieh erschreckt.«

»Ja, wir waren wohl kleine Biester, aber niemand kann behaupten, dass ich heute das Vieh erschreckt habe.«

»Aber mich.«

Janie lachte, und er lächelte zurück. Seine Brille glitzerte. Er rutschte vom Strohballen, hockte sich vor sie auf den Boden und stützte sich neben ihren Schenkeln mit den Händen auf dem Strohballen ab. Seine Regenjacke knirschte, als er sich streckte und wieder wie ein Polizeihund an ihren Haaren schnüffelte. »Ich sollte Sie Ringelblume nennen.«

»Und ich sollte gehen«, erwiderte sie und schaute zur Tür. Es schüttete wie aus Eimern. Draußen war es dunkel, und sie hatte keine Ahnung, wie spät es war.

»Sie können nicht gehen, Sie sind verletzt. Kopfverletzungen erfordern Ruhe.«

»Kopfverletzung? Himmel, es ist nur eine kleine Schramme.«

»Sie haben sich an dem rostigen Dachsparren verletzt. Man kann nie vorsichtig genug sein. Der Sturm lässt auch noch nicht nach.« Er ließ sie nicht aus den Augen, während er die Regenjacke abstreifte und auch die Mütze vom Kopf nahm. Ohne die Bauernkluft sah er jünger aus; kaum älter als sie. Er trug ein verwaschenes blaues T-Shirt, so alt und ausgeleiert, dass sie die Muskelstränge am rief gebräunten Hals und auf den Schultern sehen konnte. Sie hätte nichts dagegen, die ganze Nacht auf seine Muskeln zu starren.

»Sehen Sie? Sie schwitzen«, sagte er. »Es ist stickig hier drinnen, richtig drückend. Oder bahnt sich ein ansteckendes Fieber bei uns an?«

Er legte eine Hand auf ihre Stirn. Ihre Haut kribbelte unter seinen Fingern. Sie spürte ein sanftes Pochen zwischen den Schenkeln, das in dem Moment einsetzte, als er sie berührte. Was hatte Sally gesagt, als sie neben Mastov im Taxi gesessen hatte? Nur die Berührung seines Fingernagels auf ihrer Haut hatte sie nach Monaten der Enthaltsamkeit fast durchdrehen lassen. Janie erschauerte, aber nicht aus Angst. Sie dachte nicht daran wegzulaufen.

Die klammen Haare des Mannes standen in dunklen Büscheln vom Kopf ab. »Ich bin nicht krank«, sagte sie. »Ich habe nur zu viele Kleider angezogen, bevor ich das Haus verließ. Aber es ist schließlich Juli.«

»In einem normalen Juli braucht man auch keine Holzscheite.«

»Aber normalerweise ist es im Juli auch nicht so verdammt kalt. Jedenfalls frieren wir in unserem Cottage.«

Er krempelte seine Hemdsärmel hoch, und Janie hätte gern seine Brust gesehen und die krausen Härchen an ihrem Gesicht gefühlt.

»Bleiben Sie hier, bis Sie sich aufgewärmt haben«, sagte er. »Ihr Cottage muss noch verfallener sein als dieser Hof.«

»Ich sollte gehen«, sagte sie wieder, ohne sich von der Stelle zu bewegen. Während ihr Blick auf seinen Hals gerichtet war, beschäftigten sich ihre Gedanken mit Regionen, die weiter unten lagen. Nichts konnte das Zucken in ihrem Schoß aufhalten. Im Geiste knöpfte sie mit fiebrigen Händen seine Hose auf und sah fasziniert, wie sich der stramme Penis aus dem schwarzen Nest seiner Haare erhob.

Sie begegneten sich auf einer Höhe; er kniete auf dem Boden, und sie saß gebückt auf dem Strohballen. Janie kämpfte mit ihrem heftigen Verlangen, ihn zu berühren. Ihr Kopf fühlte sich besser, abgesehen von einem leichten

Pochen an der Stelle, wo sich die Wunde befand. Trotzdem fragte sie sich, ob sie Dinge sah, die gar nicht da waren.

Eben noch war sie über die Felder und Wiesen gegangen, den Kopf voller Bilder von anderen Leuten, die Sex miteinander hatten, während ihr entwöhnter Körper zuckte und pochte, aufgebracht vom ungebetenen Hunger. Die nächste Szene sah sie allein mit einem fremden Kerl in einer verlassenen Scheune, und sie hatte keine Ahnung, ob der Mann sie töten oder glücklich machen wollte.

Der Regen prasselte, der Wind heulte, und die Wärme des Fremden übertrug sich auf sie, als er eine ihrer Haarsträhnen um seinen Finger schlang und unter ihre Nase hielt. Sie konnte ihr Bild sehen, zwei kleine Janies in den Gläsern seiner Brille. Sie hatte große Augen und schüttelte irritiert den Kopf – vor langer, langer Zeit hatte sie schon einmal ihr Bild in einer Brille gespiegelt gesehen, und auch damals hatte sie erschrocken auf einem Strohballen gesessen.

»Ich kannte jemanden mit solchen Haaren«, sagte der Mann, als könnte er ihre Gedanken lesen. »Diese Farbe, dieser Duft. Haben Sie was dagegen, wenn ich Ihre Haare berühre?«

Er spreizte die Finger und ließ die Haarsträhne zurück auf ihre Brust fallen. Dann schob er die Hand unter ihre Haare und streichelte den Nacken. Er hob die nassen Haare an und massierte mit den Fingerspitzen die Stelle, an der ihr Puls hämmerte. Langsam ließ er sich zurück auf die Fersen sinken, starrte auf ihren Hals und auf die dunkelrote Bluse. Sie folgte seinen Blicken. Die Bluse war weit geschnitten wie die meisten ihrer Kleider, aber der Marsch durch den Regen hatte dazu geführt, dass sich das feine Leinen an ihre Haut schmiegte und die Zwillingshügel ihrer Brüste besonders hervorgehoben wurden.

Der Mann lächelte beim Anblick ihrer vollen Brüste. Janie schob die Schultern zurück, wodurch die Kurven noch deutlicher hervortraten. Zwei einladende Hügel, die nur darauf zu warten schienen, von ihm geherzt zu werden. Es war genau so, wie Sally gesagt hatte – irgendein glücklicher Kerl würde nur allzu gern sein Gesicht zwischen ihre Brüste drücken. Seit dieser Bemerkung hatte Janie darauf gewartet, dass sie sich bewahrheitete.

»Alles in Ordnung, Doktor?«

Die Finger des Mannes drückten in das Grübchen von Janies Kehle, und sie schnappte instinktiv nach Luft.

»Alles noch heil. Ich wollte nur sehen, ob Sie sonstige Verletzungen davongetragen haben. Sie werden überleben.«

»Aber nicht, wenn Sie mich erwürgen«, sagte Janie trocken. »Ich muss jetzt gehen«, fügte sie hinzu. Ihr fiel plötzlich ein, wie unvermittelt er draußen aus dem Nichts aufgetaucht war. Vielleicht hatte er sie beobachtet. Vielleicht war er ihr vom Cottage aus gefolgt. Er hatte große Hände, das hatte sie gespürt, als er ihr fast die Kehle zugedrückt hatte. Verdammt, sie befanden sich in einer verlassenen Scheune, und selbst wenn sie schreien würde, konnte sie keine Hilfe erwarten – niemand würde sie hören.

»Ja, sollten Sie wirklich«, stimmte er zu, ließ die Hände sinken und legte sie auf seine Schenkel. Jetzt fühlte sich ihr Hals kalt an. »Obwohl mir lieber wäre, wenn Sie blieben. Hier ist es verdammt einsam, das hatte ich vergessen. Trotzdem ist es sonst nicht meine Art, meine

Hände um den Hals von Eindringlingen zu legen. Nun, Sie sehen auch nicht wie der normale Eindringling aus.«

»Und wie sieht der aus?«

»Maske, lange Haare, männlich, Schrotflinte.« Sie wartete. »Und normalerweise tragen sie keine Regenmäntel und keine Holzscheite im Korb. Aber trotzdem bleibt das Gefühl, dass ich Sie kenne.«

»Das muss der älteste Anmachertrick sein.«

»Ich weiß, es hört sich krass an, aber ist es nicht möglich, dass ich Sie auch an jemanden erinnere, den Sie mal gekannt haben? Deshalb haben Sie keine Angst vor mir, denn alle anderen Frauen wären längst davongerannt. Schließlich sehe ich ziemlich gefährlich aus, oder? Besonders, wenn ich Leute erwische, die Gesetze brechen. Ich meine, Sie haben selbst gesehen, dass ich mit einer Schaufel bewaffnet war.«

Einer seiner Schneidezähne überlappte den anderen ein wenig, obwohl die anderen Zähne schnurgerade gewachsen waren. Sein Lächeln verbreitete sich, und der schiefe Zahn machte das Lächeln noch attraktiver. Janie bemühte sich, ein ernstes Gesicht zu behalten.

»Nein, ich fürchte mich nicht vor Ihnen. Ich warte nur darauf, dass der Regen nachlässt. Und ich gehe nicht ohne meine Holzscheite.« Was sie eigentlich sagen wollte, sprach sie nicht aus. *Ich renne nicht davon, weil ich unheimlich scharf bin.*

«Nun gut, ich weiß, dass Sie keine gewöhnliche Einbrecherin und Diebin sind, aber ich muss schon sagen, dass Sie ziemlich unverfroren vorgegangen sind.«

»Vielleicht liegt es an meiner Kopfverletzung«, meinte sie. »Oder daran, dass ich zu viel Wein getrunken habe. Meine Freundin und ich haben schon den ganzen Nachmittag gebechert.« Janie sah ihn an. »Vielleicht glauben Sie mich zu kennen, weil Sie mich schon bei unserer Ankunft gesehen haben. Das ganze Gepäck und so ... ich meine, wir waren kaum zu übersehen.«

Er schüttelte den Kopf. »Nein, nein, so ist es nicht. Ich bin selbst erst an diesem Nachmittag eingetroffen, und seitdem bin ich hier. Es ist zu nass, um Nachbarn aufzulauern. Ich wusste nicht einmal, dass ich Nachbarn hatte.«

»Nun, in einer Sache irren Sie sich. Ich habe keine Ahnung, wer Sie sind. Ich weiß nur, dass Sie nicht der schielende Maddock sind, und das ist eine Erleichterung. Wir wissen nun beide, warum ich hier eingedrungen bin, aber ich weiß noch nicht, warum Sie hier herumlaufen, als gehörte das alles Ihnen.«

Sie drückte die Hände in den Strohballen, der an ihrer Haut kratzte. Sie redete zu viel. Ihre geile Stimmung schwand. Sally würde sich für sie schämen. Allein mit einem Mann in einer Scheune, redete sie über Kopfverletzungen und schielende Bauern, statt sich auf eine gekonnte Verführung zu konzentrieren. Sally hätte ihm längst die Hose abgestreift. Aber sie war nicht Sally, und Sally war nicht hier.

Die andere innere Stimme sagte ihr, dass es gut war, das Gespräch aufrecht zu halten. Sie rief sich in Erinnerung, dass dies ein männerfreier Urlaub werden sollte. Außerdem hatte sie keine Ahnung, wie man einem Mann die Hose abschwatzen konnte. Sie konnte doch nicht sagen: ›Meine Freundin meint, ich sei frustriert. Willst du mich vögeln?‹

Fetzen der Erregung schossen durch sie hindurch und trieben sie an. Warum berührte er sie nicht, selbst wenn es nur am Hals war? Sie hungerte nach seinen

Fingern, aber sie spürte auch, wie sich ihr Schoß verschloss.

»Ich bin der neue Bauer«, sagte er dann und schob die Brille von der Nase. »Mir gehört der Hof.«

Janie zwang sich, den Blick von seinen Lippen zu lösen. »Und ich bin der alte MacDonald.«

»Ehrlich, Miss Ringelblume. Ich habe den alten Hof gekauft. Ich hätte es Ihnen von Anfang an sagen sollen. Deshalb darf ich auch in dieser Scheune sein, denn sie gehört mir. Und die Holzscheite gehören mir auch.« Er stieß den ausgestreckten Zeigefinger gegen ihre Nase. »Sie sind also der Eindringling, und ich bin es, der das Recht hat, Fragen zu stellen.«

»Ich dachte, hier sollte alles abgerissen werden.«

»Und das rechtfertigt, dass Sie Holz klauen?«

»Hören Sie, es ist mir nie in den Sinn gekommen, jemand könnte diese Bruchbude übernehmen.«

»Und ich habe nie gedacht, dass sie sich als Ort der Verführung einer schönen Nachbarin eignen würde«, gab er grinsend zurück.

»Zwei«, sagte sie. »Wir sind zu zweit im Cottage.« Gleich darauf hätte sie sich auf die Zunge beißen wollen.

»Also zwei hübsche Nachbarinnen. Ich werde bald mal wegen einer Schale Zucker vorbeischauen. Gleich zwei! Himmel, das ist ja ein Bonus.«

»Nun, da wir also wissen, dass wir Nachbarn sind, sollte ich Ihnen meinen Namen sagen«, meinte Janie.

»Aber wenn ich Ihren Namen weiß, müsste ich Sie wegen unbefugten Betretens bestrafen, nicht wahr? Auf der anderen Seite will ich nicht, dass Sie mich wegen Körperverletzung verklagen.«

»Dann ist es wohl besser, wir bleiben anonym«, sagte

Janie, die immer schon einen Sinn fürs Praktische hatte.

»Gut, aber dann will ich Sie noch mal abtasten, um auf der sicheren Seite zu sein, ehe ich Sie bis an die Grenze meines Grundstücks begleite«, sagte der Bauer. Man hörte ihm an, dass er andere Motive für seine Fürsorge hatte.

»Ja, gern«, sagte sie spontan, ehe sie begriffen hatte, dass dies eine offene Einladung für ihn war.

Seine Hände griffen wieder an ihre Schultern und begannen sie zu massieren, und ohne es zu wollen, entspannte sie sich.

»Sie haben also nichts dagegen?«

Ihre Schultern hingen schlaff hinunter. Sie sollte jetzt aufstehen und gehen, aber sie freute sich, seine Hände wieder zu spüren. Sie wollte, dass er ihren Körper streichelte. Sie schüttelte sich vor Ungeduld. Sally hatte gesagt, Janie bräuchte endlich wieder einen strammen Kerl zwischen den Schenkeln. Ein strammer Kerl war Sallys Medizin für alle Wehwehchen.

Ein Finger des Mannes schob sich unter ihren Kragen und streichelte über die weiße Haut darunter. Ein exquisites Gefühl, wenn ein einzelner Finger unter die Bluse fährt und die nackte Haut streichelt.

Der kleine Flecken Haut, den er koste, schickte kleine sexuelle Botschaften durch ihren Körper. Die Kniekehlen begannen zu zittern, und tief in ihrem Schoß entwickelte sich ein Puls, den sie vorher nicht gefühlt hatte. Ihre empfindlichen Brüste spannten sich an, sie schienen aufzugehen wie ein Teig. Ihre Nippel schrieen nach Berührung, sie wurden härter und größer und reckten sich gegen den Stoff der feuchten Bluse.

Irgendwas knisterte in der Nähe der Tür, dann hörte

Janie auch noch, dass sich die Schaufel leicht bewegte, als wollte jemand herein. Sie versteifte sich und drehte den Kopf, um besser hören zu können.

»Das ist nur der Wind«, beschwichtigte der Bauer sie und drehte Janies Kopf wieder, damit sie ihn ansehen konnte. »Wir sind ganz allein hier.«

Er hielt ihr Kinn mit der Hand, und mit der anderen Hand nahm er die Brille ab, faltete sie und legte sie auf seine Regenjacke. Ohne Brille sahen die Augen noch dunkler aus, und das Gesicht schien jünger und entschlossener.

»Vielleicht ein wildes Tier, das uns angreifen will«, mutmaßte Janie. »Eine Raubkatze ...«

»Gibt es nicht auf meinem Bauernhof.«

Janie spürte, dass sie sich wieder davonstehlen wollte. »Bevor ich gehe«, sagte sie, »können Sie sich bitte noch mal meine Wunde ansehen? Ich fühle mich wieder ein bisschen schwindlig.«

Er berührte ihre Stirn sehr behutsam. »Das Blut ist schon getrocknet.«

Sie wollte mit der eigenen Hand an die Schramme fassen, aber er hielt sie am Gelenk fest.

»Schmerzt es noch?«

Sie zögerte, aber nur einen Moment lang. Ihr Verführungsspiel hatte begonnen.

»Ja, hier«, sagte sie und beugte den Hals so tief, dass er den Nacken und die nackten Schultern sehen konnte. Er schob die Haare zur Seite und strich leicht über den Nacken. Sie biss sich auf die Lippe und öffnete einen Blusenknopf. In ihrem Kopf rauschte es von ihrem neu gewonnenen Mut. Es war völlig unmöglich, ihre Signale falsch zu deuten.

»Und hier.«

Er schob die Bluse tiefer über ihre Schultern und folgte der nackten Haut mit den Fingerspitzen. Er glitt wieder unter die Bluse, und wenn er noch eine Handbreit weiter streichelte, würde er ihre Brüste berühren. Janies Atem kam in unregelmäßigen Schüben.

Sie sah seine Gesichtszüge wie durch einen Dunstschleier. Sie schloss die Augen, hob den Kopf und ließ ihn in den Nacken fallen. Sie hörte, wie das Stroh raschelte, dann begann sie langsam vom Ballen zu rutschen. Ihre Beine berührten sich.

Er beugte sich über sie, und Janie konnte seinen Atem auf ihrer Haut fühlen. Sie hob den Kopf leicht an, und im nächsten Moment begegneten sich ihre Lippen. Sie warteten beide ab, die Lippen berührten sich nur leicht. Ihr Mund entspannte sich, die Lippen öffneten sich ein wenig, aber seine reagierten nicht. Sie atmete in seinen Mund. Sie schlang die Arme um seinen Nacken und spürte ein Zittern zwischen den Schulterblättern. Sie wollte, dass er sie so anfasste wie sie ihn.

Sie tippte mit der Zungenspitze gegen seine Zähne; er schmeckte nach Tabak und Kaffee. Maskulin, salzig, süß, nass, warm. Sie schob die Zunge weiter in seinen Mund und wartete, dass er sie zurückstieß, aber dann schlossen sich seine Lippen um ihre Zunge, fingen sie ein, saugten sie sanft. Ihre Gesichter drückten sich aneinander, und ihre Brüste wurden von seinem harten Oberkörper gequetscht.

Dafür war sie hinaus in den Regen gegangen. Sie hatte gebibbert und geblubbert vor ungestilltem Verlangen. Sie musste an die frische Luft, um irgendeine Erleichterung zu finden, und jetzt hatte sie sie in der Gestalt eines fremden Bauern gefunden. In der verlassenen Scheune küssten sie sich hitzig wie zwei Teenager. Janie wollte ihn zwingen, den Kuss nicht abzubrechen. Es war, als hätte jemand ein Feuer in ihr entfacht.

»Was mache ich hier?«, ächzte er. »Ich wollte dich nur aus dem Regen holen, ich wollte dich ansehen und dann zurückschicken. Sage, dass ich aufhören soll.«

»Hör bloß nicht auf, wage es nicht«, zischte sie und knabberte an seinen Lippen. »Es ist schon so lange her, und es ist doch nur ein Kuss. Wir sind doch erwachsene Menschen, und es gefällt uns, was wir tun. Du kannst dir ja einreden, es sei dein *droit de seigneur,* wenn du dich dann besser fühlst.«

Er rieb seine Lippen gegen ihre. »Ja, gut. Das Recht des Herrn auf die erste Nacht. Obwohl ich nicht wie ein Gutsherr aussehe und du nicht wie ein Dienstmädchen.«

»Ich bin kein Dienstmädchen, sondern ein böses Mädchen, das vom Herrn beim Diebstahl erwischt worden ist.« Janie grinste. »Du musst mich anfassen, verstehst du?«

In der Dunkelheit klebten sie aneinander. Sie sah sein Gesicht als helles Oval vor sich. Es gab keinen Sinn, die Zeit damit zu vertrödeln, sich nur anzustarren. Da er nicht reagierte, hob sie sich an und legte sich auf den Strohballen. Er blieb auf dem Boden knien. Sie griff nach ihm und zog ihn auf sich.

Er zögerte kurz, dann ließ er sich auf sie sinken. Er nahm ihre Arme und hielt sie über ihrem Kopf zusammen. Das Stroh kitzelte und piekste durch die Bluse, deshalb hob sie sich an und präsentierte ihm ihre Brüste.

Er blickte auf sie hinab und biss sich auf die Lippen. Seine Nasenflügel blähten sich auf, als er versuchte, weiter ruhig zu atmen. Er saß gespreizt über ihr. Mit einer Hand hielt er ihre Arme zusammen, die andere Hand massierte die Schultern, und endlich glitt die Hand tiefer und beschrieb kleine Kreise über ihren Brüsten.

Janie lag keuchend da, verkrampft vor lauter Erregung. Sie befürchtete, wenn sie tief einatmete, würde er sich in Rauch auflösen und der ganze Spuk wäre vorbei. Sie versuchte, die Beine zu öffnen, um das unerträgliche Entzücken abzuschwächen, das sich in ihr aufbaute. Durch den dünnen Stoff seiner Hose konnte sie den Umriss seines Schafts ausmachen. Er rieb sich eifrig gegen die Jeans, und sie spürte das Zucken am Eingang der Pussy, aber sie wollte sich auf die kreisenden Bewegungen seiner Hand konzentrieren, die ihre Brüste reizte.

»Selbst wenn ich wollte, könnte ich nicht aufhören«, murmelte er. »Ich liebe deine Brüste, sie sind so fest und saftig, so einladend.«

Sie musste sich ein wenig aufrichten, um ihn verstehen zu können, aber im nächsten Moment zuckte sie wieder zusammen, weil es erneut an der Tür ratterte.

In der Scheune war es warm und still, und den Sturm hatte sie längst vergessen. Der Wind fegte wie gehetzte Stimmen unter der Tür her.

»Fass mich an«, drängte sie. »Nimm meine Brüste in deine Hände. Ich will, dass du fühlst, wie groß und fest sie sind.« Janies heiseres Flüstern täuschte darüber hinweg, wie mutig sie sich plötzlich fühlte. Sie zog seine Hand zur vernachlässigten Brust, sie krümmte den Rücken und bot sich ihm an.

Er rieb mit beiden Händen über ihre Bluse und massierte den Stoff in die beeindruckenden Hügel. Seine großen Hände drückten die Brüste platt, und Janie spürte, wie die Lust in Schmerz überging. Er knetete die Hügel, fuhr mit den Daumen über die Nippel, bis sie unter der weiten Bluse dick hervorstanden. Die Erinnerung an frühere Vergnügen dieser Art waren zu blass, aber jetzt kehrten sie allmählich zurück.

Sie stöhnte laut auf, bevor sie sich zurückhalten konnte. Ihr war, als wäre sie aus einem tiefen Schlaf erwacht. Sally würde wahrscheinlich sagen, es wäre wie mit dem Fahrradfahren – man verlernt es nie.

Janie wiegte den Kopf von einer Seite zur anderen und spürte, wie die Lust sie überwältigte. Sie wollte ihre Bluse heben, um ihm ihre nackten weißen Brüste mit den dicken Himbeerspitzen zu zeigen. Die Gier in seinen Augen faszinierte sie – er war so geil wie sie. Himmel, es steckte sie an.

Sie löste die Hände aus seinem Griff, packte an seine Hüften und öffnete mit fiebrigen Fingern den Gürtel seiner Jeans. Er trug noch sein T-Shirt, und auch ihre Bluse war immer noch zugeknöpft, aber jetzt wollte sie sich nicht lange mit dem Ausziehen aufhalten lassen.

Sein Mund stand offen, war aber zu weit weg, sodass sie ihn nicht küssen konnte, während sie an seinen Jeans zerrte. Sie wand sich unter seinen streichelnden Händen und hörte, wie er keuchte und schwer atmete. Ganz egal, wie sehr sie aus der Übung war und wie sehr Sally sich über sie lustig machte – hier lag sie ausgestreckt unter einem Fremden, beinahe in der freien Natur. Oh, wie sie das in den letzten Jahren vermisst hatte!

Sie konnte sich den Luxus des Hinhaltens nicht leisten, sie wollte seine harte Länge finden, wollte sie in ihrer Hand halten, wollte herausfinden, was dieser Schaft mit ihrem Körper anstellen konnte, wie hart er wurde. Sie brauchte ihn tief in sich. Es wurde höchste Zeit.

Ein Luftzug huschte über ihr Gesicht, und dann glaubte Janie, ganz in der Nähe ein mühsam unterdrücktes Husten zu hören. Oder auch nur ein Schnaufen. Sie schienen in der alten Scheune nicht allein zu sein. Der Wind pfiff um die Ecken, und das Knarren der Bretter hörte sich manchmal wie ein kurzes trockenes Lachen an. Sie musste sich beeilen, denn hinter dem Feld wartete Sally im Cottage.

Verdammt, wieso drängte sich Sally jetzt in ihre Gedanken und, verdammt, auch der heimliche Zuschauer, der sich in die Scheune geschlichen hatte. Sie hatte die Hose des Bauern endlich über seine Hüften geschoben, und Janie langte nach unten und wollte die Hand um seinen Schaft legen, aber er griff ihre Gelenke und zwang sie wieder über ihren Kopf.

Offenbar wollte er die Kontrolle behalten, dachte sie. Er packte den Schaft und zeigte ihm die Richtung, dann riss er Hose und Slip mit einem Ruck nach unten. Das Stroh kratzte am Po. Sie schlang die Beine um seine Hüften, rieb ihren Schoß gegen seinen und versuchte, ihre Hände aus seinem Griff zu lösen, was ihr aber nicht gelang. Sie hörte nicht auf, sich schlängelnd unter ihm zu bewegen, bis sie endlich spürte, wie seine Härte langsam ihre Leere füllte.

Jetzt nahm sie ganz deutlich eine Bewegung aus den Augenwinkeln wahr. Sie ruckte den Kopf zur Tür. Zwei Augenpaare sah sie, zwei fahle Gesichter, die dazu gehörigen Gestalten im Dunkel. Sie konnte nicht erkennen, ob sie jung oder alt waren, männlich oder weiblich. Die einzige Lichtquelle war der schmale Strich, der unter der Tür hereinfiel.

Janie sträubte sich einen Moment lang unter ihm und stieß quietschende Laute aus, um seine Aufmerksamkeit zu erlangen. Sie ließ die Beine sinken. Nein, sie mussten aufhören, jemand würde auf sie zukommen und sie erwischen, sie mussten aufhören und sich irgendwo verstecken.

»Hör zu, da ist jemand, da kommt jemand auf uns zu«, krächzte sie. Sie war hin und her gerissen, abgelenkt, aber auch erregter noch als vorher, als wirkte die Furcht vor Entdeckung als Triebkraft. Der Bauernhof war immer ein unheimlicher Ort für sie gewesen, aber darin hatte auch sein Reiz gelegen, doch noch nie hatte sie gespürt, dass Angst ihre Erregung steigerte. Natürlich hatte sie auch noch nie in einer Scheune auf dem Strohballen gelegen und sich vom Bauern nehmen lassen. Nicht einmal Sally hätte sich eine Geschichte ausdenken können, in der der Nachfolger des bösen, schielenden Maddock eine Hauptrolle spielte.

Der Bauer wandte den Kopf und schaute nun auch zur Tür, aber er verzog keine Miene. Seine Augen waren glasig vor Verlangen. »Da ist nichts«, behauptete er. »Du willst doch jetzt keinen Rückzieher machen und aufhören? Also, ich lasse mich jetzt nicht mehr stören.« Er sah sie lüstern an, grinste breit und knetete ihre Brüste weiter.

Ein neuer Erregungsschub schoss wie nach einer Explosion durch ihren Körper. Der Gedanke, dass jemand sie beobachtete, dass er irgendwo in der Nähe stand und geduckt und mit gierigen Augen alles verfolgte, was auf dem Strohballen geschah, hatte eine betörende Wirkung auf sie. Den Kopf zur Tür geneigt, forderte sie die unsichtbaren Zuschauer heraus.

»Dann schaut doch zu«, zischte sie. »Macht schon, kommt näher, seht doch, wie wir uns wie die Tiere paaren.«

»Hör auf zu brabbeln, Weib«, keuchte er heiser.

Janie hob die Beine wieder an, klammerte sich an seinen Hüften fest und zog ihn näher. Sie spürte, wie der

Schaft über die Innenseiten ihrer Schenkel glitt, und der pralle Kopf klopfte gegen ihren Spalt – wie ein ferngesteuerter Raketenkopf, der die Hitze suchte.

Er führte ihn durch die nassen geschwollenen Labien, und sie schwenkte die Hüften, als wollte sie ihm den Eingang zeigen. Tiefer und tiefer stieß der Schaft in sie hinein. Ihre Muskeln umklammerten ihn. Kein Necken, kein Verzögern, tiefer und tiefer und dann kräftiges, mächtiges Stoßen, immer wieder, immer schneller. Wenn die Länge an ihrer Klitoris vorbeiglitt, spürte sie ihre Lust wachsen, bereit zum Schmelzen und Explodieren, nachdem sie sich den ganzen Nachmittag schon genüsslich aufgebaut hatte.

Er zog sich einen quälenden Moment lang beinahe ganz aus ihr zurück, nur die Eichel lag noch zwischen den Labien, stieß kurz hintereinander gegen die Klitoris, verharrte eine Sekunde und pflügte dann mit Wucht in sie hinein. Er wiederholte das noch einige Male, und Janies Stöhnen wurde immer lauter, zog sich immer mehr in die Länge. Beim nächsten Stoß hörte sie sich laut aufschreien.

Sein Körper wurde auch von wilden Zuckungen geschüttelt, und sie wusste, dass er mit wuchtigen Stößen auf den Höhepunkt zusteuerte. In ihrem Hinterkopf fragte sich Janie, ob auch bei ihm jahrelanger Frust aus seinem Körper gespült wurde.

Sein Körper war mit ihrem zusammengeschweißt. Eine Hand mahlte immer noch auf ihren Brüsten, die andere drückte jetzt in ihren Rücken, und mit einer einzigen flüssigen Bewegung hob er sie vom Ballen hoch und hielt sie gespreizt auf seinem Schoß. Sie spürte kalte Luft an den nackten Stellen ihres Körpers, und sie musste wieder an die heimlichen Zuschauer denken.

Er nahm die Stöße wieder auf, und ihr Stöhnen und Schreien wechselten sich ab, begleiteten sein Zurückweichen und sein tiefes Eindringen. Er zitterte, und dann schien er alle Energie in diesen letzten Stoß zu legen, und der Laut, der tief aus seiner Kehle aufstieg, hörte sich fast wie ein Triumphgeheul an.

Der Ballen unter ihnen löste sich auf, und sie landeten auf dem losen Stroh auf dem Boden. Das Stroh piekste ihren Rücken, aber das spürte sie nicht, weil die Zuckungen der Lust sie in eine Art Trance versetzt hatten.

Sie lagen hechelnd auf dem Boden, Arme und Beine weit von sich gestreckt. Er stützte sich auf die Ellbogen, um sie nicht unnötig mit seinem Gewicht zu belasten. Langsam zog sie die Beine an, die Knie bis unters Kinn. Die Wärme der Befriedigung wich rasch, ihr wurde kalt, und jetzt spürte sie auch das raue Stroh auf dem Rücken.

»Wie habe ich nur die ganze Zeit ohne dieses Gefühl leben können?«, murmelte sie verwundert und beobachtete die Muskeln seines Rückens, als er im Stroh nach seiner Brille suchte.

Er sah sie an, und erst jetzt wurde Janie bewusst, dass er ohne seine Brille absolut nichts hatte erkennen können. Jetzt blickten seine Augen wieder klar.

»Davon habe ich schon seit Jahren geträumt«, sagte er.

»Wovon?« Sie hatte noch nicht die Kraft, sich aufzurichten. »Wovon hast du schon seit Jahren geträumt?«

»Ich wollte eine schöne Diebin dabei erwischen, wie sie mein Holz stiehlt, damit ich sie als Gefangene in meiner Scheune einsperren kann, wo ich sie zur Strafe auf einem Strohballen mit Gewalt nehme.«

»Du fühlst dich also doch als Herr und Gebieter.«

Der Bauer wollte antworten, aber sie zuckten beide zusammen, als die Tür gegen die Schaufel stieß, die er dort abgestellt hatte. Draußen hörte man Schritte durch Wasserpfützen hasten, dann derbes Männerlachen. Ein Moped wurde angetreten, der Motor röhrte auf, dann entfernte sich das Geräusch schnell.

»Ich hatte Recht, ich habe es dir gesagt, aber du hast nicht reagiert! Ich habe die Augen an der Tür gesehen. Sie haben uns beobachtet.«

Da war ein bisschen Entsetzen in Janies Augen, aber gleichzeitig schimmerte auch ein amüsiertes Lächeln durch. Sie schlang die Arme fester um ihre Knie und versuchte, die Intensität der vergangenen Minuten festzuhalten. Nach einer Weile erhob sie sich widerwillig und vervollständigte ihre Kleidung.

»Hat es dich sehr gestört?«, fragte er und ging vorsorglich mit ihr zur Tür. Sie schauten beide um die Ecken, aber da war niemand mehr. »Ich meine, es hat uns doch nicht den Spaß verdorben?«

Sie errötete wie ein Teenager. Sie fühlte sich verlegen und vermied es, ihn anzusehen. »Sie haben nicht viel sehen können«, meinte sie achselzuckend. »Aber es war eine verrückte Erfahrung, nicht wahr? Es unter diesen Umständen zu tun, ich meine, weil wir doch fremd sind, und dann auch noch beobachtet zu werden.« Sie scharrte mit dem Stiefel über den matschigen Boden, und die Röte im Gesicht vertiefte sich noch.

»Ich möchte es bald wiederholen«, sagte der Bauer.

Er wand eine Haarsträhne von ihr um seinen Finger, wie er es zuerst getan hatte, als sie auf dem Strohballen gesessen hatten. Er zog ihren Kopf näher zu seinem.

»Bordeauxrote Haare«, murmelte er, dann grinste er. »Ich muss ein Glückspilz sein, dass ich eine so attraktive

Nachbarin habe. Aber ich werde mit meinen Angestellten ein ernstes Wort reden müssen.«

»Mit deinen Angestellten?«

»Ja, unsere Zuschauer. Diese Jungs mit dem Moped sind meine Mannschaft dieses Sommers. Sie helfen mir, den Hof wieder aufzubauen. Maddocks Sohn gehört auch noch dazu. Er ist etwa vor einer Stunde gegangen, und ich dachte, die beiden Jungen hätten auch schon Feierabend gemacht. Gut, dass er uns nicht gesehen hat. Er hätte wahrscheinlich einen Eimer mit kaltem Wasser über uns ausgeschüttet.«

Janie schüttelte sich und verschränkte die Arme vor der Brust, während der Bauer lachte.

»Du brauchst jedenfalls nicht zu befürchten, dass du ihnen begegnest«, sagte er, »denn ich habe ihnen versprochen, ihnen im Pub ein paar Bier auszugeben.«

Das Bild, das sich in diesem Moment in Janies Kopf einbrannte, war das ihrer nur teilweise entblößten Körper, die sich mit der Regelmäßigkeit eines Uhrwerks wiegten, während die anonymen Gesichter der Voyeure lüstern auf die Szene auf dem Strohballen starrten.

»Das nächste Mal sollten wir ihnen etwas mehr bieten«, sagte sie grinsend. Er sah sie an, sagte aber nichts. Er war wieder der Fremde. Sie zog die Kapuze über den Kopf und sagte: »Ich muss jetzt gehen.«

»Du hast was vergessen«, sagte er und zeigte auf den Korb mit den Holzscheiten. Sie bückte sich, und beim Aufrichten begegneten sich ihre Blicke. Eine Weile starrten sie sich an, und sie gewahrte zu ihrer eigenen Überraschung, dass sie eigentlich nicht gehen wollte. Er trat auf sie zu, öffnete ihren Regenmantel und sah auf ihre rote Bluse. Ihre Nippel begannen wieder zu prickeln.

»Das nächste Mal erwarte ich die Zahlung im Voraus«, sagte er und wies auf ihren Korb.

Sie lächelte. »Danke für das Holz.«

Janie sah ihm nach, wie ihr geheimnisvoller Unbekannter sich abwandte und zum Haupthaus ging. Er trat gegen die Tür und verschwand im Innern. Es war albern zu erwarten, dass er sie nach Hause begleitete, redete sie sich ein.

Sie watete durch den Matsch, bis sie den Zaun erreichte. Sie stieg hinüber, warf den Kopf in den Nacken und atmete tief durch. Sie fühlte sich erfrischt, belebt. Wie ein alter Anzug, der im Schrank gehangen und an der frischen Luft ausgeklopft worden war, befreit von Staub und Motten.

Ihre Füße schritten schneller über die Wiese. Dies war ihr Tag. Ihr Erlebnis. Und wenn es nach ihr ging, würde es bald eine Wiederholung geben.

Drittes Kapitel

Sally lag auf dem Sofa und streichelte ihren Bauch. Der träge fallende Regen machte sie schläfrig. Die Hand in ihren Jeans fühlte sich warm und angenehm an. Sie lag friedlich da, entspannt nach den letzten hektischen Wochen. Sie konnte sich nicht erinnern, wann sie das letzte Mal allein gewesen war. Janie war großartig, eine verlässliche Partnerin. Bei ihr zu sein war so wohltuend und erholsam wie ein heißes Schaumbad. Aber Sally konnte nichts mit sich anfangen, wenn sie allein war. Sie konnte die Stille nicht ertragen.

Sie sprang vom Sofa auf und fühlte sich von der hastigen Bewegung leicht schwindlig. Sie holte den Wein aus dem Kühlschrank und hatte keine Lust, auf Janie zu warten. Sie schenkte sich ein Glas ein, ging ins Wohnzimmer zurück und blinzelte aus dem Fenster. Da draußen war nichts, nur dunkles Grün der Bäume und grauer Himmel. Der Tag neigte sich dem Ende zu.

Lange würde sie es hier nicht aushalten, dachte sie. Keine Geschäfte, keine Autos, keine Männer. In London würde sie nie die Vorhänge nach Einbruch der Dunkelheit offen halten, aber hier hatte sie nichts zu befürchten – meilenweit keine Menschenseele.

Sally trank mehr Wein. Der Alkohol wirbelte angenehm in ihrem Kopf herum, und sie spürte das vertraute Gefühl der Hingabe. Sie griff nach einem von Janies Pinseln, die in mehreren Gläsern standen.

Verdammt, wo war Janie überhaupt? War sie unterwegs in eine Kuhle gefallen? War sie von einem Traktor angefahren worden? Wie umständlich war es, in dieser Gegend Holz zu sammeln? Sally wäre hinausgegangen und hätte ein paar Äste von den Bäumen im eigenen Garten abgesägt, das wäre die einfachste Lösung gewesen. Janie war schon seit einer guten halben Stunde unterwegs.

Sally wechselte die CD. Sie entschied sich für einen schwermütigen Mahler. Ich darf nicht einschlafen, sagte sie sich und setzte sich aufs Sofa. Sie strich sich mit dem Pinsel übers Gesicht. Ein Projekt. Janie hatte ein Projekt, eine Aufgabe. Sie sollte diese Bruchbude neu gestalten. Wenn sie etwas zu tun hat, sollte ich auch irgendeine Aufgabe haben, dachte Sally, sonst verging sie noch vor Langeweile. Sie musste sich was einfallen lassen.

Ihr Bund fühlte sich einengend an, als sie sich wieder aufs Sofa legte, deshalb zog sie den Reißverschluss der Jeans auf. Erst seit ein paar Wochen hatte sie keinen Job mehr, aber sie spürte jetzt schon die Auswirkungen. Wenn sie faul war, aß sie mehr.

Sie streifte sich die Jeans von den Hüften und schaute aus dem Fenster. Ah, das war eine Erleichterung. Bauch und Oberschenkel fühlten sich wie befreit an. Die Elektroöfen hatten das Zimmer gut geheizt, deshalb war es ganz gemütlich, halb nackt auf dem Sofa zu liegen. Außerdem trug sie noch Bens langen Pullover.

Sie fuhr sich wieder mit dem Pinsel kitzelnd übers Gesicht, dann strich sie über ihren Ausschnitt. Sie fragte sich, wozu Janie diesen Pinsel verwendete, er war dick und hatte einen kräftigen Stiel, während die Borsten weich wie Katzenfell waren und nagelneu.

Sie würde beim Anstreichen gern helfen, selbst wenn es nur darum ging, die Farben auszuwählen. Es konnte sein, dass Janie nicht mutig genug war. Sie konnten dieses Cottage in ein Schmuckstück verwandeln; vielleicht sollten sie ›Schöne Landhäuser‹ anrufen, damit sie Fotos von *Vorher* und *Nachher* schießen konnten.

Sie spürte ein vertrautes Klingeln im Ohr, als eine neue Geschäftsidee zu keimen begann. Sie suchte ihr Handy und musste einen weiteren Dämpfer hinnehmen – kein Signal. Sie entschädigte sich mit einem weiteren Schluck Wein. Sie würde die Redaktion später anrufen, draußen würde sie wahrscheinlich eine Verbindung herstellen können.

Enttäuscht ließ sie sich in die weichen Kissen fallen und griff wieder nach dem Pinsel, ließ ihn durch die Finger gleiten, fasste den harten Stiel an, strich die Borsten über die Beine und zuckte, weil sie kitzelten. Beim nächsten Mal hatte sich die Haut schon an die sanfte Berührung gewöhnt, sie strich von den Knien hoch zum Delta und wieder zurück.

Unruhig rutschte sie auf dem Sofa herum, wodurch der Pullover nach oben geschoben wurde. Der Pinsel huschte über den Slip. Spontan hob sie den Po an und streifte den Slip ab. Sie hielt den Atem an, als die kühle Luft das blonde Dreieck ihrer Scham küsste. Sally gluckste, spreizte die Beine und ließ den Pinsel wieder streicheln und forschen.

Der Wind trieb die Zweige gegen das Fenster; es hörte sich wie ein Kratzen an. Sally zuckte zusammen, hielt die Augen aber geschlossen. Sie wollte sich von einem Baum keine Angst einjagen lassen. Die Haustür knirschte im Wind, und auch die Fußbodenbretter in der Diele knarrten. Aber sie wusste, dass Janie noch nicht zurück war.

Sie ruckte die Hüften auf und ab, tanzte auf dem Po im Takt der Musik, während der Pinsel schneller über ihre

Schenkel strich, in kleinen Kreisen den Bauch massierte und die pochende Stelle zunächst noch ausließ. Im Moment reichte ihr die Reibung ihrer Backen an den bestickten Kissen. Sie wollte den Reiz der Pinselborsten auf Labien und Kitzler so lange wie möglich hinausschieben.

Ihr Kopf wiegte von einer Seite zur anderen, und die Zungenspitze fuhr wie bei einer Katze über die Lippen, leckend, schmeckend. Sie kreiste mit den Hüften über den Kissen, die Schenkel öffneten sich weiter, und der Pinsel strich dazwischen, aber nur leicht und flüchtig, fast ohne Kontakt. Mit jedem Strich ruckten die Hüften schneller und wilder.

Das Sofa war ihr zu weich und nachgiebig geworden. Sie brauchte einen härteren Untergrund, also stieß sie sich von den Kissen ab und rutschte auf den Boden, die Beine fast zum Spagat gespreizt.

Sie erinnerte sich an ihre Tanztage, streckte die Beine weiter und saß auf dem Schritt. Sie spürte, wie sich der rosa Spalt weit öffnete. Ohne zu überlegen, fuhr sie mit Zeigefinger und Daumen zwischen die Labien. Mist, diese Einöde! Sie sehnte sich nach einem Stück Mann. Unwillkürlich spannte sie die inneren Muskeln an. Unmöglich, zwei Wochen hier nur mit einem Pinsel auszuharren!

Plötzlich hörte Sally wieder ein seltsames Schaben. Sie sah zum Fenster, ein dicker Kloß in ihrem Hals. Jemand musste ihre Gebete erhört haben – oder auch ihre schlimmsten Befürchtungen kennen –, jedenfalls war sie nicht allein. Da draußen stand jemand und beobachtete sie.

Janie konnte es nicht sein, denn sie würde nicht im Regen im Garten stehen, sondern sofort zur Haustür gehen. Die Musik war zu laut, um Schritte zu hören. Obwohl die Scheiben ein wenig beschlagen waren, glaubte Sally draußen die Umrisse eines Mannes zu erkennen. Er stand im Rosenbeet und schaute in aller Ruhe ins Zimmer.

Im ersten Moment glaubte sie, ihre Phantasie wäre mit ihr durchgegangen. Sie hatte keine Angst, im Gegenteil, sie fühlte sich noch mehr erregt. Hier draußen auf dem Land gab es also doch noch was Erregendes.

Er mochte ein Schafscherer sein, der nach der Arbeit eine Abkürzung genommen hatte und irgendwie im Garten des Cottages gelandet war; oder er war ein Tourist, der sich im Regen verlaufen hatte. Nun, was er durchs Fenster gesehen hatte, würde Thema der nächsten Stammtische sein, dachte Sally und schaute wieder hoch.

Das Gesicht war noch da. Ganz sicher männlich. Kappe, breites, unrasiertes Kinn. Der Mund bewegte sich, als redete er mit sich selbst. Dann hörte sie, wie er ans Fenster klopfte. Sie krümmte den Zeigefinger. Der Kerl sah nach rechts und links, hob den Daumen, rührte sich aber nicht von der Stelle.

Wie du willst, dachte Sally. Vielleicht bist du ja auch nur der Hausgeist. Ich höre jedenfalls nicht auf. Weil ich dich da draußen weiß, wird es nur noch besser.

Sie beugte die Knie, entspannte die Schultern und schloss die Augen. Der Pinsel wanderte ihre Schenkel hoch, über den glatten, flachen Bauch und schwebte dann wieder nach unten, wo er über dem schwellenden Schamberg schwebte. Die Borstenspitzen berührten die kurzen krausen Härchen.

Sally seufzte laut auf und hätte gern gewusst, was der Zuschauer von ihrer Vorführung hielt.

Sie versuchte, sich vorzustellen, dass Mastov da draußen im Garten stand, aber das gelang ihr nicht. Mastov gehörte nach London; hier hatte er nichts zu suchen, und außerdem war er schon Geschichte. Hier ging es um etwas Neues.

Sie ließ den Pinsel fallen und strich mit den Fingern über die weichen Haare. Sie wollte sich mehr Zeit lassen, aber das Vorspiel mit dem Pinsel und das Wissen, dass der Fremde draußen stand, waren zu köstlich. Sie griff in das Nest, schob ihre Finger hinein und zog sie genüsslich wieder heraus. Sie behielt den Spagat bei und fühlte sich tief entblößt. Der Mann da draußen konnte jeden Quadratzentimeter ihrer Haut sehen, aber allmählich schmerzten die gespannten Sehnen und Muskeln.

Sie zog die Beine an, nahm den Pinsel wieder in die Hand und wartete noch einen Moment. Er sollte sich satt sehen an ihr. Ihre Pussy zuckte schmerzhaft, als erwartete sie ungeduldig, dass sie endlich gefüllt würde.

Sallys Knie zitterten. Die Hand, die den Pinsel hielt, wurde müde. Sie gab ihrer Lust endlich nach und strich mit den weichen Borsten über den dunkelroten Schlitz. Mit kleinen Kreisen wischten die Borsten über die Knospe ihrer Klitoris. Ihre Finger folgten den Borsten, kreisend, drückend, streichelnd, bis sie spürte, wie sehr sich der dicke Knopf verhärtete.

Die CD schaltete sich aus, und die Zweige kratzten wieder ans Fenster. Sally wachte aus ihrer Trance auf und öffnete die Augen. Sie musste sich alles eingebildet haben – der Mann am Fenster war nicht mehr da.

Es wird Zeit, dass du wieder zu Verstand kommst, dachte sie. Sie drückte eine Hand gegen ihr feuchtes Geschlecht. Hitze überflutete ihr Gesicht. Langsam zog sie die Beine an, dann sprang sie auf und ging zum Fenster. Sie presste die Stirn gegen die Scheibe, um besser sehen zu können, aber da gab es nichts und niemanden zu sehen.

Sie wusste nicht, ob sie lachen oder weinen sollte. Sie langte hinter sich und griff blindlings nach ihrer Jeans. Ihr Herz klopfte wie verrückt. Wo, zum Teufel, blieb eigentlich Janie?

»'n Abend.«

Es war das Gesicht vom Fenster, aber jetzt befand es sich im Haus. Der Mann stand im Eingang zur Küche. Er hatte die Arme vor der Brust verschränkt und sah sich neugierig im Zimmer um. Sofa, Kissen, Pinsel und zum Schluss Sally, die auf einem Bein hüpfte, um in ihre Jeans zu schlüpfen.

Er trug einen dunkelgrünen Jägermantel lose über den Schultern, durchnässt und mit kleinen braunen Dreckspritzern besprenkelt. Die Hose war auch dunkelgrün und steckte in schweren Stiefeln, mit denen er knöcheltief durch den Matsch gewatet war.

Sally sah, dass er kein Gewehr trug, obwohl sie ihn für einen Typen hielt, der ebenso selbstverständlich auf einen Menschen anlegte wie auf Tauben. Er hatte die geröteten Wangen und die zerzausten Haare eines Mannes, der ständig im Freien arbeitet und keinen Wert auf seine Kleidung und sein Aussehen legt. Seine kurzen dicken Finger sahen so aus, als fühlten sie sich am wohlsten, wenn sie einem Kaninchen den Hals umdrehen konnten. Seine Augen waren blassblau, ein bisschen zu klein, aber sie blickten durchdringend und starrten jetzt auf die Stelle, auf der Sally eben den Spagat vorgeführt und den Pinsel virtuos eingesetzt hatte.

»Wer sind Sie?«, fragte sie und bemühte sich, tapfer zu klingen. Aber was sie hörte, klang wie das Mäh eines

Lamms. Sie zitterte so sehr, dass sie es nicht schaffte, die Jeans hochzuziehen.

»Der Name ist Maddock. Vom Bauernhof oben. Kam gerade zufällig vorbei.«

Sally musterte ihn. Vage erinnerte sie sich, dass Janie ihr von dem benachbarten Bauernhof erzählt hatte. Er war also kein Verrückter, der sich in ihren Garten verirrt hatte.

»Haben Sie meine Freundin gesehen?«

»Hab keinen nich' auf der Straße gesehen. Und seit ich draußen vorm Fenster stehe, hab ich nich' mehr viel gedacht, weil ich war abgelenkt. Das Cottage steht nämlich schon lange leer. Mann, mir ging der Hut hoch, als ich durchs Fenster die beste Peepshow sehe. Für lau auch noch.«

»Sie sucht draußen nach Holzscheiten und wird jeden Augenblick zurück sein«, sagte Sally und ignorierte seinen Kommentar.

»Wer ist denn die Freundin? Habt ihr keinen Freund, der bei euch ist? Ach, deshalb trägst du auch Mr. Bens Kleider. Ich wette, er gäbe seinen neuesten Porsche, um dich in dieser Aufmachung zu sehen.«

Sally folgte seinem Blick. Der Pullover hatte sich auf ihren Hüften verfangen, und darunter konnte man deutlich die feuchten krausen Härchen ihrer Scham sehen. Sie trat aus der Jeans und zog den Pullover hinab. Er war viel zu heiß, und am liebsten hätte sie ihn ausgezogen.

»Ich wusste nicht, dass es hier so kalt sein würde«, sagte sie.

»Bin sicher, er hat nichts dagegen. Bin froh, dass du auf die Idee gekommen bist, wie du dich wärmen kannst. Großzügig von dir, mir zu zeigen, wie es geht.«

Sally unternahm einen schwachen Versuch, sich zu

rechtfertigen. »Ich habe Ihnen nicht zeigen wollen, wie es geht«, protestierte sie.

»Aber du hast gesehen, wie ich am Fenster stand, und trotzdem hast du dich weiter befingert, heiß wie geschmiedetes Eisen«, sagte Maddock, ein derbes Grinsen im roten Gesicht. »Welcher Mann könnte da widerstehen? Du hast mich ja sogar ins Haus eingeladen, wenn ich alles richtig mitgekriegt habe.«

Sally begann ihre Tollkühnheit zu bedauern, da sie dem Mann nun gegenüber stand. »Ich dachte, das wäre eine Halluzination, als ich das Gesicht im Garten sah. Ich habe seit dem Nachmittag Wein getrunken.«

Er ließ einen grollenden Raucherhusten hören, der sich irgendwo in seiner Brust löste, aber sein Gesicht veränderte sich nicht. »Muss ein guter Tropfen sein. Würde auch gern mal davon probieren.«

»Bitte, bedienen Sie sich«, sagte sie kühl und reichte ihm die Flasche. »Ich wusste nicht, dass es hier auf dem Land Spanner gibt.« Sie kuschelte sich aufs Sofa, zog den Pullover über die Knie und sah Maddock an. Er war stämmig gebaut.

»Hier gibt es alle Arten von Menschen.« Er gluckste fröhlich vor sich hin. »Ich zeige dir gern, was wir alles können.«

»Eins nach dem anderen, Mr. Maddock. Sagen Sie mir zuerst, wie Sie hereingekommen sind.«

»Ich habe ihn zwar nicht gebraucht, aber ich habe einen Schlüssel.«

»Sie hätten anklopfen können. Oder die Klingel benutzen.«

»Du hast doch gewusst, dass ich reinkomme. Ich stand draußen, und du hast mich eingeladen. Dann habe ich dir gesagt, dass ich jetzt komme.«

Er hatte noch nicht ein einziges Mal geblinzelt, seit sie ihn anschaute. Sie hielt seinem Blick stand. »Wieso haben Sie einen Schlüssel, Mr. Maddock?«

»Maddock. Einfach nur Maddock.«

Er warf seinen schweren Mantel über einen Stuhl und trat von der Küche ins Wohnzimmer. Er trug ein Holzfällerhemd, dessen oberste Knöpfe offen standen, sodass sie ein schmutziges Unterhemd sehen konnte und auch die breite, schwarz behaarte Brust. Sally nahm sich fest vor, sich von diesem Landochsen nicht einschüchtern zu lassen. Ihre beste Strategie, fand sie, war forsches, unerschrockenes Auftreten.

»Sie können sich hier zwar häuslich einrichten«, sagte sie, »aber ich sagte schon, dass meine Freundin jeden Moment zurückkehren wird.«

Maddock sah unbeeindruckt aus. »Mr. Ben hat mir den Schlüssel gegeben. Wenn er nicht da ist, komme und gehe ich, wie ich will.«

»Nun, er ist zwar nicht hier, aber wir sind hier, deshalb bedarf er Ihrer Dienste nicht.«

»Ich soll ein Auge auf sein Haus haben. Nach dem Rechten sehen und so.«

Als wollte er beweisen, dass er stets einsatzbereit war, hielt er plötzlich einen Hammer in der Hand. Er legte ihn mit einem lauten Knall auf den Kaminsims. Sally zuckte zusammen, dann spürte sie, wie heiße Schauer über ihren Rücken liefen.

»Ich sehe, du hast die Pinsel schon ins Haus geholt«, sagte er und lachte schmutzig.

Sally hielt den Stiel ihres Pinsels fest umklammert. »Janie soll einige Räume anstreichen, aber von einem Hausmeister hat sie nichts gesagt.«

»Dann ist es ja gut, dass ich mal reinschaue, was?«

»Gibt es denn jetzt irgendwelche Arbeit für Sie zu tun?« Sallys Stimme wurde mit jedem Wort lauter und schriller. »Kaputte Fensterläden, Risse in den Fensterrahmen und solche Sachen?« Sie zog den Pullover wieder hoch und streckte die Beine aus. Himmel, dieser Raum war wie ein Backofen.

»Wenn Ben nicht da ist, soll ich jeden Tag mal vorbeischauen, hat er gesagt. Am Dach gibt es jede Menge Sturmschäden, die ich beheben muss, und außerdem soll ich Bäume beschneiden.«

Sally atmete erleichtert auf. Es hörte sich so an, als wäre der Mann echt. »Ich bin sicher, hier gibt es eine Menge, was Sie richten können, aber heute scheint's mir dafür zu spät zu sein.« Seine Anwesenheit empfand sie als permanente Gefahr – aber es war eine Gefahr, die sie genoss. Sie wollte sich von ihrer gastfreundlichen Art zeigen. »Möchten Sie noch ein Glas Wein, ehe Sie gehen?«, fragte sie. »Allein kommt es mir hier ziemlich langweilig vor.«

»Hab nichts dagegen nich'«, antwortete Maddock. »Und langweilig war mir überhaupt nich'. Du hast Glück, dass ich die beiden Jungs nicht dabei hatte, die hätten sich die Peepshow auch gern angesehen. Hätte ihnen die Augen zuhalten müssen. Ihr Stadtweiber kennt keine Scham nich', was?«

»Ha, ha«, schnaufte Sally. »Ich wette, ihr habt solche Weiber auch auf dem Land. Wahrscheinlich gehen Sie nachher noch zu einer Schlampe, um sich im Heu abzukühlen, nachdem Sie sich bei mir aufgeheizt haben.«

»In dem Wetter im Heu?«, fragte er und schüttelte den Kopf. Er kam näher und blieb dicht vor ihr stehen. »Auf Mr. Bens Kaminfell wäre es viel gemütlicher.«

Sally nahm auch einen Schluck Wein. »Ich würde gern mal den Vergleich von Stadt und Land kennen lernen.«

Er ließ sich vor ihr auf die Knie sinken und nahm ihr den Pinsel aus der Hand. Sally zog die Beine wieder an und schlang die Arme um die Knie. Ihr Bauch verkrampfte sich vor Erregung. Maddock hielt sich den Pinsel unter die Nase und schnüffelte daran. Sie fühlte die Hitze, die der grobe Kerl ausstrahlte. Himmel, sie würde noch glühen, wenn sie den Pullover nicht bald auszog.

»Wir können ja mal anfangen und vergleichen«, schlug er vor.

»Ich bin nicht sicher, ob das meiner Freundin gefallen würde«, murmelte Sally und blinzelte aus dem Fenster.

Maddock betrachtete Sally eine Weile aus der Nähe, dann zeigte sich ein Grinsen auf seinem Gesicht, ein Grinsen, das immer breiter wurde, als wäre er aus der Übung gewesen. Einer der unteren Vorderzähne fehlte, wodurch er wie der Bösewicht in einem Pantomimenspiel aussah.

Langsam beugte er sich über Sallys Körper und fuhr mit dem Pinsel über ihren Bauch. Sie lag absolut reglos da, aber sie spürte, wie ihre Beine schwach wurden.

»Deine Freundin braucht doch nichts davon zu erfahren«, sagte er.

Sally gelang es nicht, das frivole Glucksen zu unterdrücken. »Aber sie wird uns sehen. Sie muss jeden Moment hier sein.«

»Na und? Wenn sie aus deinem Holz geschnitzt ist, dann wird sie Spaß an der Schau haben. Ich sehe doch, dass du reif bist.«

»Ich bin immer reif«, sagte sie herausfordernd.

»Dann nimm den Pinsel und mach es.«

»Ich habe genug mit mir selbst spielen müssen«, gab Sally zurück.

Maddock war ein grober Klotz, er sah wie ein Bulle aus, der gleich aufspringen will. Er war eine Welt entfernt von den blassen Anzugtypen, mit denen sie es sonst zu tun hatte. Aber seine blauen Augen und die dicken Finger, die den Pinselgriff bewegten, brachten die Schmetterlinge in ihrem Bauch zum Schwirren.

»Flittchen wie du kriegen nie genug nich'«, raunte er, dicht vor ihrem Gesicht. Er hielt den Pinsel wie einen Vorschlaghammer in der Hand. Er beugte sich tiefer über sie und blies seinen Atem in Sallys Haare. Sie schob die Beine zusammen und versuchte, sich auf die Ellenbogen aufzurichten.

»Ich könnte dich vernaschen, so gut siehst du aus«, sagte Maddock. »Und du hast keine Lust mehr, es dir selbst zu machen?« Er grinste wieder, und endlich sah er mehr wie ein Mensch aus und weniger wie eine Eiche.

Sally erwiderte sein Grinsen und nickte. Sie sah ihm an, dass er schwierige Tiere zähmen und ganze Wälder abholzen konnte. Sie wollte nicht mehr forsch und tollkühn sein, lieber legte sie sich hin wie ein Lamm auf die Schlachtbank.

Er krempelte die Ärmel an den gewaltigen Unterarmen hoch, während er weiter mit dem Pinsel über ihre Haut strich, immer mehr der Pussy entgegen. Sallys Finger flogen instinktiv zu ihrem goldenen Busch, halb, um ihn zu bedecken, halb, um ihn zu öffnen.

Maddock schob ihre Finger weg und pinnte die Arme an ihre Seiten. »Ich hab nichts übrig für Spielchen«, sagte er rau. »Lass mich machen, Frau.«

Sally lachte heiser, und plötzlich schien sie zu neuem

Leben zu erwachen. »Okay, Mr. Maddock«, neckte sie und versuchte, die Hände zu befreien, um ihm den Pinsel wegzunehmen. »Dann zeigen Sie uns, was so ein Landei alles drauf hat.«

Maddocks Grinsen schwächte sich etwas ab. Er verteidigte den Pinsel und strich über ihre Labien, ehe er die Borsten tief in sie hineinstieß – Tiefen, die sie mit dem Pinsel nicht erreicht hatte. Er ließ ihn in ihr kreisen, ehe er ihn noch etwas tiefer stieß, und bei jedem neuen Schub ließ Sally schrille Schreie hören.

Während er sie weiter mit dem Pinsel bearbeitete, zog er mit der freien Hand den Reißverschluss seiner Hose auf. Im nächsten Moment hielt er den Schaft in der Hand, voll erigiert. Sally gluckste zufrieden. Maddock wollte offenbar keine Zeit mehr verlieren.

Der frühere Bauernsohn ließ seine Hand auf und ab gleiten, aber sein Blick war auf ihren Körper und den rotierenden Pinsel gerichtet. Sally runzelte die Stirn, sie befürchtete, er wollte es dabei bewenden lassen, es sich selbst zu besorgen, aber dann erkannte sie, dass er sich für sie vorbereitete.

Er rutschte auf den Knien zwischen ihren blassen Schenkeln hoch und drängte dabei ihre Beine so weit auseinander, dass sie fast wie im Spagat dalag. Er packte den Stiel des Pinsels, zog ihn entschlossen aus ihr heraus und ersetzte ihn im nächsten Moment durch den eigenen Penis.

Sein Gewicht auf ihren Schenkeln erfüllte Sally mit neuer Energie. Sie glitt mit den Händen unter seine karierten Hemdschöße und packte seine muskulösen Pobacken, um ihn tiefer in sich aufnehmen zu können. Sie hob die Beine und schlang sie um seine Hüften, aber er war natürlich kräftiger und widerstand ihr. Nur ein kleines Stück steckte in ihr, und er war entschlossen, die Kontrolle zu behalten.

Nach einer Weile hatten sie ihre Harmonie gefunden, sie waren wie zwei Teile einer Bestie. Er rammte in sie hinein, und sie hielt dagegen. Er presste seinen zerzausten Kopf gegen ihren. Sally ließ den Kopf nach hinten fallen, sie hatte die Tür im Blick, und dort, im schwachen Flurlicht, sah sie Janies schlanke Gestalt.

»Janie!«, rief Sally gurgelnd und versuchte, den Kopf zu heben.

»Still, Frau!«, knurrte Maddock, aber Sally wusste, dass auch er Janie gesehen hatte. »Ich lasse mich jetzt nicht mehr ablenken, von keinem nich', Weib.«

Im Flur entstand ein lautes Geräusch, als Janie etwas auf den Boden fallen ließ.

Maddock spornte seine Hüften an. Sally versuchte, seitlich zu rutschen, um Janie sehen zu können, aber sie konnte seinen Rhythmus nicht dämpfen, und ihre Freundin blieb hinter dem Rücken des Sofas unsichtbar. Der Mann erhöhte noch einmal die Schlagzahl, und Sally blockte Janie aus, schlang die Beine enger um Maddocks Torso und konzentrierte sich auf den rammenden Schaft.

Er war stark wie ein Ochse. Muskeln, von denen sie nichts gewusst hatte, spannten sich in seinen Armen an, am Hals und an den Schultern. Dann veränderte er plötzlich seine Position, er schwang sich auf und setzte sich. Er legte die Hände um Sallys Hüften, hob sie an und setzte sie auf seine Oberschenkel. Die Tür befand sich jetzt in Sallys Rücken. Sie hatte immer noch die Beine um ihn geschlungen.

In dieser Position erreichte er Ecken und Winkel, die schon lange keiner mehr besucht hatte. Sie verharrten einen Moment, keuchten sich an und warteten darauf, wer sich zuerst bewegte, wer die steigende Erregung nicht mehr ertragen konnte. Sally hatte Janie nicht weggehen hören. Sie ahnte, nein, sie spürte Janies Blicke auf ihrem Rücken, und einen Augenblick fürchtete sie, Maddock könnte aufhören.

Aber dann legte er sich auf die Hinterbacken zurück und zog Sally mit sich. Er stieß ein lautes Röhren aus, und Sally antwortete mit einem anschwellenden Schrei, und dann klatschten ihre Hüften aufeinander, Knochen auf Knochen. Sie schüttelten sich, er zog sich zurück, sie krümmte den Rücken und reagierte auf jeden seiner Stöße. Ein letztes Mal klatschten sie zusammen, und sie genoss die Füllung ihres Körpers.

Er ließ ein beinahe unterirdisches Grunzen hören, und Sally kreischte triumphierend, als sie spürte, wie sich sein Körper verkrampfte. Sie hüpfte auf seinem Schoß auf und ab, spannte ihre Muskeln an und quetschte seinen Schaft, bis sein Gesicht dunkel vor Anstrengung wurde.

Er pumpte in sie hinein, die Augen weit aufgerissen, als könnte er sich an der hüpfenden Sally nicht satt sehen. Sie schwor, dass sie jeden Schub seiner Männlichkeit spürte, jeden einzelnen Spritzer, und erst dadurch wurde ihr eigener Orgasmus ausgelöst.

Ihr Tanz auf seinen Beinen erschlaffte, und als sie sich erschöpft rückwärts fallen ließ, rutschte er mit einem lauten Stöhnen aus ihr heraus. Sie lagen beide auf dem Boden ausgestreckt, erschöpft und heftig atmend.

Nach einer Weile richtete sie sich auf und schaute auf seinen Penis, der immer noch geschwollen auf seinem Schenkel lag und die letzten Zuckungen von sich gab. Es dauerte noch ein paar Minuten, ehe ihr inneres Zittern nachließ.

»Tut mir Leid, dass ich hier einfach so eingedrungen bin.« Janies Stimme zerschnitt das Schweigen.

Sie wandten beide den Kopf zu ihr, noch zu sehr außer Atem, um sprechen zu können. Janie wich wieder in den Flur zurück und stolperte über die Holzscheite, die ihr aus dem Korb gefallen waren.

Maddock wälzte sich einmal um die eigene Achse und sprang dann hoch. »Komm, lass mich das machen.«

Er trat über Sally hinweg, der baumelnde Penis immer noch halb erigiert, hockte sich neben Janie auf den Boden und sammelte die Scheite ein. Janie richtete sich auf, starrte auf seine muskulösen Backen, die im Anschluss an die gebräunten Beine in bleichem Weiß zu strahlen schienen. Er schichtete die Scheite neben dem Kamin auf, dann griff er nach der Zeitung, in der Sally gelesen hatte, knüllte die einzelnen Seiten zusammen und verteilte sie auf dem Rost.

Janie und Sally sahen ihm noch eine Weile zu, dann sahen sie sich gegenseitig an. Er war kein Mann mit Schamgefühl. Sally warf den Kopf herum, damit die Haare vom Gesicht wegflogen, dann hob sie die Schultern. Um fair zu sein, musste sie zugeben, dass auch jemand, der lässiger mit Sex umging als Janie, ziemlich geschockt sein würde, wenn er nach Hause kam und dieses ungehemmte Bumsen mit ansehen musste.

Sally setzte sich in den Schneidersitz, sah Janie an und wusste nicht, was sie sagen sollte.

»Ich habe alles gesehen«, sagte Janie.

Maddock riss ein Streichholz an und hielt es an die Zeitungen. Als die Flammen in die Höhe schossen, drehte er sich um, musterte Janie von oben bis unten, streifte die schmutzigen Stiefel ab und zog auch sein Hemd aus.

»Endlich ein richtiges Feuer«, murmelte Sally. Sie wollte Janie nicht direkt ansprechen, denn sie konnte den Blick nicht von Maddock wenden. »Deshalb ist er hergekommen«, sagte Sally, als ob damit alles erklärt sei. »Er ist der Hausmeister und soll ein Auge aufs Cottage werfen.«

»Und auf alles, was sich im Cottage bewegt, nehme ich an?«, fragte Janie.

»Hat es dir denn Spaß gemacht, uns zuzusehen, Miss?«, fragte Maddock mit einer Selbstverständlichkeit, als hätten sie der Touristin einen Volkstanz vorgeführt.

Er hockte sich hinter Sally und strich mit seiner großen Pranke über ihren Bauch. Sallys Knie zitterten.

Janie sagte nichts, aber ihre Wangen waren gerötet. Sie zog Bens Regenmantel aus und schüttelte die Nässe ab, bevor sie ihn zurück in den Schrank hängte.

Sally war nervös. Es war wie das Warten auf das Donnerwetter von der Schulleiterin, wenn man etwas ausgefressen hatte. Janie kam zurück ins Zimmer, fing die nassen Haare in einem Knoten am Hinterkopf auf und hielt sich am Sofa fest.

»Was machst du hier, Maddock?«, fragte sie und klang streng, was für Janie sehr untypisch war.

»'n Abend, Miss. Es ist, wie deine Freundin hier sagt. Mr. Ben hat mich gebeten, ein Auge auf sein Cottage zu haben. Überrascht mich, dass er dir nichts davon erzählt hat. Es gibt viel am Haus zu tun, innen und außen.«

»Das meiste aber innen«, sprudelte es aus Sally heraus, die ihre Beine ausstreckte, dann die Knie anzog und mit den Armen umschlang.

»Das weiß ich. Deshalb bin ich hier«, sagte Janie. »Aber zur Zeit brauchen wir niemand, der im Haus arbeitet. Wir wollen hier einen ruhigen Urlaub verleben.«

»Aber es gibt immer was auszubessern«, wandte Maddock trotzig ein.

»Das kannst du ruhig laut sagen«, kicherte Sally und lehnte sich mit dem Rücken gegen seinen Brustkorb. »Ernsthaft, Janie, er könnte uns helfen. Du hast selbst gesagt, das Anstreichen wäre mehr Arbeit, als du allein schaffen kannst.«

Janie ignorierte sie. »Nicht, während wir hier sind, Maddock. Alle Ausbesserungen haben Zeit bis später.«

»Du hörst dich so spröde wie eine Jungfer in einer Soap an«, rief Sally. Sie klang verärgert. »Siehst du denn nicht, dass er uns nur helfen will?«

Sally hob hochnäsig ihr Kinn, dann lächelte sie und schaute über ihre Schulter zu Maddock hoch. Aber er sah immer noch auf Janie, während Janie auf Sally starrte, als wollte sie ihr am liebsten eine Ohrfeige geben. Zu Sallys Verärgerung stand Maddock so plötzlich auf, dass sie nach hinten kippte. Er ging einige Schritte auf Janie zu.

Sally fand, dass Janie auf einmal wie eine Schönheit wirkte. Ihr Gesicht war vom Ärger gerötet, ihre Augen strahlten, und ihre Lippen waren leicht geöffnet, als ob sie spucken wollte.

»Kein Grund, mich als Eindringling zu behandeln«, sagte Maddock beleidigt. »Du und dein Vetter seid Jahr um Jahr über unsere Weizenfelder gerannt und habt alles platt getrampelt. Wir hätten die Schrotflinte auf euch anlegen sollen.«

»Ich behandle dich nicht wie einen Eindringling, jedenfalls liegt mir das fern. Ich wollte nur klarstellen, dass wir keine Reparaturen im oder am Haus haben wollen, solange wir hier unseren Urlaub verleben. Wir wollen allein bleiben. Meine Freundin hier ist ...«

»... eine Nymphomanin? Das weiß ich schon.« Er stieß ein schmutziges Lachen aus.

»... sehr im Stress, und ich auch. Außerdem – gibt es nicht genug Arbeit auf dem Bauernhof? Ich meine, der neue Besitzer verlässt sich auf dich.«

»Woher weißt du das denn? Und wieso kennst du ihn überhaupt? Er ist doch gerade erst gekommen.«

»Ich habe ihn kennen gelernt.« Janies Gesicht sah so aus, als wäre es mit roter Farbe übergossen worden. Sally richtete sich auf die Knie auf und verfolgte die Unterhaltung mit angehaltenem Atem.

»Nun, dann weißt du auch, dass er keine Ahnung hat. Der Bauernhof geht dich nichts an, Miss. Und ihn geht er eigentlich auch nichts an. Einer dieser Wochenendheinis.«

»Unser Ben ist auch einer von den Wochenendheinis, nicht wahr? Aber mit ihm kommst du doch offenbar gut zurecht.«

»Mr. Ben kann mit seinem Charme einer Herzogin das Höschen abschwatzen«, sagte Maddock. »Und davon macht er regen Gebrauch, habe ich gehört.«

»Oh, wann lerne ich diesen Mann endlich kennen?«, rief Sally, aber die beiden ignorierten sie.

»Seine Familie besitzt dieses Cottage schon seit Generationen, Maddock«, sagte Janie.

Maddock nickte. »Deshalb soll Seine Lordschaft oben auf dem Bauernhof auch noch warten, bis wir ernsthaft mit dem Aufbau beginnen.« Er drehte sich zum Kamin um und legte noch einen Scheit auf.

»Das ist mir egal.«

»Ich habe dir eben eine Frage gestellt«, sagte Maddock. Er stand jetzt neben Janie, und sie schienen vergessen zu haben, dass Sally auch noch im Zimmer war.

»Und ich möchte dir eine Frage stellen«, hielt Janie dagegen. »Wann möchtest du gehen? Jetzt sofort oder in einer Minute?«

»Meine Frage war: Hat es dir Spaß gemacht, uns zuzuschauen?«

»Es war schwierig, an euch vorbeizusehen«, gab Janie zurück. »Du kamst hier rein und hast meine Freundin auf dem Fußboden gerammelt. Aber jetzt möchte ich dich nicht länger aufhalten. Hast du nichts mehr zu erledigen?«

»Seine Lordschaft und die Jungs können ihr Bier auch ohne mich trinken«, sagte Maddock. »Ich will immer noch wissen, ob es dir Spaß gemacht hat.«

»Gib dich doch nicht so spröde, Janie«, schimpfte Sally, kroch auf den Knien zum Sofa und breitete sich darauf aus. »Gib doch zu, dass du dabei scharf geworden bist. Sex an einem verregneten Tag vor dem Kamin – was kann es Besseres geben, um so einen schäbigen Tag zu überstehen?«

Maddock ließ Janie nicht aus den Augen. »Und das war nur zum Aufwärmen«, sagte er. Dann zog er plötzlich an Sallys Pullover und nahm das T-Shirt gleich mit. Sie kicherte. Ihr schlanker Oberkörper war so milchig weiß wie die Beine. Sie schaute an sich hinab und sah, wie sich die kleinen festen Warzen aufrichteten. Die Brüste waren klein und hoch angesetzt, ganz anders als Janies, die schwer und rund waren.

Sie sah Maddock an, aber der starrte immer noch auf Janie. Sally folgte seinem Blick und sah, dass Janies Bluse klamm war. Die Nippel stießen auffällig durch den Stoff.

»Komm her, näher ans Feuer, Janie«, sagte Sally und streckte einen Arm aus. »Jetzt ist es mollig warm.«

Janie ließ sich auf dem Sofarand nieder, griff nach Sallys Weinglas und nahm einen tiefen Schluck.

»Maddock, wer ist der Mann, der den Bauernhof gekauft hat?«, fragte Janie plötzlich und hörte sich endlich mal nicht feindselig an. »Der Mann, für den du arbeitest?«

»Irgendein Typ. Ein Doktor von irgendwas. Ich nenne ihn Seine Lordschaft, weil er den Hof meines Dads übernommen hat, und es wird eine Weile dauern, bis ich mich an diese Tatsache gewöhnt habe.«

»Ach, was für langweiliges Zeug«, rief Sally, sprang vom Sofa und hüpfte in die Küche, wobei ihr bewusst war, wie sehr ihre Brüste mit ihr hüpften. Sie fand Kerzen und Streichhölzer, zündete die Kerzen ab, stellte sie im Wohnzimmer auf und schaltete das Licht aus.

»He, was machst du da, Sally?« Janie hörte sich nervös an.

»Ich will, dass es hier ein bisschen gemütlicher wird.« Sally warf ein paar Kissen auf das Fell vor dem Kamin. »Wir wollen doch nicht über Geschäfte reden. Ich finde, es wird Zeit, dass wir uns auf dich konzentrieren, Janie. Du musst dich von uns ausgeschlossen fühlen.«

Sally fiel über die Freundin her und zog sie vom Sofa auf die Kissen vor den Kamin. Maddock gesellte sich zu ihnen und legte eine Hand unter Janies Kinn, damit sie ihn anschauen musste.

»Der Ansicht bin ich auch. Du solltest mal was probieren, was gut für dich ist.« Er gab Sally einen Wink, und sie rollte sich über die Kissen und legte eine andere CD auf. Eine Frau sang ein trauriges Liebeslied.

»Da kommen mir ja die Tränen«, sagte Maddock. »Na, ja, trifft vielleicht die Stimmung.«

Sein Gesicht war nah bei Janie, und Sally meinte zu

sehen, dass sich die Freundin langsam entkrampfte. Maddocks harte blaue Augen waren wie Glas, als sie in Janies Gesicht blickten. Er hob eine Hand, und Janie zuckte zusammen und wich mit ihrem Gesicht zurück. Er gluckste, hielt ihr Kinn wieder fest, sodass sie ihn anschauen musste.

»Glaubt ihr Stadtluder, wir Bauern seien alles ungehobelte Kerle, die nur saufen und vögeln?« Er strich mit der Hand über Janies gerötete Wange, dann glitten die Finger über ihre Schulter und den Nacken.

»Wer sagt das denn?«, entgegnete Janie und hob die Augenbrauen, weil sie glaubte, dass sie ihm dadurch zeigen konnte, wie entspannt sie war, aber in Wirklichkeit verstärkte die Geste noch ihre Hochnäsigkeit.

»Also gut dann«, sagte er. »Ich glaube, deine kleine Freundin will noch ein bisschen mehr Spaß haben. Ich bin sicher, Mr. Ben wird nichts dagegen haben, wenn er hört, dass seine Gäste es gut gehabt haben in seinem Cottage.«

»Nur das Beste für seine Gäste«, rief Sally lachend.

»Ich möchte nicht, dass er was erfährt«, protestierte Janie.

»Es stimmt übrigens«, sagte Maddock grinsend. »Wir Bauern vögeln gern. Wir sind auch nicht wählerisch. Hauptsache, die Socken qualmen.«

»Du bist ein Schwein«, sagte Sally.

»Ich wette, die Jungs ärgern sich grün und gelb, wenn ich ihnen erzähle, was ich in Mr. Bens Cottage gefunden habe. Janie, eins muss ich dir sagen. Du hast einen schönen, saftigen Körper, aber du siehst nicht so aus, als hättest du genug Spaß mit ihm. Jetzt hast du deine Chance.«

Sally kicherte laut, um sie daran zu erinnern, dass sie

auch noch da war. Janie hob eine Hand, um Maddock von sich zu drücken, aber er lachte nur und brachte ihr Gesicht wieder näher zu seinem. Sally sah, wie Janies Brüste von seinem Oberkörper gequetscht wurden. Er lehnte sich zurück und schaute auf ihre vollen Brüste unter der Bluse, dann sah er auf Sallys Brüste, die immer noch nackt waren.

»Sage deiner Freundin, sie soll sich entspannen«, trug er Sally auf.

»Komm schon, Janie. Du kannst dich wirklich gehen lassen, wir kennen ihn schließlich. Er ist nett. Ich wette, es wird dir mit ihm gefallen.«

Maddock nickte Janie bestätigend zu, dann griff er ihr in den Nacken und zog die Bluse mit einem geschickten Griff über ihren Kopf, noch bevor sie begriffen hatte, worauf er aus war.

Ihre Brüste waren beinahe nackt, der hauchdünne BH bedeckte sie nur leicht, und wenn sie sich nach vorn lehnte, würden sie aus den Körbchen fallen. Der Stoff spannte sich über den geschwollenen Kugeln.

Maddock fuhr mit den Händen über die sanften Kurven ihrer Brüste. Janie biss sich auf die Lippe, und Sallys Nippel zogen sich zusammen, als sie sah, dass Maddocks Berührungen dazu führten, dass Janie bereitwillig aufstand, sich stumm vor ihn stellte und sich von ihm ausziehen ließ.

»Es ist doch viel besser, wenn du dich nicht in eine Ecke verkriechst«, raunte Maddock. Es war, als hätte er Janies Gedanken gelesen.

Irgendwas war seltsam mit Janie, dachte Sally. Ihre Haare und Kleider waren ungeordnet, aber das konnte daran liegen, dass sie durch den Regen gelaufen war. Das Seltsame beschränkte sich nicht allein auf das Äußere. Sie sah fiebrig aus, ihre Augen glänzten noch wie eben, als sie in der Tür gestanden und das Paar auf dem Boden angestarrt hatte. War sie angetörnt oder schockiert gewesen? Oder hatte sie draußen etwas erlebt, was sie erregt oder schockiert hatte?

»Wo bist du so lange gewesen?«, fragte Sally.

Janie öffnete den Mund, um die Frage zu beantworten, aber Maddock drückte ihr rasch eine Hand vor den Mund. »Still, Frau«, sagte er streng zu Sally. »Du warst schon an der Reihe, jetzt ist sie dran.«

Sally konnte es ertragen, so angefahren zu werden, sie konnte es hinnehmen, wenn sie unterstellte, dass der Mann es wert war. Aber sie war nicht sicher, ob Janie mit diesem Machogehabe umgehen konnte.

»Janie?«

Janie antwortete nicht. Auf ihren Wangen blinkten hektische rosa Flecken. Sally wusste nicht, ob sie aufspringen und Maddock hinauswerfen sollte oder ob es besser war, im Hintergrund zu bleiben und zuzuschauen, was er mit Janie anstellte.

Er drückte Janie an sich, hob eine Hand und legte sie über ihre Brüste. Er schob einen Finger in das heiße, feuchte Tal dazwischen, und Janie stieß einen Schrei der Überraschung aus und packte seine Schulter – nicht, um ihn wegzuschieben, sondern um ihn an sich zu drücken.

Maddock starrte gierig auf ihre Brüste. Seine Finger erforschten genüsslich die prallen Hügel. Er hob sie mit überrschender Behutsamkeit aus den Körbchen. Sally sah, dass Janies Nippel beerenrot anschwollen.

»Das gefällt dir, was? Phantastische Bälle«, raunte Maddock und fuhr mit der Zunge über die Unterlippe. »Prall und fest, wie sie sein sollen. Größer als deine«, rief er Sally zu. »Schau dir diese Melonen an, sie werden immer größer.«

Seine rauchige Stimme versetzte Janie in einen Trancezustand. Er ging bei ihr ganz anders vor als bei Sally, die er von Anfang an kontrolliert hatte, aber Sally war auch bereit für ihn gewesen. Janie musste erst noch gelockt werden.

Maddock wiegte die vollen Brüste in seinen Handflächen. Er zupfte an den langen Nippeln, als wollte er sie melken. Sally stand auf, stellte sich hinter Janie und fummelte an den schmalen Streifen des BHs herum, öffnete den Verschluss und warf das hauchdünne Wäschestück zur Seite.

Instinktiv hob Janie die Arme, um ihre Brüste zu bedecken, aber Maddock hielt ihre Gelenke fest und schob sie zur Seite. Sally sah gespannt zu, dann atmete sie erleichtert auf, als die Freundin versonnen lächelte.

»Nackt fühlt es sich besser an, was?«, fragte Maddock. »Jetzt können wir uns doch ein besseres Bild von dir machen. Oder soll ich aufhören?«

»Das würde ich gern, aber du weißt genau, dass ich das nicht mehr kann«, flüsterte Janie.

»He, ich bin absolut begeistert. Ich sehe dich endlich in deiner ganzen Schönheit.«

Maddock drückte Janies Brüste zusammen und strich mit den Daumen über die Nippel, bis sie dick hervorstanden. Mit einem anderen Finger fuhr er reibend in das Tal zwischen den Brüsten. Sally sah Schweißperlen auf der Oberlippe der Freundin, und dann sah sie auch, wie Janie sich enger an den Mann rieb. Sie drückte ihre Brüste gegen sein Gesicht, und Maddock stieß einen anerkennenden Pfiff aus.

Sally rückte wieder näher an Janie heran und zupfte an

der weiten Hose der Freundin. Sie würde Maddock bei seiner Aufgabe helfen, aber sie würde sich nicht lange mit der Rolle der Zuschauerin begnügen. Bald würde sie selbst wieder im Mittelpunkt stehen wollen. Janie sträubte sich nicht und ließ sich von Sally die Hose abstreifen. Jetzt trug sie nur noch den schmalen Slip.

Maddock blies seinen Atem über ihre Brüste, drückte sie wieder zusammen und leckte sich die Lippen. Er beugte sich hinab, fing einen Nippel ein und zog ihn tief in den Mund, während er den anderen Nippel zwischen Daumen und Zeigefinger nahm und rhythmisch drückte. Janie stöhnte lustvoll auf und drückte sein Gesicht fester gegen ihre Brust, und Sally sah, wie sie instinktiv die Beine spreizte.

Sie sah auch, dass Janie sich nicht länger gegen die Lust wehrte, die in ihr zu pulsieren begonnen hatte, und obwohl Sally eifersüchtig war auf die Aufmerksamkeit, die Janie erfuhr, war sie fasziniert vom Stadium der Erregung, in der sich die Freundin befand.

Spontan griff Sally den Pinsel und wischte die feinen Borsten über Janies Pobacken. Die Freundin rutschte unruhig hin und her und stieß die steife Warze tiefer in Maddocks Mund. Der Bauernsohn biss und lutschte, zuerst den einen Nippel, dann nahm er sich den anderen vor.

Janie zitterte am ganzen Körper und fasste sich selbst an, rieb ihre neu erwachte Pussy, spreizte die Schenkel weiter und freute sich darüber, sich mit den eigenen Fingern wunderbare Befriedigung zu verschaffen.

Sally war mehr als neugierig und spielte mit dem Pinsel zwischen Janies reibenden Fingern. Janie stöhnte laut, alles deutete darauf hin, dass sie sich im nächsten Moment einen Orgasmus besorgen würde. Das konnte bedeuten, dass Maddocks Schaft frei war, um Sally ein zweites Mal zu erobern.

Als hätte er Sallys Gedanken gehört, riss sich Maddock von Janies Nippeln los. Er fasste Janie in der Taille an und legte sie behutsam auf den Boden, aufgestützt auf Händen und Knien, das Gesicht dicht vor Maddocks Schoß. Sally sah, wie Janie sich auf die Lippen biss, frustriert darüber, dass er ihre Brüste vernachlässigte, weil sie doch fast am Ziel gewesen wäre.

Beide Frauen warteten darauf, dass er etwas sagte, aber er schwieg und fuhr nur mit einem Finger über seine Gesichtsnarbe. Janie stöhnte und ließ sich langsam auf den Boden fallen. Sie rieb die geschwollenen Brüste über die Stickereien der Kissen.

Maddock schaute hinunter zu Janie, die gerade den Kopf hob und sah, dass sein zuckender Penis fast gegen ihr Gesicht pochte. Die Eichel glänzte blutrot, und am Stamm traten die blauen Adern dick hervor. Der Schaft war hart wie eine Faust und stand im rechten Winkel von seinem Leib ab.

Janie robbte über den Boden, als wollte sie sich entfernen, aber Maddock hielt sie fest und richtete sie wieder auf Hände und Knie auf. Er kniete sich neben sie, fuhr mit gespreizten Fingern durch die kupferfarbenen Haare und löste geschickt den Knoten am Hinterkopf.

Sally sah, wie ein paar kurze Strohfetzen aus Janies Haaren fielen, und wieder fragte sie sich, wo die Freundin gewesen war. Maddock rieb den Penis gegen Janies Wangenknochen, dann schob er die Eichel zum Mund.

Janies Lippen öffneten sich, dann atmete sie tief ein. Sally fragte sich, ob ihre Freundin schon mal einen Schwanz gesaugt hatte. Das erste Mal war immer eine Augen öffnende Angelegenheit, und dieser Schaft war nicht gerade der, den man der Freundin zum Üben wünschte.

Janie wusste nicht wirklich, was sie mit dem Fleischstab anstellen sollte. Sie versuchte, sich dem dicken Schaft zu entziehen. Sally sah Maddocks Stirnrunzeln. Sie verließ ihren Zuschauerplatz, sprang in den Ring und warf sich über Janie, um sie in Position zu halten.

Maddock versuchte erneut, die pralle Eichel zwischen Janies Lippen zu schieben. Diesmal gelang es, sie versuchte zu saugen und zu schlucken, aber sie geriet in Panik, als ihr Mund immer voller wurde.

»Willst du ihr nicht helfen?«, knurrte Maddock, denn Sallys Kopf lag direkt neben Janies. »Wenn nicht, kümmere dich um ihre nasse Pussy. Ich kann doch nicht überall sein.«

Sally konnte ihm nicht helfen. Trotz all ihrer Erfahrung hatte sie es noch nie mit einer anderen Frau getrieben, und damit wollte sie heute auch nicht beginnen. Und sie wollte sich auch nicht zwischen Janie und Maddock drängen; sie war es der Freundin schuldig, ihr das Feld zu überlassen. Sie schüttelte den Kopf und kroch aufs Sofa zurück.

Janie öffnete den Mund weiter und nahm noch ein paar Zentimeter mehr von Maddocks Schaft auf. Sie schloss die Lippen um den harten Stab, der ihre ganze feuchte Höhle auszufüllen schien. Maddock hielt ihren Kopf fest und stieß rhythmisch zu. Janie lernte schnell.

Mit jeder Bewegung des Munds am Schaft entlang stießen auch seine Finger in sie hinein, als ob er sie für ihre Bemühungen belohnen wollte. Sally überlegte, ob sie mit dem Pinsel nachhelfen sollte, aber sie konnte sich vom Anblick nicht losreißen, und außerdem schienen die beiden auch ohne sie ganz glücklich zu sein.

Janie hob eine Hand und wiegte Maddocks schwingende Hoden, während sie das Tempo von Lippen und Zunge erhöhte. Sie kitzelte den behaarten Sack, der gegen ihr Kinn schwappte. Sie drückte ihn behutsam, und dann sah Sally, wie Maddock tief in ihren Schlund stieß. Er hielt ihr Gesicht jetzt mit beiden Händen fest, als seine Bewegungen immer schneller und unbeherrschter wurden.

Es dauert nicht mehr lange, dachte Sally, als sie Maddock laut stöhnen und grunzen hörte, und dann stieß er auch schon einen Schrei aus, seine Bewegungen verharrten, und er schleuderte den Erguss tief in Janies Hals. Sally wusste, dass es für Janie eine Premiere gewesen war, und stumm applaudierte sie, dass ihre Freundin es geschafft hatte.

Maddock zog sich erschöpft aus ihr zurück, und wieder sah Sally, dass der immer noch dicke Penis leicht nachzuckte, wie er es auch getan hatte, als er aus ihr geglitten war. Sie hatte die ganze Zeit hechelnd zugesehen, und es war, als spürte sie Maddocks Schaft in ihrem eigenen Schlund.

Jetzt schob sie ihre Finger zur brennenden Pussy und rieb und drückte die Klitoris, und auch Janie setzte ihre Finger ein, und nach höchstens einer Minute kam es ihnen beiden, sie wälzten sich herum, und ihr Keuchen erfüllte die warme Luft des Wohnzimmers.

Maddock klatschte in die Hände, und Sally schloss sich an. Janie blieb vor ihnen auf dem Boden liegen.

»Janie? Ist alles in Ordnung?«, fragte Sally besorgt. Sie beugte sich hinunter und fasste an die Schulter der Freundin.

Janie rollte sich widerwillig auf den Rücken und griff nach ihrer Bluse. »Ja, klar ist alles in Ordnung.«

»Danke für eure Gastfreundschaft. Mr. Ben wäre stolz auf euch«, sagte Maddock und bückte sich gähnend nach seinen Kleidern. Janie und Sally sahen schweigend zu, wie er in seine Sachen stieg.

»Ich habe dir gesagt, dass ich nicht will, dass Ben irgendwas davon erfährt«, sagte Janie. Sie hatte wieder zu ihrer strengen Lehrerinnenstimme zurückgefunden. Sie setzte sich auf und glitt mit den Armen in die Blusenärmel.

Maddock wischte sich mit einer Hand über den Mund und hustete. »Er will, dass ich ihm alles berichte, was sich in seiner Abwesenheit im Cottage abspielt. Ich meine, man kann nie wissen, welches Gesindel hier einbrechen will.«

Sally lachte. »Er wird sich wünschen, dabei gewesen zu sein, während er sich in Amsterdam langweilt.«

Janie sagte nichts. Sie schaute durchs Fenster in die Dunkelheit. Es hatte endlich aufgehört zu regnen. Im Wohnzimmer war es unheimlich still, nur ab und zu knisterte das Holz im Kamin. Maddock hob seinen Mantel auf und erhob sich. Er schob eine Haarsträhne aus dem Gesicht.

»Nun, Ladys, ich hoffe, Sie waren mit meinem Service zufrieden. Jetzt muss ich gehen.«

»He, nicht so schnell, Mann«, rief Sally. »Wir sind vielleicht noch nicht fertig mit dir.« Sie sprang auf die Füße und folgte Maddock in die Küche. Er zog seinen modrig riechenden Mantel an und setzte sich die Mütze auf. Plötzlich war er wieder der Hofknecht, der sich draußen als Spanner betätigt hatte, und nicht mehr die Sexmaschine. Seine blauen Augen musterten Sally, als hätte er sie noch nie gesehen.

»Muss meinen Bericht abliefern«, sagte er. »Über den Unterschied zwischen Stadt und Land.«

»Stadt gewinnt haushoch«, sagte Sally, aber er ließ sich auf keine Diskussion ein und schlug hinter sich die Tür zu. Der Wind fegte kalte Luft herein, und Sally erschauerte, lief zurück ins Wohnzimmer und setzte sich zusammengekauert vor den offenen Kamin.

»Was hast du dir nur dabei gedacht?«, explodierte Janie und knöpfte ihre rote Bluse zu. »Wie die Tiere habt ihr es da auf dem Boden getrieben, mitten in Bens Haus. Morgen früh wird es jeder im Dorf wissen.«

»Er ist im Garten gewesen, dann hat er durchs Fenster geschaut und gesehen, dass ich allein war, scharf und allein. Und wie war das bei dir? Ich habe nicht gesehen, dass du dich lange gegen ihn gewehrt hast.«

Janie verstummte, kuschelte sich in eine Sofaecke und starrte ins Feuer.

»Man wehrt sich nicht gegen Leute wie Maddock.«

»Warum? Ist das denn früher schon einmal passiert?«

»Nein.« Janies Ärger war verflogen, sie hob den Kopf und blickte Sally an. »Nicht mit Maddock und nicht mit irgendeinem sonst. Ich habe so etwas noch nie getan.«

»Was? Einen Schwanz gesaugt?«

Janie errötete und wurde in ihrer Ecke noch ein bisschen kleiner. »Nichts von allem. Und ich habe es auch noch nie vor anderen getan. Jedenfalls nicht vor dem heutigen Tag.«

Sally setzte sich neben Janie aufs Sofa und zupfte sie am Arm. »Du hättest mich vor dem wilden Leben hier draußen warnen müssen. Jetzt wüsste ich gerne, ob es noch mehr Maddocks in der Nachbarschaft gibt.«

»Höchstwahrscheinlich. Sie lauern in den Hecken, blinzeln durch die Fenster und lachen sich einen Ast.«

»Um so besser. Deine männerfreie Zone kannst du vergessen, meine Liebe. Ich glaube, wir werden feststellen, dass hier mehr bereitwillige Männer sind, als wir in zwei Wochen aufbrauchen können.«

Janie stand auf, zog die Vorhänge zu und sah gerade noch die Rücklichter von Maddocks Land Rover. »Da fährt er in seiner alten Karre. In der Kneipe trifft er sich mit dem neuen Bauern.« Sie seufzte. »Sie werden ihre Erfahrungen mit den Stadtfrauen austauschen.«

»Gut«, sagte Sally und zog endlich die Jeans an. »Denn noch haben sie nicht viel zu erzählen. Ich werde ihnen noch eine Menge mehr Gesprächsstoff liefern, darauf kannst du dich verlassen. Was ich dich noch fragen wollte«, sagte sie wie beiläufig, während sie in die Küche ging und im Kühlschrank nach was Essbarem suchte, »wieso kommt eigentlich das Stroh in deine Haare?«

»In der Kneipe brummt es aber heute Abend, was? Muss wohl am verregneten Sommer liegen.«

Der Städter bahnte sich einen Weg durch die Traube der Trinker und richtete seine Bemerkung an den Mann, der schon an der Theke des Honey Pot Inn stand und nicht reagierte.

»Ist alles in Ordnung, Jack? Du scheinst heute nicht so gut drauf zu sein.« Der Städter pflückte ein Stück Stroh von der Brille seines Freundes, dann noch einen Strohhalm vom Kragen. »Es sieht so aus, als hätte man dich rückwärts durch eine Strohballen gezogen, Mann.«

Jack lächelte. »Willst du auch ein Bier, Jonathan? Ich bestelle für die Jungs und für Maddock, wenn er nachher zu uns stößt.«

Der Städter schaute durch die Rauchwolke hinüber zum Tisch in der Ecke. »Störe ich bei irgendwas…?«

»Überhaupt nicht. Ich habe die Nase voll davon, ihnen den ganzen Tag sagen zu müssen, was sie tun sollen. Es ist eine willkommene Abwechslung, dich zu sehen«, versicherte Jack.

»Ah, gut. Aber als ich dich zuerst an der Theke stehen sah, wirkte es so, als wärst du mit den Gedanken ganz woanders.«

»Oh, das ist gut möglich.« Der Blick kehrte in seine Augen zurück. »Aber es ist nichts Spektakuläres. Ich musste nur an Ringelblumen denken.«

»Ringelblumen?«

Jonathan prustete in sein Bier. Die dunkelhäutige Barfrau war sofort mit einem Tuch da und wischte demonstrativ über die Theke, die ein paar Spritzer eingefangen hatte. Sie bewegte den Arm hin und her, und Jonathan hörte auf zu trinken und schaute ihr dabei zu.

»Ja, da war diese Frau«, murmelte Jack, aber seine Stimme ging im Geräuschpegel an der Theke unter. »Sie hat auf dem Bauernhof Holzscheite stibitzen wollen. Ich bin sicher, dass sie Janie ist. Ihre Haare riechen nach Ringelblumen. Sie haben schon früher nach Ringelblumen geduftet.«

»He, hallo.« Jonathan hatte aufgegeben, Jack verstehen zu wollen. »Neue Barfrau?«

Die Frau hob einen Moment lang den Kopf und bedachte ihn mit einem strahlenden Lächeln. »Für dich vielleicht. Sonst bin ich nicht so neu. Das macht sechs Pfund fünfzig, Jack.«

»Du gehörst schon hierhin, Mimi«, sagte Jack und reichte ihr das Geld. »Ich kann mir den Honey Pot Inn gar nicht mehr ohne dich vorstellen.«

»Und du bist den ganzen Sommer lang hier?«, fragte Jonathan, den Blick auf den stattlichen Busen gerichtet, der von einem tief ausgeschnittenen schwarzen Pullover eingerahmt wurde.

»Wenn ich was sehe, was mich zum Bleiben veranlasst, dann bleibe ich«, sagte sie, nahm einen Schwung leerer Gläser mit und ging zur Spüle am anderen Ende der Theke.

»Vielleicht ist es nicht so sehr, was du siehst, sondern *wen* du siehst«, rief Jonathan ihr nach.

»Sei auf der Hut, Jonathan«, warnte Jack. Die Tür schwang auf, und Maddock schulterte sich durch. »Jemand ist dir bei ihr schon zuvorgekommen.«

»Unsinn«, sagte Jonathan und hielt seinen Blick auf Mimis Nacken gerichtet, bis sie sich wieder umdrehte. »Niemand ist mir je bei irgendwas zuvorgekommen.«

Jack wollte darauf antworten, sah aber gerade noch rechtzeitig ein heimliches Zwinkern von Mimi und Jonathan.

»Ja, gut, ich muss es dir lassen, Dart«, sagte er lachend und nahm das Blechtablett mit den Biergläsern. »Sie fressen dir alle aus der Hand, was?«

Jonathan lachte auch, nahm eine Visitenkarte heraus und schrieb seine Handynummer darauf und warf sie gekonnt auf die Konsole der Kasse, als Mimi sie öffnete. Sie steckte die Karte in ihren Ausschnitt, drehte sich mit einem geübten Hüftschwung um und verschwand.

»Wie unfein von mir, mit den lokalen Schönheiten anzubändeln«, sagte Jonathan, als er Jack durch die Menge an den Tisch folgte. »Was hast du eben von Ringelblumen erzählen wollen?«

»He, ihr zwei!«, rief Maddock und winkte den beiden Männern zu. »Ihr solltet euch mal die Miezen in Mr. Bens Cottage anschauen. Süße Rothaarige, dufte Blondine.«

»Erzähl uns mehr über sie, Maddock.« Jonathan stieß Jack an, der die Schultern hob und sich an den Tisch setzte.

Viertes Kapitel

Janie wachte mit klopfendem Herzen auf, als hätte sie etwas erschreckt. Sie hatte nur wenig geschlafen in der Nacht, obwohl sie total erschöpft gewesen war. In ihrem Kopf drehte sich alles rasend schnell, und ihr Körper wälzte sich von einer Seite auf die andere. Die Stille nach dem Regen hatte sie eine Weile entspannt, sie dachte an Schwimmen und Sonnenbaden und an den Beginn des richtigen Sommers, aber dann setzte der Regen wieder ein; es schüttete aus vollen Kannen. Draußen graute der neue Tag.

Sie lag in Bens großem Schlafzimmer mit den weiß getünchten Mauerwänden und den dunklen Balken des Fachwerks an Decke und Wänden. Sie lag unter dem schneeweißen Oberbett und konnte sich nur für kurze Zeit vorgaukeln, dass sie sich in ganz normalen Ferien an der See befand – still, ereignisarm und oft einsam.

Wenn sie den Kopf zur Seite neigte, konnte sie die Trauerweide durch das niedrige Fenster sehen und dahinter die Hecke, Grenze zum Grundstück des Nachbarn. Ob Bauer Giles auf seinem verfallenden Hof schlief, oder wohnte er in dem Art Deco Hotel an der Küste? Vielleicht rubbelte er sich gerade trocken nach der Dusche, oder er saß da, Brille auf der Nase, und brütete über den Bauzeichnungen. Hatten er und Maddock sich gestern in der Kneipe halb tot gelacht über sie? Sehr wahrscheinlich.

Janie zog die Beine an, die vor Peinlichkeit kribbelten.

Das krasseste Bild, das sich vom gestrigen Tag eingeprägt hatte, war von Maddocks Penis, der sich zuckend in ihrem Schlund ergoss. Sie erinnerte sich an das unwirkliche Gefühl des Triumphs, weil sie ihn erfolgreich gesaugt hatte. Bizarr, dass Sally im Zimmer dabei gewesen war, ungewöhnlich zurückhaltend.

Sie wollte nicht länger daran denken. Es war alles viel zu schnell nach dem Erlebnis in der Scheune des Bauern geschehen. Vielleicht hatte es auch an diesem ersten sexuellen Kontakt nach Jahren gelegen, dass die Geschichte mit Maddock überhaupt möglich wurde. War sie zu einer unersättlichen Frau geworden? Das war es, worin sie schwelgen wollte, als sie die Beine wieder ausstreckte. Ihr sexuelles Wiedererwachen, ausgelöst von einem gut aussehenden Bauern.

Oben auf der Mansarde hörte sie einen dumpfen Fall. Sie wartete auf mehr – Schritte, wenn Sally aus dem Bett stieg. Janie versteifte sich. Sie wollte nicht mit Sally reden; im Moment wollte sie mit niemandem reden. Zum Glück hörte sie über sich keine weiteren Geräusche mehr. Sally hatte sich bestimmt auf die andere Seite gelegt und war vielleicht schon wieder eingeschlafen. Weiß der Himmel, wovon sie träumt, aber eins steht fest, dachte Janie: Ihre Freundin würde sie nach dem gestrigen Tag in einem völlig anderen Licht sehen.

Sie schlug das Oberbett zurück und stand auf. Erst acht Uhr. Sie zog ein enges T-Shirt und ihre verblichene Hose an, dann ging sie die knarrenden Treppenstufen hinunter. Sie war sicher, dass sie lauter knarrten als noch im vergangenen Jahr. Ben sagte immer, in alten Häusern seien Absenkungen unvermeidlich, sie störten ihn nicht. Wenn das Cottage eines Tages zusammenbrach, würde er es platt walzen lassen und ein neues kaufen.

Janie wollte sich beschäftigen. Sie hob die Kissen auf, die vom vergangenen Abend noch auf dem Boden lagen, und warf sie zurück auf Sofa und Sessel. Im Zimmer roch es nach verbranntem Holz. Janie starrte auf die Stelle, wo sie am Abend mit Maddock gekniet hatte. Sie war so sehr darauf versessen gewesen, ihn zu blasen, als hätte sie Angst, es könnte morgen schon aus der Mode sein.

»Ich sollte zurück ins Bett gehen«, murmelte sie und rückte Sofa und Sessel wieder zurecht. Dann musste sie wieder an Sally denken, die gestern Abend hier still gesessen und zugeschaut hatte. Schlimmer noch, sie hatte auch gesehen, wie sie sich mit den eigenen Fingern zum Orgasmus gebracht hatte. Und wie sie ihre nackten Brüste in Maddocks Gesicht gedrückt hatte, in das Gesicht eines wildfremden Mannes.

Vorher hatte sich Janie heimlich ins Cottage eingelassen und zugesehen, wie Sally sich von Maddock hatte aufspießen lassen. Direkt hier auf dem Fell vor dem Kamin. Himmel, was sollte das denn für ein Urlaub werden?

Janie nahm sich noch einmal alle Kissen vor, bauschte sie auf und sah, dass einer ihrer Pinsel auf dem Boden lag. Sie steckte ihn in ihre Tasche und errötete, als sie wieder an Maddock mit seinen schweren Stiefeln und den schwingenden Hoden denken musste, an seine schmutzigen Fingernägel und die scharfen Zähne an ihren vollen Brüsten.

Sie wusste, dass sein derbes Gehabe genau auf Sally zugeschnitten war, aber sie konnte nicht leugnen, dass Maddock auch in ihr wilde Explosionen ausgelöst hatte. Er machte sie Dinge tun, die sie noch nie hatte ausprobieren wollen, und sie hatte nicht die Zeit gehabt zu überlegen, ob sie diese Dinge nicht lieber mit Bauer Giles ausführen wollte.

Ihre Brüste schmerzten an diesem Morgen, und sie hatte blaue Flecken auf Hüften und Knien. Auf dem Rücken waren kleine Kratzer vom Stroh zurückgeblieben. Der Bauer war voller Wärme und Rücksichtnahme gewesen, ein richtiger Gentleman. Sie wollte an ihn denken, aber sein Gesicht und sein Körper gerieten durcheinander mit Maddocks. Zuviel für ihr müdes Hirn.

An diesem Morgen gab es keine Männer, keinen Land Rover, kein Scheunentor und keine Schaufel. Nur den Regen, der vom Reetdach tropfte, und das Schlagen der Standuhr im Flur. Sie schaltete das Radio ein und ließ sich eine Weile vom Discjockey ablenken, dann ging sie in die Küche, setzte Wasser auf und begann, die Schränke abzuschmirgeln.

»Du kannst dich zwar wie Andy Pandy verkleiden, aber damit verschleierst du nicht, was du gestern Abend getrieben hast«, sagte Sally hinter ihr.

»Ich dachte, du schläfst noch«, murmelte Janie und schmirgelte wie verrückt. »Ich habe Wasser aufgesetzt. Ich muss arbeiten.«

Sally schob sich gähnend an ihr vorbei. Die blonden Haare lagen platt auf dem Kopf. Sie trug eins von Bens gestreiften Hemden, die er im Büro trug.

»Das ist Bens Hemd. Hast du keine eigenen Sachen mitgebracht?«

»Ich habe es in meinem Bad gefunden. Er wird nicht merken, dass ich es getragen habe. In der Nacht war mir kalt. Was hat es überhaupt mit dir zu tun?«

»Ach, gar nichts. Nur, dass wir als seine Gäste hier sind, und das heißt nicht, dass wir uns wie Fürstinnen aufspielen können.«

»Ein bisschen spät, sich darüber Gedanken zu machen«, sagte Sally und schwang sich auf einen Barhocker neben dem Kühlschrank. Sie griff nach einer Tasse. Es entstand ein verlegenes Schweigen, bis das Wasser zu sprudeln begann. Sally stand auf, schüttete den Kaffee auf und warf drei Stückchen Zucker in ihre Tasse. Sie rührte und rührte, bis Janie aufhörte zu schmirgeln und aufschaute.

»Das ist besser«, sagte Sally und zog das Hemd straff über ihre Schenkel. An den Füßen trug sie wollene Söckchen. »Kannst du mir vielleicht mal sagen, was dich nervt?«

Janie zupfte die ausgefransten Enden des Schmirgelpapiers ab und hob die Schultern.

»Wenn ich etwas falsch gemacht habe, möchte ich es gern wissen«, sagte Sally. »Dies ist der erste Morgen unseres großartigen Urlaubs, da wäre es nicht gut, gleich mit einem Streit anzufangen, oder?«

Janie schüttelte den Kopf und schaute immer noch konzentriert auf das Schmirgelpapier in der Hand. Sie wünschte, ihre Freundin würde Jeans anziehen oder wenigstens ein Höschen.

»Zwei Dinge sind nicht in Ordnung, soweit ich das sehe«, sagte Sally, schlürfte am Kaffee und stieg wieder auf den Hocker. Unter ihren nackten Backen quietschte der lederne Bezug. »Einmal sind wir gestern Abend ziemlich durchgeknallt, wir haben uns gehen lassen und diesem Maggot oder wie er heißt ein schönes Spektakel geliefert.«

»Maddock.«

Janie wurde puterrot, und sogar Sally schlug entsetzt die Hand vor den Mund, als sie den Namen hörte. Sie nippte wieder am Kaffee und begann zu lachen, und davon ließ sich Janie anstecken. Sie ließ das Schmirgelpapier fallen, griff nach ihrer Tasse und lehnte sich gegen die Spüle.

»Wir waren noch nicht einmal betrunken«, sagte sie kopfschüttelnd.

»Eh, das gilt nicht für mich«, wandte Sally ein. »Ich war auf voller Dröhnung. Aber das macht dein Verhalten schlimmer als meins, denn du warst beinahe nüchtern. Das war doch die größte Überraschung für mich.«

»Ach! Bin ich jetzt die Schlimme?«

Sie lachten wieder, dann brach das Lachen abrupt ab, und sie schauten gebannt auf den Boden, als hingen sie beide ihren intimen Erinnerungen nach.

»Ich glaube, wir haben uns beide was zu erzählen«, sagte Sally. »Dies ist ein klassischer Fall von ›Ich zeig dir meins, wenn du mir deins zeigst‹. Einverstanden?«

»Entschuldige, Sal. Wenn ich ehrlich sein soll, ist es eine Sache, an heißen Sex mit einem Kerl zu denken, besonders nach meinen Jahren in der sexuellen Einöde ...«

»Nun, von sexueller Einöde habe ich hier bisher noch nichts gemerkt«, unterbrach Sally.

»... aber es ist eine ganz andere Sache, wenn du deine Freundin siehst, wie sie ...« Janie stockte. »Also, ich war einfach nicht darauf vorbereitet, das alles zu sehen. Und ich war auch nicht darauf vorbereitet, dass du mich Maddock in die Arme getrieben hast.«

»Wir führten das Pferd zum Wasser, aber saufen musste es selbst«, sagte Sally grinsend. »Du bist hier reingeplatzt, und ich sah dir sofort an, dass du bereit warst, selbst wenn du es zu diesem Zeitpunkt nicht einmal selbst gewusst hast. Und Maddock konnte es eine Meile gegen den Wind riechen, obwohl er dich gar nicht kannte.«

»Ich kann nicht glauben, dass ich mich mit Maddock eingelassen habe – ausgerechnet! Sein Dad hat uns schreckliche Angst eingejagt, als wir Kinder waren.«

»Nun, er war nicht sein Dad, eh? Maddock war wie ein Stier im Bordell. Er hätte die ganze Nacht durchgehalten, wenn wir ihn überredet hätten.«

»Sind Stiere denn die ganze Nacht zugange?«

Sie krümmten sich wieder vor Lachen.

»Kannst du mir also verzeihen, dass ich dich zur Sünde verführt habe?«, fragte Sally, glitt vom Hocker und schenkte sich Kaffee nach.

»Ich verzeihe dir, wenn du gehst und dich anziehst. Ich glaube, weitere nackte Pos kann ich nicht ertragen. Ich will zurück zum Normalen finden.«

»Aber was, zum Teufel, soll ich anziehen? Versace oder Westwood? Wir gehen doch nirgendwohin, oder? Schau dir doch den Regen an.«

Sie sahen beide zum Fenster hinaus und seufzten.

»Dann zieh dir etwas an, was zum Kochen passt«, entschied Janie. »Du kümmerst dich um den Herd, und ich schmirgle die Schränke ab.«

»Mir schwebte das ideale Essen vor«, sagte Sally, nahm ihre Kaffeetasse und ging hinüber zur Treppe.

»Und was soll das sein?«

»Ein Schäferessen.«

»Großartig. Und besonders viele Schäfer für mich.«

Janie öffnete die Hintertür, um frische Luft hereinzulassen. Sie blieb mitten im Luftzug stehen und schloss die Augen. Der heutige Tag würde trotzdem ein guter Tag werden. Mit einer Alkohollösung beizte sie die restliche Farbe ab und entfernte den feinen Staub. Der Alkohol stieg ihr rasch in den Kopf, deshalb legte sie nach einer Stunde eine Pause ein und ging ins Wohnzimmer.

»Heute ist ein Arbeitstag, Ma'am«, sagte Sally. »Ich will keine überflüssigen Pausen sehen.«

Janie drehte sich um. Sally trug ein exklusives französisches Höschen und ein dünnes Hemdchen, darüber eine gerüschte Schürze, die sie auf dem Rücken mit einer Schleife festgebunden hatte.

»Mach ein Feuer im Kamin, und danach ziehst du dir auch was Feines an«, sagte sie und ließ Mastovs Negligé über den Kopf der Freundin fallen. Die Seide fühlte sich wunderbar zart an Janies Wangen an.

»Soll ich die Schränke in der Küche anstreichen, wenn ich diesen Fummel trage?«

»Nun, ich soll uns in dieser Aufmachung was auf den Tisch zaubern«, hielt Sally dagegen, zeigte einen braven Knicks und wäre fast über die langen Bänder der Schleife gestolpert. »Zeige mir bitte, wo die Zwiebeln sind.«

»In der kleinen Vorratskammer. Also gut, ich besorge zuerst den Grundanstrich, und dann werfe ich mich in Schale für den Feiertagsschmaus«, beschloss Janie.

Sie fanden einen Sender, der nur Musik brachte, und begaben sich an die Arbeit. Das Aroma der Zwiebeln erfüllte schon bald die Küche. Sally hackte und schälte, lief hin und her und musste einige Male um Janie herumlaufen. Beide Frauen schnüffelten und wischten sich die Augen trocken, kaum verwunderlich bei der eigenartigen Mischung aus Farben und Zwiebeln. Janie musste die Hintertür wieder aufreißen.

»Lass die Minze köcheln, dann kommst du auch her«, wies Janie die Freundin an. Auf unsicheren Füßen ging sie ins Wohnzimmer. »Mein Kopf dreht sich von all den Dämpfen und Gerüchen.«

Sie ging mit dem Schürhaken über den Rost, dann nahm sie Sallys Negligé in die Hand. Rasch trat sie aus der weiten Hose, dann streifte sie das T-Shirt ab und ließ das feine Nachthemd über den Kopf und über den Körper gleiten. Der glatte Stoff ließ sie erschauern.

Sie betrachtete sich im Spiegel über dem Kaminsims. Der Schein der Flammen flackerte über ihr Gesicht. Die cremige Seide stand ihr gut und warf einen Hauch von Rouge auf ihre blasse Haut. Doch der Büstenhalter war viel zu breit unter den delikaten Spaghettiträgern, er zerstörte den gesamten Reiz des exklusiven Wäschestücks.

Sie warf einen Blick in die Küche. Sally tauchte einen Finger in die Minze und leckte ihn ab. Stirnrunzelnd schmeckte sie, dann griff sie zur großen Flasche mit dem Tomatenmark, drückte kräftig in die Mitte und ließ einen langen roten Streifen in die Mitte des Topfs fallen. Sallys Zungenspitze saß zwischen den Zahnreihen gefangen, als sie der Verbindung von Minze und Tomatenmark zuschaute. Janie ahnte Sallys Gedanken, als sie die Flasche noch einmal schüttelte, den Finger unter die Öffnung hielt und einen Spritzer Tomatenmark ableckte.

Sally ist beschäftigt, dachte Janie, öffnete den BH und zog ihn unter dem Negligé hervor. Es war raffiniert geschnitten; saß eng auf den Rippen und auf dem Bauch, sodass es eine natürliche Stütze für den Busen war.

Auf der anderen Seite wanderte der glatte Stoff dauernd über die Nippel und ließ sie hart werden, wodurch die Brüste anschwollen und sich stärker nach oben drückten. Janie streckte die Arme hoch, um die Haare anzuheben, dann ließ sie alles fallen und blickte über die Schulter. Der Rücken des Negligés war bis zu den Zwillingsgrübchen am Ansatz der Backen ausgeschnitten.

»Komm mal her und probiere das mal, Janie«, rief Sally. »Ich glaube, wir könnten mit der Schäfermahlzeit und dem Chardonnay die ganze Woche aushalten.«

Janie betrat die Küche, und Sally stieß einen bewundernden Pfiff aus.

»Ich habe gleich gesagt, dass es dir besser steht als mir. Du siehst wie eine Prinzessin aus. Deine Haltung ist sogar anders, wenn du es trägst.«

Janie warf mit einer kurzen Bewegung des Kopfes ihre Haare über die Schultern und blies Sally einen Kuss zu. Dann beugten sich beide Frauen über die köchelnde Mixtur auf dem Herd.

»Das erinnert mich an Paris«, sagte Sally und schlürfte ihren Holzlöffel ab. »Jonathan und ich sind an einem Abend in dieses Restaurant gegangen, und sie haben uns da in die Küche eingeladen. Er kannte den Chef, glaube ich.«

»Ein Freund von Mastov vielleicht?«

»Gut möglich. Himmel, ja, sogar sehr wahrscheinlich. Dieser Mastov kocht überall seine Süppchen – und frage mich erst gar nicht, wo er überall seine Finger drin hat.«

Sie sahen sich an und lachten, Janie nahm noch einen Löffel und verzog verzückt das Gesicht, während Sally begann, die Kartoffeln zu pürieren.

»Wir haben ungeheuer viel in Paris gegessen, aber das Essen und der Wein waren so gut, dass ich mich immer nur voll und geil gefühlt habe und nie voll und aufgebläht. Kein Wunder also, dass wir mindestens dreimal am Abend zugange waren.«

»Nun tu doch nicht so, als wärst du plötzlich zum Gourmet geworden. Du warst die ganze Zeit scharf, weil du einen gut bestückten Kerl bei dir hattest.« Janie lachte und half, das Püree-Soßengemisch über das Fleisch zu heben.

»Wie kriegt man diese altmodische Backofentür auf?«

Wieder beugten sie sich über den Herd, Janie hielt die Tür auf, und Sally schob die Form mit dem Auflauf hinein. Warme Luft waberte aus dem Ofen, und gleichzeitig spürten sie von hinten einen kalten Luftzug.

»Zwei schlanke Ladys, ganz nach meinem Geschmack.«

Sally fluchte, weil sie sich einen Finger an der Tür quetschte, und Janie stieß mit dem Kopf gegen den Schrank, als sie sich plötzlich aufrichtete. Weiße Untergrundfarbe klebte in ihren Haaren.

Ein hoch aufgeschossener Mann in Tweed und Kaschmir stand in der Tür, die Arme verschränkt, die Blicke von einer zur anderen huschend. Janie kicherte verlegen.

»Verdammt noch mal!«, explodierte Sally, drehte den Wasserhahn voll auf und kühlte ihren Finger. »Klopft denn heutzutage überhaupt niemand mehr an?«

»Aber gewiss doch«, antwortete der Besucher gelassen, trat in die Küche, schritt zu Sally und öffnete die breite Schleife der Schürze, die dann haltlos zu Boden rutschte. »Hübscher Po. Ist das die neue Masche der Fernsehküche? *Linguini in Lingerie?* Oder *Augenschmaus und Gaumenschmaus?«*

Es war das erste Mal, dass Janie ihre Freundin sprachlos erlebte. Ihr Mund öffnete und schloss sich einige Male, ehe sie die Schürze aufhob und wütend auf den Tisch knallte.

»Verdammter Scheiß! Ich ...«

»Aber ich bitte dich. Diese Sprache und dann vor einer Dame.« Er blieb vor Janie stehen, als wollte er, dass die

Flüche an ihr abprallten. »Du hast immer schon wie ein Bierkutscher fluchen können. Also, finden wir zu Anstand und Sitte zurück. Guten Morgen, Ladys.«

Er nahm Janies Hand, beugte den Kopf und küsste sie auf die Fingerspitzen, wobei er sie aus seinen meerblauen Augen beobachtete. Janie konnte nicht über ihn hinwegsehen, aber sie hörte, dass Sally Geräusche ausstieß, als müsste sie sich übergeben. Der Mann lächelte nur, stellte sich in Tanzhaltung vor Janie und wirbelte sie mit ein paar Walzerschritten durch die Küche und ins Wohnzimmer. Die Seide schwebte um ihre Schenkel, und obwohl sie nicht tanzen konnte wie Sally, fühlte Janie die Leichtigkeit ihres Körpers in den flüssigen Bewegungen. Er wirbelte sie wieder herum, und ihre Arme flogen in der Drehung.

»Ich habe mir gleich gedacht, dass du die grässliche Großstadt nicht ganz aus eigenem Antrieb hinter dir gelassen hast, Sally«, rief er ihr zu. »Jetzt erkenne ich, dass dich jemand aufs Land gelockt hat.« Er brachte Janie zum Sofa, wartete, bis sie Platz genommen hatte, und ging dann hinüber zum CD Spieler. »Jetzt sehe ich deine entzückende Freundin, und ich verstehe sofort, warum du sie nie mit in die Stadt gebracht hast, um sie deinen Freunden vorzustellen.«

»Sie würde nie in die Stadt gehen, um ekelhafte Typen wie dich zu treffen. Ich würde nicht wollen, dass sie dieselbe Luft einatmet wie du.«

Janie hatte Sally schon oft wütend gesehen, aber nie in diesem blanken Zorn. Sie stand da, die Fäuste in die Hüften gestemmt, das schmale Gesicht voller Hass.

»Aber deine Freundin – entschuldige, wie ist dein Name?«

»Eh, Jane. Janie.«

»Jane, du siehst so aus, als könntest du für dich allein entscheiden, welche Luft du atmen möchtest, auch ohne Sally als Fürsprecherin. Sie ist ein wenig aufgeregt, das ist alles.«

Sally konnte nicht mehr an sich halten und sprang ihn an. Sie schlang Finger und Nägel um seinen Nacken, die nackten Beine um seine Körpermitte, und klebte an ihm. Janie wich zurück. Sally hatte die Wange des Mannes blutig gekratzt.

»Sally, was ist los? Ich nehme an, ihr kennt euch?«

Der Mann lachte ein tiefes, kaltes Lachen und schälte Sallys Beine von seinen Rippen. Er warf sie mit erstaunlicher Mühelosigkeit in den Sessel, in dem sie wie eine Katze auf allen vieren landete.

»Dieser Teufel. Wir haben vom Teufel gesprochen, und dann steht er plötzlich da«, fauchte Sally. »Wie hast du herausgefunden, dass ich mich im Cottage verstecke?«

»Ist das Jonathan Dart? Der Mann aus Paris? Dieser Bastard, der dich aufs Kreuz gelegt hat?«

Niemand antwortete auf Janies Fragen. Die beiden waren damit beschäftigt, sich gegenseitig anzugiften. Sally stapfte wütend um ihn herum und schleuderte tödliche Blicke auf ihren ehemaligen Freund.

»Maddock hat mir gesagt, wo ich euch finden kann. Wir haben uns gestern Abend in der Kneipe unterhalten. Er hat mir alles erzählt. Von seiner Beschreibung des Flittchens mit dem Borstenpinsel wusste ich sofort, dass es sich um meine Sally handelte. Ihr ist nichts heilig, sie kennt keine Scham. Obwohl ich nicht einverstanden bin mit der Beschreibung des ›hochnäsigen Luders‹, das bei ihr ist.« Er grinste. »Aber er hat auch erzählt, wie gut du in der französischen Schule bist, Jane.«

»Was ist mit dem Pinsel?«, wollte Janie wissen und sah sich im Wohnzimmer um.

»Du musst es dir von ihr mal demonstrieren lassen. Eine starke Szene, hat Maddock gesagt.« Jonathan blinzelte Sally an, und sie hob wieder die Fäuste.

»Ihr beide habt offenbar noch ein Hühnchen zu rupfen«, murmelte Janie, stand auf und wollte um Jonathan herumgehen, denn trotz Sallys ungestümer Attacken stand er immer noch am selben Platz. Er hielt Janies Handgelenke fest.

»Das kann warten. Ich habe etwas gesehen, was ich zuerst erforschen möchte.«

»Bevor wir irgendwas tun, nimmst du gefälligst deine Hände von Janie!«, kreischte Sally und stürzte sich wieder auf ihn.

»Hallo! Ist da jemand? Ich wollte nur mal fragen, ob – Himmel, Leute, was geht denn hier vor?«

Jonathan taumelte zur Seite, und Janie sah, dass ihr Bauer im Zimmer stand. Er schob seine Brille hoch und schob die Mütze zurück. Benommen kniete sich Janie aufs Sofa. Sie fand, es war unmöglich, sich in ihrem Negligé nicht verführerisch zu bewegen, und außerdem hatte ihr Jonathans dubiose Aufmerksamkeit wunderbar geschmeichelt.

»Du bist es!«, rief sie heiser. Etwas anderes fiel ihr nicht ein. Für den Moment stellten Jonathan und Sally ihren Streit ein. Die beiden Männer standen wie Riesen im kleinen Zimmer, und Janie kam sich ganz klein vor.

»Heute geht's hier zu wie auf dem Piccadilly Circus!«, rief Sally und zupfte am Ärmel des Bauern, der sich von ihr zum Kamin führen ließ. »Gut, dass Sie da sind, Sie haben in letzter Sekunde ein Blutvergießen verhindert.

Seien Sie so freundlich und entfernen Sie diesen Schurken aus unserem Haus. Er ist hier nicht willkommen.«

»So sah mir das aber nicht aus«, bemerkte der Bauer. Er nahm die Brille ab und polierte die beschlagenen Gläser. »Ich hatte den Eindruck, dass ihr euch alle phantastisch versteht. Was ist denn los, Jonathan?«

»Absolut nichts, Jack. Alles unter Kontrolle. Hast du gewusst, dass du zwei Wildkatzen als Nachbarn hast?«

Janie und Sally hörten staunend zu. Der Duft des Schäferauflaufs erfüllte das Zimmer, und in einem Bauch rumorte es. Die beiden Männer lachten.

»Hat jemand was dagegen, wenn ich mich am Barschrank bediene?«, fragte der Bauer, an Sally gewandt. Janie kochte vor Wut. Es war nicht Sallys Barschrank. »Ich glaube, wir sollten noch mal von vorn beginnen«, murmelte sie.

»Nun, ich wäre froh, noch einmal von vorn zu beginnen«, sagte Sally und ging mit Bauer Giles in die Küche, wo der Wein stand. »Nur nicht mit Mr. Dart«, rief sie und wandte sich wieder an ihren neuen Begleiter. »Können Sie dafür sorgen, dass wir ihn los werden? Als ich ihn das letzte Mal gesehen habe, habe ich geschworen, dass ich ihn umbringe.«

»Ich will mich nicht in Ihren Streit mischen. Außerdem kann ich ihn unmöglich dieses Hauses verweisen, denn das Haus gehört mir nicht. Zum anderen ergibt es sich, dass wir beide ganz in der Nähe unseren jeweiligen Besitz haben, wir sind also quasi Nachbarn. Das Leben auf dem Land basiert auf Gastfreundschaft. Ich bin sicher, dass Ihre Freundin Ihnen das alles schon erzählt hat, als sie gestern Abend mit den Holzscheiten zurückkehrte, nicht wahr?«

»Kein Wort hat sie gesagt, als sie zurückkam. Wieso

eigentlich nicht? Seid ihr euch gestern über den Weg gelaufen? Was ist geschehen?«

Er wollte antworten, aber sie waren wohl in den hinteren Teil der Küche gegangen, denn Janie konnte kaum noch verstehen, was er sagte, und außerdem saß Jonathan neben ihr auf dem Sofa und schaute sie wieder mit diesen schönen blauen Augen an. Er legte eine Hand auf ihren Schenkel.

»Hast du was dagegen? Ich liebe das Gefühl eines edlen Stoffs unter meinen Fingern.«

Die Seide warf Falten auf ihren Beinen. Janie hielt den Atem an. »Kennst du ihn?«, fragte sie. »Ich meine den Bauern?«

»Nun ja, irgendwann lernst du hier jeden kennen, selbst wir Wochenendgäste.« Er seufzte. »Er heißt Jack und hat gerade erst den Bauernhof gekauft. Er ist dein direkter Nachbar.«

Janie verrenkte den Hals, um an Jonathan vorbei in die Küche sehen zu können. Sie wollte unbedingt hören, was dort gesprochen wurde, aber die Stimmen klangen sehr gedämpft, bis sie Sallys kehliges Lachen hörte. Die schamlose Freundin hätte genauso gut durch ein Megaphon rufen können: Den will ich haben!

»Lass sie gewähren«, empfahl Jonathan. »Er wird ihr kaum widerstehen können, wenn sie ihren Charme aufdreht, das kannst du mir glauben. Aber in ein par Minuten kommt sie zurückgekrochen. Hast du gehört, was ich gerade gesagt habe?«

»Ja, du hast von Jack gesprochen«, antwortete Janie eifrig. »Ist es Bens bester Freund Jack? Der hässliche Jack? Der Jack aus meiner Kindheit?«

»Kann sein. Er hat mir erzählt, dass er als Kind hier

gespielt hat. Und gestern hat er eine alte Freundin getroffen. Bist du diese Freundin?«

Aus irgendeinem Grund quollen Janies Augen auf. Die Bilder aus der Vergangenheit jagten durch ihren Kopf wie Szenen aus einem Stummfilm. Nicht die Phantasiebilder aus dem Wigwam, sondern die echten Bilder: Die der dreckigen Jungs und des ärgerlichen Mädchens, das immer dabei sein wollte.

»Als Kind haben sie dir übel mitgespielt, was?«

Sie sah Jonathan an. Er war zu glatt für ihren Geschmack, und außerdem hatte er Sallys Karriere geschadet, aber trotzdem musste sie einräumen, dass er etwas Hypnotisches an sich hatte. Sie verstand sehr gut, warum Sally sich auf ihn eingelassen hatte. Er schien in die Tiefe von Janies Seele zu schauen, was vielleicht auch gar nicht mehr schwierig war, wenn Jack schon Geschichten aus ihrer Kindheit erzählt hatte – ganz abgesehen vom Geschehen in der Scheune, das er wahrscheinlich auch kannte. Gleichzeitig wurde ihr bewusst, dass fünf Minuten in der Gesellschaft dieses Mannes ein Leben verändern konnten.

Sie hörte ein Schlurfen und Husten aus der Küche, und als sie sich vorbeugen wollte, um zu sehen, was da geschah, legte Jonathan wieder seine Hand unter ihr Kinn und sah ihr in die Augen.

»Kleine Jungen sind alle gleich, deshalb kenne ich mich aus. Sie riechen nicht gut und sind schrecklich, besonders zu kleinen Mädchen.«

»Als ich ihn gestern gesehen habe, hat er gesagt, dass er mich kennt, aber ich habe ihn nicht erkannt. Ich dachte, er versuchte eine plumpe Anmache.«

»Wenn ich mit dir meine Kindheit verbracht hätte, durch Weizenfelder gelaufen und auf Bäume geklettert wäre, würde ich dich auch nicht vergessen.«

Jonathans Finger strich sanft über ihr Gesicht. Janie mochte sich nicht abwenden. Die Seide des Negligés bewegte sich über ihre Haut, sie hörte das Rascheln und spürte es in ihren Fingerspitzen kribbeln. Er hörte es offenbar auch, denn die Hand auf ihrem Schenkel spannte sich plötzlich und schob sich weiter hinauf, wobei die Finger den Stoff mitnahmen und immer mehr nacktes Bein bloßlegten.

In der Küche war es still geworden. Trotz der Wärme, die Janie unter den Fingern des Mannes spürte, wollte sie wissen, was nebenan geschah. Sie wollte nicht, dass Sally ihren Jack umgarnte. Sie hörte Tischbeine über die Fliesen rutschen, dann gab es einen klatschenden Laut, als die Weinflasche auf die Arbeitsplatte abgestellt wurde.

»Sie spielt mit uns, weil sie uns ärgern will«, raunte Jonathan, als könnte er Janies Gedanken lesen. »In Wirklichkeit wollen sie uns – er dich und sie mich.«

Janie entspannte sich ein wenig und wandte sich wieder Jonathan zu. Während er geredet hatte, war die Seide ganz nach oben gerutscht, um die Hüften herum. Seine Hand wanderte weiter, über den warmen Bauch. Janie verkrampfte leicht, starrte in sein Gesicht, sah aber durch ihn hindurch. Sie wollte sich kaum merklich von ihm weg bewegen, und dabei berührte sie mit einer Brust seinen Kaschmirärmel, und beide Nippel füllten sich mit neuem Leben.

»So gefällt es mir schon besser«, sagte er. »Du magst zwar wie eine hochnäsige Prinzessin wirken, aber in Wirklichkeit bist du eine heißblütige Frau, nicht wahr? Ein bisschen wie Sally, aber du hältst es besser unter Verschluss.«

Wie zur Antwort knallte die Küchentür plötzlich ins Schloss. Man konnte nicht sagen, ob jemand sie zugezogen hatte oder ob ein Windstoß dafür verantwortlich war. Jetzt waren sie von den anderen beiden getrennt.

Janie wollte nicht an Sallys kleine feste Brüste denken, die sich gegen Jacks Körper pressten. Er war Janies Jack. Sie hatte ihn zuerst gesehen. Sie wollte ihn für sich reklamieren. Sie wollte nicht, dass er in den goldenen Busch eindrang und über Sallys triumphierenden zierlichen Körper stöhnte.

»Sie will nicht, dass ich dich bekomme, verstehst du?«, raunte Jonathan in ihr Ohr. »Aber wir werden ihr eine Lektion erteilen. Das ist zwar nicht der Grund, warum ich ins Haus gekommen bin, aber es wird seinen Zweck erfüllen.«

»Was meinst du damit?« Janie hörte mit einem Ohr zur Küche, während er in das andere Ohr sprach.

»Ich meine, sie werden wieder mehr an uns interessiert sein, wenn sie feststellen, wie gut wir uns auch ohne sie verstehen.«

»Du meinst, wir sollten uns gegenseitig benutzen, um ihnen zu zeigen, wen sie wirklich wollen?«

Seine glatten Gesichtszüge öffneten sich zu einem Lächeln, und obwohl Janie sah, dass es das Lächeln eines Mannes war, der gewohnt war, alles zu erhalten, was er wollte, verstand sie die ausgeklügelte Strategie. Sie machte eine zynische Bemerkung und fand zunehmend Gefallen an dem Spiel.

In den letzten vierundzwanzig Stunden hatte sie gelernt vorzutäuschen, eine andere zu sein, oder es war ihr gelungen, die leidenschaftliche Janie aus sich herauszuholen, die sie sonst so erfolgreich verbergen konnte.

»Mein Schatz«, sagte Jonathan glucksend, »willst du mir sagen, dass es so ein großes Opfer für dich wäre?«

Die ganze Zeit hatten seine Finger nicht aufgehört, über ihren Bauch zu streicheln und zwischendurch auch mal hinunter in ihre Scham zu fassen. Die ganze Region hatte sich aufgeheizt, und ihr Körper entspannte immer mehr. Aber ihre Gedanken schossen immer mal wieder zum Paar in der Küche.

»Du darfst nicht so unruhig und ängstlich sein«, raunte Jonathan. »Das wirft ein denkbar schlechtes Licht auf mich.«

Kein Wunder, dass er so schnell in Sallys Slip gelandet war, dachte Janie. Er war so überzeugend wie der Pferdeflüsterer. Ein Frauenflüsterer. Damit erreichte er alles, was er wollte. Aber sie würde nicht warten, bis sie seine gemeine Seite kennen lernte; sie brauchte ihn nur dieses eine Mal, um es Sally mit gleicher Münze zurückzuzahlen.

»Was stellen die beiden da drinnen nur an?«, murmelte Janie.

Irgendwas ging in der Küche vor, sie hörten ein Grunzen oder ein Seufzen, dann unmissverständlich ein hohes Kichern von Sally – die Art von Kichern, die signalisierte, dass sie jetzt zum Hauptangriff überging.

»Nun, sie ist bestimmt nicht dabei, Apfelkuchen zum Nachtisch zu bereiten«, stellte Jonathan fest.

Janie runzelte die Stirn, wandte den Kopf nach hier und nach da, aber Jonathan verfolgte jede ihrer Bewegungen und nutzte ihre Unaufmerksamkeit, um das Negligé ein bisschen höher zu ziehen, sodass ihr Körper immer nackter wurde.

»Sie hat die Zunge tief in seinem Hals«, gurrte Jonathan. »Sally ist nicht für ihre ausgedehnten Vorspiele bekannt.«

Janies Lippen wölbten sich verärgert, aber er hielt sie

von einer Replik ab, indem er seine trockenen Lippen über ihren Mund huschen ließ. Sie nahm seinen Geruch wahr, den Geruch seines exklusiven Rasierwassers, und schloss die Augen. Sie wollte sich einreden, dass sie und Jonathan das einzige Paar im Cottage waren. Die anderen existierten nicht für sie.

»Er wird halbherzige Versuche unternehmen, sich ihrer zu erwehren und zu uns zurückzugehen, aber obwohl er nur dich haben will, hat er längst einen Steifen, und davon hat sie sich schon überzeugt.«

Jonathan legte auch die andere Hand auf ihre Hüfte, und trotz Janies Eifersucht spürte sie, wie ihr Körper auf das Streicheln der Hände reagierte. Die fiebrige Hitze, die sie gestern bei Sallys frivolen Geschichten empfunden hatte, war wieder da, stärker noch als zuvor. In ihrer Pussy zuckte es, und sie spürte, wie sich die Nässe in ihr sammelte.

»Ist sie erst einmal geil, wird sie sich kaum noch zurückhalten können. Ich wette, sie ist jetzt schon nass, vor allem, weil sie weiß, dass wir nebenan sind und jeden Moment in die Küche stürmen könnten. Sie wird sich an seinem Körper reiben. Er wird vielleicht still dasitzen, aber das hilft ihm nicht. Sie merkt, dass er so etwas wie ein Gentleman ist, auch ein bisschen schüchtern, aber sie wird ihn dazu bringen, dass er sie anfasst und ihre Nässe spürt. Das scharfe Höschen, das sie trägt, habe ich ihr übrigens in Paris gekauft.«

»Was für ein unanständiger Gedanke«, keuchte Janie, biss sich auf die Zunge und rutschte auf dem Sofa höher, ohne zu realisieren, was sie tat. »Ich meine, sie trägt dein Geschenk, während sie es mit ihm treibt.«

»Liebling, du hast erfasst, worauf ich hinauswill.«

»Dieses Negligé gehört mir auch nicht. Es wurde ihr

geschenkt ...« Sie fügte ihr eigenes Gift dazu. »Erst am vergangenen Wochenende – von einem anderen Mann.«

»Wirklich?« Jonathan schien tatsächlich ein wenig aus der Fassung zu geraten, aber nur einen Moment lang. Er lächelte schon wieder. »Das wird ja immer besser. Aber ich kann es mir an ihr gar nicht vorstellen. Während du so aussiehst, als wärst du geboren, weiße Seide zu tragen.«

In diesem Augenblick kippte ein Küchenstuhl um und polterte über die Fliesen. Jemand stieß einen hohen Schrei aus, dann waren dumpfe Geräusche von zwei Körpern zu hören, die auf den Boden gefallen waren.

»Lange haben sie ja nicht gebraucht«, stellte Jonathan fest. »Sie hat inzwischen ihre wunderbare Wäsche abgelegt. Vielleicht macht sie es sich selbst mit den Fingern; manche Männer sehen dabei gern zu. Aber lange wird sie nicht warten wollen, und er wird es auch nicht mehr lange aushalten, seit er ihren entzückenden Busch gesehen hat. Kein Mann mit rotem Blut in den Adern kann so einem Anblick widerstehen, und sie ist eine Frau, die an diesem Morgen eine Aufgabe erfüllen will.«

»Ich will nichts mehr hören«, bat Janie. »Wir sollten es ihnen zeigen, wie du gesagt hast.«

Er hob sie auf seinen tweedbedeckten Schoß, bis sie grätschend über ihm saß, den Rücken zur Küchentür. Er fuhr mit den Händen über ihre Seiten, und sie hielt den Atem an und wartete darauf, dass er ihre Brüste streichelte. Die steinharten Nippel rieben genau auf der Höhe seines Gesichts gegen den dünnen glatten Stoff. Er brauchte nur den Mund zu öffnen und die Zunge herauszustrecken.

Die scharfen Sensationen, die durch ihren Körper zuckten, waren zu intensiv, um ignoriert zu werden. Es war, als stünde sie unter Strom, genau wie Sally gesagt hatte. Die Naturinstinkte, die gestern in ihr geweckt worden waren, warteten nur darauf, wieder angetrieben zu werden von jemandem, der sie auf die gewisse Weise ansah oder die richtigen Worte fand.

Bei Jonathan traf beides zu. Fünf Minuten, nachdem sie mit ihm zusammen war, fühlte sich ihr spärlich bekleideter Körper an, als kochte das Blut in ihren Adern. Er versprach alles, wovon sie schon so oft geträumt hatte. Sie konnte jetzt gar nicht aufhören, ganz egal, wer es mit wem in der Küche trieb.

Sie krümmte sich und schwelgte in der neuen Erregtheit, die über ihre Haut kroch. Während er zwischen ihren Beinen fummelte, um seinen Reißverschluss nach unten zu ziehen, hob sie die Hände und knetete die eigenen Brüste durch die schlüpfrige Seide. Sie liebte das Gefühl des Stoffs auf ihrer Haut, drückte die Hügel zusammen und sah auf die erigierten Warzen, die neugierig hervorlugten.

Jonathan blickte ihr immer noch ins Gesicht, und das steigerte ihre Erregung noch. Die eigenen Hände auf den Brüsten, nur die Seide dazwischen, was für eine Wonne! Sie wollte, dass er ihre Brüste anfasste. Ihr Atem ging schneller, ihre Hände grabschten wilder und unbeherrschter, während ihr Po sich auf seinen Knien wetzte. Nach einer Weile hielt sie sich am Sofarücken fest und legte die Arme auf seine Schultern. Sie hob sich leicht an, bis sie ein paar Zentimeter über seinem Schoß schwebte.

In dieser knienden Position drückten sich ihre Brüste gegen seine Nase. Ihre Pussy konnte warten. Sie verharrten beide einen Moment in dieser Position, als wollten sie sich gegenseitig herausfordern, den ersten Schritt zu tun. Janie hakte die Finger unter die dünnen Träger des Negligés, streifte sie ab und ließ es von den Schultern rutschen. Die Seide lag wie eine Lache um ihre Hüften.

»Seine Hose schlottert jetzt um seine Knöchel, und Sally liegt ausgestreckt auf dem Tisch, garniert wie das Frühstück eines Gutsherrn. Er wird sich nicht mehr zurückhalten können und mit den Fingern in sie eindringen, während sie sich räkelt und ihn betört. Sie starrt auf die Tür, darauf wette ich. Sie ist genauso heiß wie du.«

»Ich habe gesagt, du sollst damit aufhören.«

Endlich senkte Jonathan den Blick und starrte bewundernd auf ihre vollen Brüste. Seine Hände streichelten über die empfindliche Haut, dann bückte er sich und drückte sein Gesicht zwischen die prallen Hügel.

Janie hielt sich wieder am Sofarücken fest und wich einer ungestümen Attacke seines Schoßes aus. Das hat noch Zeit, dachte sie, beschäftige dich erst einmal mit meinen Brüsten, die du bisher vernachlässigt hast.

Nebenan quietschte ein Tischbein. Es entstand eine kurze Pause, dann hämmerte das Bein rhythmisch auf den gefliesten Boden.

»Sie zieht ihn in sich hinein, hinein in ihre gierige Pussy mit den goldenen Härchen.«

Janie war zerrissen. Ein Teil von ihr wollte frohlocken, weil Sallys Ex-Lover dabei war, ihr einen phantastischen Orgasmus zu bescheren, aber der andere Teil von ihr war entsetzt bei dem Gedanken, dass ihr Jack in der Küche verführt wurde. Sally wusste nicht einmal, wer er war. Sie konnte nicht wissen, dass er gestern erst mitten auf einem Strohballen in sie eingedrungen war und ihre lange Dürre beendet hatte.

»Sie holt sich immer, was sie haben will«, kommentierte Jonathan leise. »Sie liegt rücklings auf dem Küchentisch, harte Oberflächen waren schon immer ihr Ding. Sie wird die Beine wie Efeuranken um ihn schlingen.«

Bevor sich dieses Bild in Janies Hirn festsetzen konnte, leckte Jonathan über ihre erhitzten Brüste. Sie warf den Kopf in den Nacken und ruckte rhythmisch gegen ihn. Seine Zunge stieß gegen ihre harten Nippel. Erregende Schauer schossen von den Brustwarzen zu ihrem Schoß, und sie spürte, wie ihre Knie schwach wurden.

Sie drückte seinen Kopf an sich und zwang seinen Mund härter auf die Brüste. Lippen und Zunge umkreisten die Warzen, saugten sie ein, bissen behutsam zu und erhöhten den Druck, der sich in ihrem Schoß aufbaute.

Janie ließ sich auf ihn sinken, sie mochte das Vorspiel nicht mehr verlängern. Sie wollte ihn in sich spüren. Immer noch wütete der Gedanke an Sally und Jack in ihr, vereint auf dem Küchentisch, aber sie selbst brannte auch voller Leidenschaft. Das Verlangen, Jonathans harten Schaft in sich zu spüren, wurde überwältigend.

In der Küche hörten sie ein männliches Grunzen, und das Stampfen der Tischbeine klang lauter.

»In seiner Hose wird sie nicht das finden, was du in ein paar Augenblicken spüren wirst«, murmelte Jonathan prahlerisch, als er sich widerwillig von ihren Brüsten trennte, die heftig zu kribbeln begonnen hatten. Seine glatten Haare fielen ihm in die Stirn, wodurch er noch attraktiver aussah.

Sie wollte nichts sagen und lieber seinen lüsternen Kommentaren zuhören. Seine Schilderungen waren so anschaulich, dass sie das Gefühl hatte, in der Küche zu stehen und alles mit ansehen zu können. Lächelnd ließ sie sich noch ein wenig tiefer sinken.

Sie zuckte zusammen, als sie seine Eichel zwischen den geschwollenen Labien spürte. Ein wildes Grinsen breitete sich auf Jonathans Gesicht aus. Janie musste sich auf die Lippen beißen, um nicht aufzuschreien. Noch ein bisschen tiefer.

»Sally hat mir schon gesagt, dass du gut bestückt bist«, keuchte Janie, hob die Hüften ein wenig an und ließ sich dann wieder sinken, einfach, um das Gefühl des Spaltens noch einmal zu erleben. »Aber ich dachte, sie hätte übertrieben. Ich glaube, so ein Ding habe ich noch nie gespürt ...«

»Du wirst so einen auch nie wieder spüren oder sehen, Liebling, das kannst du mir glauben. Nimm ihn, fühl ihn. Spür, was sie jetzt vermisst.«

Janie langte zwischen ihre Schenkel und nahm den Schaft in die Hand. Er hatte das Zeug zur Legende. Er war schon feucht von ihren Säften, und dieses Wissen schickte eine neue Welle der Erregung durch ihren Körper.

Sie nahm ihn in beide Hände, rutschte auf seinen Beinen ein wenig zurück, damit sie ihn besser sehen konnte, und starrte die harte Länge fasziniert an. Obwohl das Blut in ihm pumpte, sah er ungewöhnlich farblos aus. Sie hielt ihn und sah ihn an, fuhr mit den Händen auf und ab und erschrak, als er in ihren Händen hüpfte.

»Du brauchst nicht so sanft mit ihm umzugehen«, meinte Jonathan. »Nimm ihn dir kräftig vor, Prinzessin, er gehört dir allein.«

Janie hob sich wieder leicht an und führte die Eichel an ihre Pussy. Sie spürte den heißen Kontakt mit der Klitoris, und unwillkürlich stieß sie ächzende Laute aus. Ihre unkontrollierte Stimme hörte sich schmutzig in ihren Ohren an, und dann überlegte sie, dass Sally und Jack sie vielleicht auch hören konnten, aber es gelang ihr nicht, sich zurückzuhalten. Nein, stimmte nicht – sie wollte sich gar nicht zurückhalten.

»Hört euch das an, Leute«, zischte sie und ließ sich langsam auf Jonathans Schaft nieder. Ihre Pussylippen klebten wie Saugnäpfe an dem Fleischstab. Nach fast jedem Zentimeter musste sie einhalten, um das Gefühl auszukosten, so langsam gefüllt zu werden.

Wieder ein Stückchen tiefer, und sie fragte sich, wie viel Platz sie noch hatte; wahrscheinlich konnte sie ihn gar nicht bis zur Wurzel in sich aufnehmen. Jonathan war wirklich überirdisch ausgestattet, und sie erhielt die volle Wirkung, weil sie auf ihm saß und das Tempo und den Rhythmus bestimmen konnte.

Er lag da, die Hände locker auf ihren Seiten, und schaute mal ihre Brüste an, mal die Stelle, an der sie sich vereinten. Wenn sie sich bewegte, ganz egal wie sanft, schwangen die Brüste in sein Gesicht.

»So leicht«, murmelte er und griff kräftiger in ihre Hüften, als sie sich die ganze Länge einverleibt hatte. Jetzt warteten sie beide darauf, dass die unvermeidlichen rhythmischen Bewegungen begannen. »Du hast es mir wirklich ganz leicht gemacht.«

Just in diesem Moment stieß Sally einen Strom von Geschnatter aus, und die beiden Körper nebenan krachten ein, zwei, drei Mal hart auf den Tisch, ehe sie ein langes, tiefes Geheul hören ließ, das dann immer leiser wurde.

Janie wartete mit ihrer ersten Aufwärtsbewegung, aber Jonathan schien in ihr immer noch anzuschwellen, und ihr blieb keine Wahl mehr. Langsam hob sie sich an, und mit jedem Zentimeter wuchs ihre Lust. Keine Stelle, die er nicht reizte, keine Ecke, die er nicht auslotete. Noch langsamer auf dem Weg nach unten, bis sie wie aneinander geschweißt waren. Sie spürte, wie sein Knauf tief in ihr steckte und sie bis zum Äußersten spannte und dehnte. Er brachte ihr bei, was sie alles in sich aufnehmen konnte.

»Keine Eile, mein Schatz. Ich hätte gern, dass sie uns sehen. Aber jetzt sollten wir ihnen nacheifern, findest du nicht? Sie sind uns weit voraus.«

Seine Hüften schlossen sich ihrem Rhythmus an. Er lehnte sich weit gegen den Sofarücken zurück, als sie sich wieder anhob, und als sie sich sinken ließ, stieß er von unten dagegen. Sie hörte, dass ihre Stimme anschwoll, sie sagte nichts, aber sie versuchte, das Außergewöhnliche zu artikulieren, die mächtigen Gefühle, die er mit diesem unglaublichen Schaft in ihr auslöste.

Es war eine phantastische Lust, die sie erlebte, aufgespießt und doch in Kontrolle. Glühende Hitze erfasste sie, als wäre sein Schaft eine brennende Fackel. In ihr vibrierte alles. Sie schaute wie in Trance zu der Stelle, die er penetrierte, sah ihn ein und aus fahren, während seine Blicke auf ihre hüpfenden Brüste gerichtet waren.

Er richtete sich auf, packte ihre Hüften fester und begann mit gezielten tiefen Stößen. Er sah ihr in die Augen, als er sich in ihr ergoss, und Janie schrie bei jedem neuen Stoß auf und zitterte unter der Wucht ihres Höhepunkts. Ihr Rücken krümmte sich zuckend, dann brach sie auf ihm zusammen, die Beine weit gespreizt.

Die Küchentür wurde laut aufgestoßen, und die beiden anderen kamen herein. Jonathan konnte sie über Janies Schulter sehen, aber sie wollte ihr Gesicht noch verbergen, so lange sie nach Luft rang. Jonathan tätschelte einige Male ihren Rücken, dann hob er sie von sich, packte den schlaffen Penis ein und zog den Reißverschluss seiner Cordhose hoch. Janie wandte sich von ihm ab und hob die Träger ihres Negligés hoch, das Gesicht zur Seite gewandt.

»Warum so schüchtern, Janie?«, fragte Sally hinter ihr. Sie hatte die Schürze wieder umgebunden, aber das französische Höschen fehlte. »Das war eine großartige Schau! Aber sich auf so einem Gerät auszutoben lässt einen immer gut aussehen, was?«

»Na und?« Janie wollte sich von der Freundin keine Vorwürfe anhören. »Wenn ich deinen Ex mal ausprobieren will, dann kann ich das tun. Du würdest es genauso handhaben.«

Sally stieß einen überraschten Pfiff aus. »Hört an, hört an. Unsere kleine rothaarige Cousine Janie mit den Ringelblumenhaaren.«

Jack starrte Janie an, als wären Sally und Jonathan gar nicht da. Er trug heute einen anderen Pullover, noch grober als der von gestern, und seine Jeans hingen locker auf den Hüften; er hatte zwar den Reißverschluss hoch gezogen, aber die Knöpfe waren noch auf. Seit er aus der Küche gekommen war und vor ihr stand, begehrte sie ihn noch mehr.

Sie wollte die Knie anziehen, aber dadurch hätte sie ihm zuviel gezeigt, deshalb setzte sie sich seitlich hin und zog die Knie an und legte einen Arm über den Sofarücken. Jonathan saß da und schlug ein Bein übers andere, und alles sah so aus, als hätten sie sich ein Gurkensandwich geteilt.

»Ich wollte nur mal überprüfen, ob ich mich nicht geirrt habe«, sagte Jack. »Ich meine, dass du es wirklich bist.«

»Ja, Jack, ich bin's.«

»Der hässliche Jack? Der aus dem Wigwam?«, mischte

sich Sally ein, die Hände wie ein Marktweib in die Hüften gestemmt. Jonathan kicherte und wippte mit einem polierten Schuh auf und ab. Jack knöpfte die Jeans zu und starrte immer noch Janie an, dann drehte er sich um und ging in die Küche.

»He, geh nicht, Jack«, rief Janie. »Wir müssen uns unterhalten.«

»Siehst du nicht, dass sie sich zu einer wunderbar scharfen Frau entwickelt hat?«, fragte Sally, blieb dicht neben ihm stehen und zeigte auf Janie. »Du hattest deine Chance, als ihr Kinder wart. Sie war verrückt nach dir. Aber heute? Heute gehört sie jedem.«

»Du warst immer so scheu«, sagte Jack und ignorierte Sally, aber er blieb in der Tür stehen und kam nicht ins Zimmer zurück. »Ben und ich, wir haben uns immer gefragt, was aus dir werden würde.«

»Ich gehöre nicht jedem, ich gehöre niemandem«, protestierte Janie. Neben ihr räusperte sich Jonathan.

»Ich muss gehen«, sagte Jack. »Ich habe noch viel zu tun.«

»Du kannst bleiben und den Auflauf mit uns essen«, warf Sally dazwischen und legte einen Arm um Jacks Taille. »Vor zehn Minuten hattest du es nicht so eilig, als deine Hose um deine Füße schlotterte und du den Dienstboteneingang genommen hast.«

»Geh, so lange du noch kannst«, riet Jonathan. »Das sind zwei kleine Wildkatzen. Ich hätte mir nicht träumen lassen, dass Sally eine Freundin hat, die genauso scharf ist wie sie. Und ob du der Typ bist, der diese Wildkatzen zähmen kann, das bezweifle ich sehr.«

»Das bleibt abzuwarten«, antwortete Jack und schob Sallys Arm zurück. Wieder sah er Janie an. Sie wollte vom Sofa hoch, aber er hatte sich schon umgedreht.

»Ich bin den ganzen Sommer hier, Jack«, murmelte sie. »Es ist nicht so, wie sie sagt, auch wenn es heute Morgen so ausgesehen haben mag. Es lag an der Farbe und an den Zwiebeln. Die Gerüche sind uns zu Kopf gestiegen. Wir sind nur zum Entspannen hier, Sally und ich. Es gibt noch viel Zeit, in der du herausfinden kannst, wie ich wirklich bin.«

Zu ihrer Erleichterung spielte ein Lächeln um seine Lippen. Er winkte Jonathan kurz zu, dann war er weg. Sie sahen sich alle an, dann konnte Sally sich nicht länger zurückhalten.

»Wie, zum Teufel, hast du mich gefunden?«, explodierte sie und ging entschlossen auf Jonathan zu. »Ich bin hergekommen, um der ganzen sumpfigen Atmosphäre zu entfliehen.«

»Deine Agentin, meine Liebe«, sagte Jonathan und wischte sich ein Staubkorn vom Ärmel.

»Ich werde Erica den Hals umdrehen, wenn ich zurück bin.«

»Ich lasse euch allein«, sagte Janie seufzend und streckte die Beine aus. Jonathan legte eine Hand auf ihren Schenkel und drückte sanft zu.

»Nicht nötig, meine Liebe. Ich gehe auch, aber ich komme wieder. Dieses kleine Cottage ist wie ein Honigtopf. Ich bezweifle, ob irgendein Mann aus dem Dorf der Versuchung widerstehen kann, mal anzuklopfen. Ich werde Miss Sally noch einmal beschnüffeln, wenn sie besser drauf und bereit ist, dem zuzuhören, was ich ihr gern sagen würde.«

»Eher wird die Hölle zufrieren«, rief Sally, und Jonathan brach in lautes Gelächter aus.

»Ich schätze, das ist keine Einladung zum Mittagessen?«

»Niemand wird irgendwas von unserem Auflauf haben, wenn ich ihn nicht aus dem Ofen hole«, rief Janie rasch, löste sich von Jonathans Hand und lief in die Küche. Vor dem Herd prallte sie zurück, als wäre sie gegen eine Hitzewand gelaufen. Aber der Auflauf sah großartig aus. Ihr Magen rumorte und knurrte freudig, als sie den Topf auf den Tisch stellte, die angebrochene Weinflasche dazu.

Jack hatte die Hintertür nicht geschlossen, deshalb ging sie hin und drückte sie zu. Ihre Wut auf Sally verrauchte allmählich – sie sah sich eher auf einer Stufe mit ihr. Ob das ein Aufstieg oder ein Abstieg war, darüber wollte sie jetzt nicht nachdenken.

Lieber dachte sie darüber nach, wie es ihr gelingen könnte, den Mann, auf den es ihr ankam, zurück in den Honigtopf zu locken, wie Jonathan ihr Cottage genannt hatte. Sie hatte ursprünglich nicht vorgehabt, den ganzen Sommer zu bleiben, aber wenn es ihr wichtig genug war, würde sie bleiben.

»Farbe und Zwiebeln.« Jonathan lachte sarkastisch. »Das ist die originellste Ausrede, die ich je gehört habe.«

Janie hörte Sally fluchen und schimpfen, dann entstand Funkstille. Sie fragte sich, ob sie dabei waren, sich zu versöhnen, und konnte nicht widerstehen, mal um die Ecke zu lugen. Es hätte sie nicht überrascht, wenn Sally sich nun mit dem gewaltigen Schaft beschäftigte, aber sie stand am Fenster und starrte hinaus in den Regen. Offenbar war Jonathan gegangen.

»Es geht dir ganz schön unter die Haut, was?«, fragte Janie leise und fummelte mit dem Korkenzieher.

Sally fuhr herum, vor Ärger rot im Gesicht.

»Es sieht eher so aus, als wäre er dir unter die Haut

gegangen. Zwanzig Zentimeter tief unter die Haut. Was hast du dir dabei gedacht, ihn derart anzumachen?«

»Oh, nein, das kannst du mir nicht vorwerfen«, rief Janie und war zum Kampf bereit, aber dann sah sie Sallys Schultern, die schwer sackten, und mit wenigen Schritten war Janie bei ihr.

»Er ist der einzige Mann, der mir je unter die Haut gegangen ist«, gab sie zu und nahm den Korkenzieher aus Janies Hand. »Du hast ja erlebt, wie er sein kann. Aber ich will verteufelt sein, ehe ich ihm zeige, was ich für ihn empfinde.«

»Komm, vergessen wir die Kerle und genießen wir den Auflauf. Ich hätte nie gedacht, dass wir so häuslich sein könnten.« Janie wechselte das Thema, zog Sally in die Küche und rückte ihr einen Stuhl zurecht.

»Du bist gut gelaunt«, knurrte Sally und nahm die Gabel in die Hand. »Er hat neues Leben in dich hineingepumpt, was? Aber warte, bald nehme ich ihn wieder in die Fänge.«

»Du hast keine Sekunde Zeit verloren, ehe du Jack verführt hast«, hielt Janie dagegen. »Weißt du, für mich war das keine Überraschung, schließlich kenne ich dich und weiß, wie du reagierst. Aber für mich war es etwas Neues. Ich fühle mich, als wäre ich aus dem Koma erwacht.«

»Und ich fühle mich schrottreif«, stöhnte Sally.

Janie legte einen Arm um ihre Schulter, füllte die beiden Teller und sagte: »Wir stärken uns mit dem wunderbaren Auflauf, denn für den Nachmittag brauchen wir neue Kraft.«

»Ich wünschte, du könntest dich selbst reden hören. Ich bin es, die sich schuldig fühlen sollte, weil ich dir deinen Jack weggeschnappt habe.«

Janie setzte sich, nahm einen Bissen des Auflaufs und kaute nachdenklich. »Meine Augen waren offen.«

»Das trifft wohl eher auf deine Beine zu«, erwiderte Sally trocken.

Janie gluckste; ein neues, sexy Glucksen. Sie griff wieder in den Topf. Noch nie hatte sie sich so hungrig gefühlt.

Fünftes Kapitel

Am nächsten Morgen ging es nach dem Schema des ersten Tages weiter – kochen und malen. Janie und Sally bemühten sich, nicht zu zeigen, wie sehr sie nach der Türglocke schielten. Da sie unter sich waren, hatten sie beschlossen, sich wie gestern anzuziehen. Spärlich.

Sie hatten gerade ihr Mittagessen beendet, als es an die Tür klopfte. Überrascht ließen sie die Gabeln fallen. Janie war zuerst auf den Füßen, strich ihr Negligé glatt und warf die Haare über die Schultern. Die Anspannung zauberte ein sanftes Rot auf ihre Wangen. Ihr war, als wäre sie permanent für alles bereit, was ein Mann ihr zu bieten hatte – ganz egal, wer von ihnen vor der Tür stand.

»Oh, nein, du gehst nicht zur Tür«, rief Sally. »Ich bin die verrufene Wildkatze in diesem Cottage.«

Sie war schneller und rannte an Janie vorbei. Die Bänder der Schürze flatterten um ihre Beine.

»Sally Seaman? Guten Morgen. Sie haben uns gestern angerufen – wegen einer Reportage, erinnern Sie sich? Wir kommen von der Redaktion *Die Schönsten Landhäuser.* Ist das eine ungelegene Zeit? Sollen wir es an einem anderen Tag noch einmal versuchen?«

Eine verkrampft aussehende wasserstoffblonde Frau im engen Anzug stand vor der Tür, und schräg hinter ihr ein spindeldürrer junger Mann in einem gestreiften Pullover. Er hielt eine Kamera in der Hand. Beide starrten auf die halb nackte Sally und an ihr vorbei auf Janie in ihrem durchsichtigen Negligé. Die beiden Frauen zitterten in der Kälte, die durch die Tür ins Haus drang.

»Sally?« Janie sah die Freundin fragend an.

Langsam begriff Sally, um was es ging, und als sie es begriffen hatte, schlug sie die Hände vors Gesicht.

»Oh, verdammt, ich habe vergessen, es dir zu erzählen. Gestern Morgen kam mir der Gedanke, und spontan habe ich *Die schönsten Landhäuser* angerufen. Ich meine, das war, bevor die diversen Herren ihre Aufwartung …«

Janie behielt ihr verständliches Entsetzen bei, aber in ihr braute sich ein Kichern zusammen, das herauswollte. »Und weiter«, drängte sie Sally.

»Oh, ich weiß, ich hätte mit dir darüber reden sollen«, stammelte Sally. »Ich habe mich am Telefon mit dieser Lady unterhalten.«

Die Lady dachte nicht daran, ihr aus der Bredouille zu helfen, sie war damit ausgelastet, die ungewöhnlichen Kostüme von Sally und Janie zu mustern. Der Fotograf versuchte, sich hinter den Schultern der Kollegin zu verstecken. Alle erschauerten.

»Ich blicke noch nicht durch«, erklärte Janie und verschränkte die Arme vor den Brüsten.

»Nun, ich dachte, sie könnten eine Reportage über das Cottage bringen. Über dein neues Design. Vorher – nachher, verstehst du?« Sally stieß den Ellenbogen in Janies Rippen. »Es schreit geradezu nach einer solchen Reportage, glaubst du nicht auch? Ganz abgesehen davon, dass die Veröffentlichung dein professionelles Profil anheben wird.«

Ein Lächeln umspielte Janies Mund. »Du kannst dein Geschäftshirn nicht abschalten, was?«

Die verkrampfte Wasserstoffblondine und der dürre

Fotograf räusperten sich verlegen. Ein weiterer Windstoß schoss vom Meer herein und fuhr zwischen Janies nackte Beine. Sie schluckte und strahlte ihre Besucher dankbar an.

»Verzeiht, dass ich zunächst so misstrauisch war«, entschuldigte sie sich. »Es ist nur, dass wir schon so viele Besucher hier hatten, und mir fällt es schwer, mit den Freunden Schritt zu halten, die meine Freundin Sally zu allen Tages- und Nachtzeiten eingeladen hat.«

Sie winkte die Besucher ins Haus, und Sally schloss die alte Tür so langsam, dass sie wie in einem Horrorfilm quietschte. Janie ging voran ins Wohnzimmer.

»Es gibt so viel, was wir Ihnen zeigen können. So viel Arbeit, die vor uns liegt, und bisher haben wir noch gar nicht richtig loslegen können, weil es immer neue Unterbrechungen gab.« Janie warf die Haare zurück und strich das Negligé über den Hüften glatt, dann gestikulierte sie wie eine Ballettlehrerin. »Dies ist das Wohnzimmer, das vollständig neu dekoriert werden soll.«

Wie die Assistentin des Zauberers tänzelte Sally durchs Zimmer und folgte Janies Fingern oder dem ausgestreckten Arm. Als Janie was von »abziehen« sagte, zog Sally ein breites Stück Tapete von der Wand an der Kaminseite und rieb mit der Hand über den Marmor darunter.

»Feucht«, murmelte sie und rümpfte die Nase.

Janie verbarg ihre Besorgnis, als sie den rötlichen Staub sah, der von der Wand und in Sallys Haare rieselte. Wenn sie es wirklich mit einer feuchten Wand zu tun hatten, dann standen sie vor einem ernsten Problem, mit dem sie und vielleicht auch Maddock überfordert waren.

Sie würde sich was einfallen lassen müssen, denn sie hatte angefangen und würde ihr Werk nun auch vollenden müssen. Sie nötigte ihre Gäste aufs Sofa und bemerkte, wie tief man darauf versank, sicherlich ein Ergebnis der exzessiven Betätigung, die das alte Möbelstück in den letzten Tagen erlebt hatte.

Shona Shaw hieß die Reporterin, die auf dem Platz saß, den Jonathan gestern eingenommen hatte, und plötzlich hatte Janie wieder das Bild vor sich, wie sie von ihm gepfählt worden war.

Sie musste sich dringend ablenken. »Kaffee?«, fragte sie und schnipste die Finger, um Sallys Aufmerksamkeit auf sich zu lenken. Die Freundin drehte sich herum, deutete einen Knicks an und fiel beinahe über die langen Bänder der Schleife. Janie konnte ihr Lachen kaum noch zurückhalten.

»Wie unhöflich von mir, Ihnen nicht sofort Kaffee angeboten zu haben«, sagte sie. »Vielleicht servierst du uns den Kaffee, Sally, und dann sollten wir uns anständig anziehen. Sie müssen unsere Kleidung entschuldigen, wir rechneten mit ...«

»... mit weiteren Männerbesuchen«, warf Sally dazwischen, drehte sich um und präsentierte einen völlig nackten Po, weil die Schleife sich geöffnet hatte. Zum Glück verschwand Sally in der Küche. Das Paar auf dem Sofa starrte ihr mit großen Augen hinterher.

»Gehen Sie nicht«, sagte Janie eifrig. »Ich bin in zwei Minuten wieder bei Ihnen.«

Sie lief die Treppe hoch und zog ihre weite Arbeitshose und ein T-Shirt mit langen Ärmeln an. Sie kam sich ein bisschen lächerlich vor, dass sie die Reporter im Negligé begrüßt hatte; sie konnte nicht einmal warmes Wetter als Vorwand nehmen.

Falls Jack zurückkam, konnte sie Sally und wer auch immer sonst noch da war, aus dem Zimmer schicken und sich vor dem Kamin verführerisch aus der Arbeitshose schlängeln. Das konnte genauso betörend aussehen wie das Negligé über den Kopf zu streifen. In den letzten Tagen hatte sie viel gelernt, und dazu gehörte auch, dass Männer ihren Körper mochten und nicht ihre Kleider.

Als sie wieder ins Wohnzimmer trat, hatte Sally den Kaffee eingeschenkt. Sie saß im Schneidersitz vor dem Kamin. Die Schürze lag wie ein Zelt über ihren Beinen, und wenn jemand auf dem Sofa den Hals ein wenig geneigt hätte, wäre der Blick auf Sallys Pussy frei gewesen.

Shona Shaw sah sich alles im Zimmer an, nur Sally nahm sie bei ihren Betrachtungen aus. Der Fotograf schlürfte eifrig seinen Kaffee, als ob es das letzte Getränk auf Erden wäre, und starrte intensiv auf den Boden der Tasse.

»Danke, Sally. Ich glaube, du solltest jetzt auch ein bisschen mehr anziehen. Vielleicht die Dienstmädchentracht, oder, da dies ein Tag der Entspannung ist, eine vernünftige Kleidung für den Garten.«

Janie wandte sich an Shona. »Wir sind eigentlich ein gutes Paar«, behauptete sie. »Ich bin die kreative Designerin, und sie macht die Drecksarbeit.«

Sally hustete laut. Janie sah sich nach ihr um. »Bevor du dir was anderes anziehst, kannst du uns noch Feuer machen, ja?« Sie wandte sich wieder den Besuchern zu. »Es gibt nichts, was gemütlicher als ein Kaminfeuer ist, selbst im Sommer. Wenn man sich dann auf dem Fell räkelt, genau vorm Feuer, und den Flammen zusieht – eine wunderbare Erfahrung. Wir ziehen nie die Vorhänge zu, das ist auch ein Vorteil auf dem Land. In London würde man sich das nicht trauen. Aber hier haben wir ein offenes Haus.«

»Für alle Männer, die uns besuchen wollen«, fügte Sally hinzu, die vor dem Kamin in die Hocke ging.

Shona räusperte sich. »Können wir zur Sache kommen, bitte? Sagen Sie, wenn Ihnen das Cottage so gut gefällt, warum wollen Sie es dann renovieren?«

»Nun, es ist verwohnt«, antwortete Janie und fuhr mit einem Finger über den Kaminsims.

»Die Leute, die uns besuchen, lassen wir meist nicht vor vierundzwanzig Stunden wieder ziehen«, sagte Sally und schaute über die Schulter zum Sofa. »Es ist wie eine Liebeslaube, und so soll es auch bleiben.« Sie beugte sich jetzt weit vor, um das Feuer zu entfachen. Die Pobacken zogen sich weit auseinander, und der Fotograf verschluckte sich am Kaffee.

»Ja, wir verlangen unseren Besuchern schon einiges ab«, sagte Janie, legte den Kopf schief und betrachtete den jungen Fotografen, als sähe sie ihn zum ersten Mal. Er hatte schöne grüne Augen, die etwas zu weit auseinander lagen, und hoch angesetzte Wangenknochen wie bei Rudolf Nurejew.

»Natürlich sind wir auch sehr wählerisch«, ergänzte Sally. »Wir nehmen nicht alle.«

Janie betrachtete immer noch den Jungen. »Wie heißen Sie?«, wollte sie wissen.

»Derek«, krächzte er und leckte sich über die Lippen.

»Es ist Zeit, dass Sie Ihren Apparat einsatzbereit machen, finden Sie nicht auch?«

Sally blieb weiter gebeugt vor dem Kamin hocken. Sie schlug ihre Schürze über einen Schenkel, um sich die glatte Haut zu kratzen.

Janie bemühte sich um ein ernstes Gesicht und ging hinüber zum Sofa, wo sie sich auf die Lehne setzte, dicht neben Shona. Ihr gefiel das Spiel.

Die Reporterin schlug abwehrend die Beine übereinander und sah Janie nervös an.

»Wie wäre es mit einer Führung durchs Cottage?«, schlug sie dann vor, und noch bevor Janie antwortete, erhob sie sich. Sie stand mit dem Rücken zu Sally im Zimmer und hielt ihren Notizblock wie einen Schild vor der Brust.

»Aber sehr gern, Miss Shaw. Ich glaube, wir beginnen mit den Schlafzimmern. Das sind immer die reizvollsten Zimmer in diesen Cottages, und in unserem Fall sind es auch die Zimmer, die am wenigsten renovierungsbedürftig sind.« Sie drehte sich zu Sally um. »Anziehen, Sal. Unsere Gäste sollen doch nicht glauben, dass wir überhitzt sind. Kommen Sie mit uns, Derek?«

Derek stierte noch zum Kamin und hörte sie nicht. Sally erhob sich umständlich und hob noch einmal eine Seite der Schürze hoch. Der junge Fotgraf erstarrte, als hätte ihn der Schlag getroffen.

»Ein oder zwei der Schlafzimmer sind schon von meinem Vetter, dem Besitzer des Cottages, neu gestaltet worden«, erklärte Janie, während sie Shonas pinkfarbenen Ärmel nahm und sie in den Flur führte, »aber die anderen Zimmer und der Garten benötigen dringend eine helfende Hand.«

Derek lief hinter ihnen her. Janie blieb stehen. Sie sah, dass Derek einen strengen Scheitel trug, und sie konnte nicht widerstehen, ihm mit einer Hand durch die Haare zu fahren, um sie gründlich zu zerzausen.

Sally nahm ihn an die Hand. »Kommen Sie, lieber Derek, sehen Sie sich doch die Mansarde an. Sie bietet spektakuläre Ausblicke, und Sie können von dort oben fotografieren, während ich mich umziehe.«

»Hasselblad, Derek. Hierher«, bellte Shona streng.

Nachdem sie ihnen die einzelnen Zimmer gezeigt hatten, ließen Janie und Sally die Reporter allein, damit sie sich Notizen und nach Herzenslust Schnappschüsse machen konnten. Sally hatte sich wieder Bens alten Pullover angezogen und den berüchtigten Mini. Sie stand vorm Kamin und stocherte in der Glut.

»Jetzt haben wir keine Ausrede mehr, warum wir die Arbeiten nicht zu Ende bringen können, nicht wahr?«

Janie grinste. »Das ist doch wunderbar. Schließlich habe ich dich als Hilfe.« Sie schaute aus dem Fenster und sah den Regen von den Blättern tropfen. »Ich hatte von Anfang an den Vorsatz, das Beste aus unserem Urlaub zu machen.«

»Das wird dir auch gelingen, aber vielleicht nicht so, wie du es dir vorgestellt hast.« Sally überlegte. »Du könntest Maddock sagen, er soll die Arbeit übernehmen. Er wird bestimmt später noch mal schnüffeln kommen.«

»Darauf hoffst du, was? Warum hast du die Redaktion angerufen, Sally?« Sie sprach aus, was ihr schon seit einer Stunde unter den Nägeln brannte. »Ich meine, es kann sich als gute Idee erweisen, aber warum hinter meinem Rücken?«

»Ehrliche Antwort?«

Janie nickte.

»Ich dachte, das würde ein bisschen mehr Leben in die Bude bringen, verstehst du? Ich fürchtete, es würde stinklangweilig hier, und außerdem würde es dir Publicity bringen.«

»Dir ist also stinklangweilig hier?«

Sally hatte nicht umsonst auf der Bühne gearbeitet. Dramatische Gesten waren ihr Fach. Sie kuschelte sich auf dem Soda an ihre Freundin und kitzelte sie in den Achseln, bis Janie in hysterisches Lachen ausbrach.

»Janie, sehe ich aus, als langweilte ich mich?«

»Entschuldigen Sie uns.« Shona und der Fotograf standen in der Tür.

»Alles in trockenen Tüchern, Derek?«, fragte Sally kichernd, sprang vom Sofa hoch und ließ Janie stirnrunzelnd zurück.

»Wir müssen jetzt nur noch den Chefredakteur überzeugen«, sagte Shona, das Gesicht gerötet. »Aber es kann eine wunderbare Reportage werden. Zuerst war ich mir nicht sicher, aber jetzt weiß ich, dass das Cottage ideal für unsere Zeitschrift ist. Komm jetzt, Derek.«

Er trottete gehorsam hinter ihr her, warf aber noch einen bedauernden Blick über die Schulter. »Bestes kleines Hurenhaus in Devon«, murmelte er leise.

»Und besuchen Sie uns bald wieder«, gurrte Sally in einer perfekten Dolly Parton Pose.

»Der Junge hat es faustdick hinter den Ohren«, sagte Janie, als die Haustür hinter ihnen ins Schloss fiel.

»Vielleicht dehnen wir das ›Vorher-nachher‹ auf ihn aus«, gluckste Sally, während sie sahen, wie das Auto durch die Schlaglöcher der Zubringerstraße klapperte. »Pur wie frisch gefallener Schnee, als er London am Morgen verlassen hat, und schau dir ihn jetzt an – verdorben, seit er einen Fuß in unser Hexenhaus gesetzt hat.«

Sally konnte das Gesicht der Journalistin deutlich durch das Rückfenster sehen, sie war nahe an Derek gerückt, dem offenbar bewusst war, dass er vom Cottage aus beobachtet wurde. Deshalb trat er tapfer aufs Gaspedal.

»Sieh doch!«, rief Sally. »Wir haben sie nicht weniger angemacht als ihn. Ich wette, sie lässt ihn auf den nächsten Parkplatz fahren, noch bevor sie die Autobahn erreichen.«

Sechstes Kapitel

Die Stille schrillte in Janies Ohren, und zugleich spürte sie ihr pochendes Blut, das den Körper mit Sauerstoff versorgte. Sonst hörte sie nur noch das gelegentliche Krähen eines Seevogels. Sie erreichte die Stelle, die sie sich ausgesucht hatte, und blieb stehen, um nach dem steilen Anstieg durch die Sanddünen durchzuatmen. Ihre Augen wurden feucht, als sie aufs Meer schaute. Der Strand lag verlassen da. Am Horizont hoben sich ein paar weiße Segelboote vor dem Blau des Himmels und des Wassers ab.

Die Temperaturen waren steil nach oben gegangen. Nach drei weiteren Tagen erzwungener Abgeschiedenheit im Cottage hatten sich die Regenwolken über Nacht verzogen, und am Morgen hatte Janie gleich nach dem Aufwachen ein Stück blauen Himmel gesehen, ein spätes Erhören ihrer Gebete.

Im Regen waren keine Besucher mehr gekommen. Janie und Sally hatten die letzten Tage mit Abbeizen und Gardinenwaschen verbracht, aber dann hatte sich Sallys Erkältung verschlimmert, und sie hatte sich in die Sofaecke zurückgezogen.

»Lass dich nicht hängen«, hatte Janie sie an diesem Morgen beschimpft. »Jetzt geht der Urlaub erst richtig los.« Sie hatte die Tür zur Mansarde aufgerissen. Sally war wach gewesen und hatte in ihr Handy gesprochen.

»Schalte dein Handy ab! Keine Arbeit mehr! Wir gehen zum Strand. Dies ist dein Urlaub!«

»Zu viel Staub«, stöhnte Sally. »Ich glaube, ich habe eine Nebenhöhlenentzündung. Ich spreche gerade mit Erica.«

»Wer ist Erica?«

»Meine Agentin.«

»Wozu?«

»Kann sein, dass ich zurück nach London gehe. Ich habe die Nase voll von deinem Renovieren, und die Männer machen sich auch rar.«

»Dann finden wir eben neue. Sieh doch, die Sonne scheint.«

»Entschuldige, Erica, ich bin noch dran ...«

Sally wälzte sich übers Bett, das Handy ans Ohr gepresst. Janie stieß einen lauten Fluch aus. Sally war wie ein verzogenes, verwöhntes Kind. Wenn es nicht so lief, wie sie erwartete, begann sie zu schmollen.

»Ich muss völlig blöde sein, denn ich dachte, die letzten Tage wären schön gewesen, weil wir unter uns waren und viel geredet haben. Na gut, dann eben nicht. Leck mich doch, hau ab nach London, wenn du willst.«

Janie breitete ein Badetuch auf dem Sand aus. Sie bereute diesen letzten Satz. Sie wollte nicht, dass Sally ging, besonders nicht in einer lausigen Laune, und besonders auch nicht jetzt, da sie endlich schönes Wetter hatten. Aber Janie war einige Meilen bis zu diesem Strandstück gefahren, deshalb wollte sie nicht zurückkehren, um zu Kreuze zu kriechen.

Aus den Augenwinkeln nahm sie eine Bewegung wahr, als sie gerade begonnen hatte, sich auszuziehen. Zwei Leute am unteren Ende des Strands rannten in Neoprenanzügen zum Wasser und schleppten ihre Surfbretter hinter sich her. Die Sonne blendete Janie, deshalb konnte sie nicht sehen, ob es Männer oder Frauen waren.

Für sie waren es nur Silhouetten, aber sehr agile Silhouetten. Innerhalb von Minuten hatten sie die Surfbretter im Wasser und im Wind. Janie sah zu, wie das Wasser aufspritzte. Sie riss sich alles vom Leib, rutschte auf dem Po die Düne hinunter und lief über den Strand. Ihre vollen Brüste klatschten gegen ihre Rippen, und die offenen Haare wehten um ihren Kopf.

Sie schrie auf, als die Zehen das kalte Wasser berührten, aber sie watete tapfer hinein, bückte sich und bespritzte sich mit dem kalten Wasser. Sie ignorierte ihre Gänsehaut, lief weiter und stürzte sich der ersten Welle entgegen. Ihr Kopf war völlig leer – da waren nur sie, das Meer und der Himmel.

Janie schwamm weiter, bis ihre Glieder taub wurden von der Kälte des Atlantiks. Sie drehte um und schwamm dem Ufer entgegen. Ihre Beine zitterten wie die eines neugeborenen Fohlens, als sie von den Wellen nach vorn gespült wurde. Die letzten Schritte musste sie gehen. Das Wasser rann ihre Beine hinunter, tropfte vom Busch und kitzelte ihre Schenkel. Eine kurze Weile trat sie auf der Stelle. Sie war sicher, dass niemand da war, der sie sehen konnte, denn ihre Nacktheit war nun nicht mehr vom Wasser verdeckt. Sie rannte zu ihrem einsamen Platz in den Dünen.

»Ich muss für mehr Kondition trainieren«, keuchte sie, als sie sich auf ihr Badetuch warf und sich von der Sonne trocknen ließ. Die Wärme kroch langsam unter die Haut und strahlte in ihre schmerzenden Muskeln aus. Nach einiger Zeit normalisierte sich ihr Herzschlag, und die Brüste hoben und senkten sich nicht mehr so dramatisch.

Sie lag auf dem Rücken und streckte genüsslich die Beine aus. Ein leichter Windstoß kitzelte die verborgenen

Lippen ihres Geschlechts, und unwillkürlich öffnete sie die Schenkel. Ihre Finger tauchten in den Sand, als sie nach ihrer Tasche greifen wollte. Die andere Hand lag auf ihrem Bauch. Sanft streichelte sie über ihren Busch. Die Fingerspitzen drangen behutsam in ihre Spalte. Sie zitterte unter der Berührung.

Die Haut war das größte menschliche Organ, erinnerte sie sich, und heute war es auch ihr empfindsamstes. Es war, als glühte sie, und wenn sie den Kontakt mit einem Finger herstellte, war es, als schlügen Flammen aus ihr.

Sie wusste von einer Stelle, die empfindlicher war als alle anderen. Sie strich über ihre Brüste, vermied aber die Berührung der Warzen, die trotzdem sofort anschwollen. In ihrem Bauch flatterte es, und ihre Hände rutschten wieder tiefer. Sie lächelte. Es war, als gäbe ihr Körper ein Versprechen ab, das Versprechen nach Erlösung. Jetzt wusste sie, dass Sally Recht hatte; ihre Lust würde ständig präsent sein, stets am Siedepunkt. Aber wie sollte sie diesen neuen Hunger stillen?

Eine Hand kehrte zum flachen Bauch zurück. Sie bewegte die Finger in kleinen Kreisen und schickte Botschaften durch ihren Körper, die ihre Nippel aufrichteten und Zuckungen in ihrem Schoß auslösten. Ihre Schenkel zitterten und öffneten sich weiter. Sie legte eine Hand auf die Brüste und stieß die andere ins warme Nest der dunklen Haare. Der Mittelfinger teilte die Labien, und Janie stöhnte laut auf.

Wärme breitete sich in ihr aus, als sie mit den Fingerspitzen über die Labien rieb. Sie streichelte sich intensiver und hörte sich immer lauter stöhnen. Aber sie war sicher, dass niemand in der Nähe war.

Ein Schatten huschte über die geschlossenen Lider. Sie glaubte, es wäre eine Wolke, die sich vor die Sonne schob, aber dafür war der Schatten zu beharrlich. Sie schlug die Augen auf und sah eine hohe Gestalt vor sich stehen, nur ein paar Schritte entfernt. Sally? Sie richtete sich auf die Ellenbogen auf. Ihre Brüste schwangen gegen ihre Arme.

Es war nicht Sally, es war einer der Surfer. Er hatte den Anzug nach unten gerollt und stand da, den Rücken zum Meer. Er konnte Janie deutlich sehen, während sie gegen die Sonne nur seine Umrisse ausmachen konnte.

Sie hob eine Hand, um die Augen abzudecken. Er war schlank und gebräunt, und sein Gesicht war jung, oh, so jung. Winziger goldener Flaum spross auf den Wangen, und außerdem war er rot vor Verlegenheit. Sie versuchte, sich an ihre eigene Jugend zu erinnern. Himmel, so lange war das doch nicht her.

Janie sah in sein Gesicht. Seine hellen blauen Augen waren auf ihre Brüste gerichtet, die sich keck der Sonne entgegenreckten. Erst jetzt wurde ihr die Pose bewusst, in der sie sich befand; es war die klassische Pose von Aktstatuen, halb aufgerichtet, ein oder zwei Arme gehoben, damit die Brüste straff und gespannt blieben. Ihre Nippel schwollen wieder an.

Der junge Mann schluckte, und verlegen rieben die nackten Füße im Sand. Janie glaubte, er wollte sich verdrücken, aber er harrte weiter aus. Sie warf einen Blick auf die Schwellung des schwarzen Neopren und hätte gern gewusst, aber er noch etwas darunter trug.

»Genug gesurft für heute?«, fragte Janie schließlich. »Ich dachte, ich hätte zwei von euch im Wasser gesehen.«

Der Junge nickte und wies mit dem Kopf zum Wasser. »Mein Bruder ist noch draußen. Ich habe einen Krampf bekommen und musste raus.«

Das Flattern, das sie eben im Bauch gespürt hatte, kam doppelt stark wieder. Die alte Janie hätte längst das Badetuch um sich geschlungen, um ihre Blöße zu bedecken, und den Jungen mit irgendeiner spröden Bemerkung weggeschickt. Aber sein unverhohlenes Starren auf ihre Nacktheit, dazu seine nicht zu übersehende Erektion, nein das war zu verlockend, um eine solche Gelegenheit ungenutzt verstreichen zu lassen.

»Möchtest du einen Schluck Limonade?«

Er zeigte ein schiefes Grinsen. »Mein Dad sagt immer, wir dürften von einem Fremden nichts annehmen.« Janie lachte, holte die Flasche aus der Kühlbox und reichte sie ihm.

»Heute bist du alt genug«, sagte sie und klopfte neben sich auf das Badetuch. Er trat näher, streckte den Arm nach der Limoflasche aus, und Janie fragte: »Was bringt dich her? Bist du hier zu Hause?«

»Nein, es ist mein erstes Mal hier.«

Röte schoss wieder in seine Wangen, als der Satz heraus war, und Janie wusste, dass sie nicht lachen durfte. Sie sah zu, wie er einen Schluck Limo trank, dann setzte sie die Flasche an die Lippen, fuhr mit der Zunge kurz über den Rand und legte den Kopf in den Nacken. Sein Blick war auf ihren langen Hals gerichtet, durch den die kalte Flüssigkeit rann.

»Ich meine, ich bin zum ersten Mal in diesem Teil von Devon«, stammelte er. »Dad hat ein Haus für den Sommer gemietet und wollte, dass wir ihn besuchen. Sonst gehen wir nach Cornwall, da sind die Wellen zum Surfen besser, und hier ist ja auch nicht viel los, nicht wahr?«

»Das kommt darauf an, hinter was du her bist«, sagte Janie. Sie hielt die Flasche noch an den Mund, als wollte sie damit üben, und tatsächlich fuhr sie wieder mit den

Lippen an der Öffnung entlang, ließ ein paar Tropfen auf die Zunge fließen und drehte den Verschluss zu.

Sie legte die Flasche in den Sand statt zurück in die Kühlbox, was vernünftiger gewesen wäre, aber spontan war sie auf die Idee gekommen, sie zwischen die Beine zu legen, kalter Kunststoff zwischen warme Haut. Sie lehnte sich zurück auf beide Ellenbogen und musste der Versuchung widerstehen, mit der Flasche zu spielen. In ihrem Schoß kribbelte es immer stärker.

»Man kann hier eine Menge Unterhaltung finden, wenn man weiß, wo man suchen muss«, sagte sie.

»Ja, das scheint mir auch so.«

Ohne die Limoflasche wusste der Junge nicht, was er mit den Händen anstellen sollte. Jetzt hob er den Neoprenanzug, um seinen Bauch zu bedecken.

»Es ist doch viel zu sonniges Wetter, um in diesem Zeug herumzulaufen«, sagte Janie. »Dies mag nicht das Mittelmeer sein, aber für Devon ist es schon rekordverdächtig. Setz dich doch einen Moment. Ich meine, wie du gesagt hast, so viel gibt es hier nicht zu tun – du versäumst also nichts.«

»Ja, klar, ich versäume nichts«, wiederholte der Junge, und seine tiefe Bassstimme schien nicht zum jugendlichen Gesicht zu passen. Leichte Zuckungen liefen durch Janies Schoß, und von den kaum merkbaren Bewegungen wurde die Flasche zur Seite geschoben. Der Surfer rang auch mit sich, sollte er seinem Drang folgen und sich neben die nackte Frau setzen, oder sollte er stehen bleiben, um den Überblick zu behalten?

Zeit, sich leicht zurückzunehmen, dachte Janie. Sie zog die Beine an, sodass ihr Busch zunächst den hungrigen Blicken des Jungen verborgen blieb. Aber gleichzeitig hatte sie auch die Limoflasche mit herangezogen, die jetzt hart gegen ihre Pussylippen drückte. Ihr Atem ging fast so schnell wie eben beim Schwimmen.

»Es mag ja gerade in dieser Ecke ein bisschen still sein«, sagte Janie, »aber wo sonst bist du der Natur so nah – nach all dem Qualm in der Stadt? Ich schätze, dass dein Dad diese Nähe gesucht hat.« Sie flüsterte, als hätte sie das Gefühl, leise und still sein zu müssen, um ihn nicht zu beunruhigen. »Deshalb habe ich mich hier auch splitterfasernackt ausgestreckt. In London würde man so etwas nicht tun. Ich hoffe, es stört dich nicht, dass ich hier oben ohne herumliege.«

Er schüttelte eifrig den Kopf, und schließlich hockte er sich zu ihren Füßen nieder. Er rieb sich die salzigen Strähnen aus dem heißen Gesicht und rieb immer weiter.

»Bist du denn hier im Urlaub oder was?«, fragte er.

Er konnte den Blick nicht von ihren Brüsten wenden, auch wenn er ein Gespräch versuchte. Sie traute sich nicht, an sich hinunterzuschauen, weil sie fürchtete, sie könnte ihn ablenken, aber sie spürte das Anschwellen der Warzen und ahnte auch, dass sie eine dunklere Farbe annahmen. Seine hellrosa Zunge glitt über die weißen Zähne. Er schluckte einige Male. Janie lächelte ihn ermutigend an.

»Halb und halb«, sagte sie. »Arbeit und Spiel.«

»Und was ist das hier? Arbeit oder Spiel?«

Ein leichter Wind wehte vom Meer herein und spielte mit seinen Haaren. Er wischte sie ungeduldig aus seinen Augen. Janie spürte, dass auch ihre Haare sie wie mit zierlichen Fingern im Gesicht kitzelten.

»Oh, das ist doch einfach zu sehen – das hier ist Spiel«, flüsterte sie.

Sie beugte sich vor und ließ sich auf die Knie nieder. Jetzt war sie nah bei ihm. Sie verharrte einen Moment, denn er blinzelte nervös und starrte wieder auf ihre Brüste. Sie nahm eine Hand von ihm, die sich im Sand beschäftigte, hob sie auf und legte sie auf eine Brust. Der Nippel schwoll noch ein bisschen mehr an und drückte gegen seine Handfläche. Seine Kinnlade klappte nach unten, und Janie ließ den Kopf in den Nacken fallen, als seine Finger in den Hügel weichen Fleisches griffen.

Sie musste die Knie etwas mehr spreizen, um das Gleichgewicht nicht zu verlieren, dann stützte sie sich mit den Händen wieder auf dem Badetuch ab. Ihr Rückgrat war gekrümmt, und ihre Brüste drückten gegen ihn, sprangen ihm bei jedem Herzschlag entgegen.

Das trockene Gras raschelte im Wind, und weit da vorne klatschten die Wellen seufzend auf den Sand; sonst war es still. Der Surfer und Janie atmeten schnell. Er hob auch die andere Hand an, und jetzt hielt er beide Brüste mit unsicheren Fingern umfasst.

Er sah sie an, die blauen Augen blitzten wie verrückt, gefüllt mit der Bitte um Erlaubnis. Janie spürte, wie ihr Inneres schmolz. Sie wollte sich ihm schon lange öffnen, Arme und Beine ausbreiten, er konnte sie nehmen und stoßen und fummeln. Sie wollte, dass er ein Mann wurde.

Aber uneigennützig waren ihre Gedanken nicht; sie wollte sich diese blauäugige Gelegenheit nicht entgehen lassen. Abgeschiedenheit, Sonne, frische Luft und Meer und ein junger Mann mit dem Körper eines griechischen Gottes, der darauf wartete, dass sie ihm den Weg zeigte. Und ihr blieb dafür alle Zeit der Welt.

Das Flattern in ihrem Bauch presste sich zu einem Klumpen wilden Verlangens zusammen. Sie schaute zu, wie sich seine Finger in ihre Brüste gruben, sie kneteten, anhoben, drückten. Sie blieb knien, richtete sich aber auf und rieb ihm die Brüste ins Gesicht. Einen Moment lang war er zu überrascht, etwas zu tun, aber sie spürte seinen Atem auf ihren Brüsten.

Was hatte Sally gesagt? »Ein glücklicher Kerl wird schon bald sein Gesicht zwischen diese Brüste drücken und sie lieben.«

Ja, sie wollte, dass er sie liebte und verwöhnte, vielleicht war das ja auch das erste Mal für ihn. Die ersten Brüste, die er genießen durfte. Sie wollte ihn erdrücken, ihn bei sich festhalten. Er wühlte mit Mund und Nase und Augen, drückte die Hügel gegen seine Wangen und gegen die Stirn, nahm sie nacheinander in die Hand, als wollte er sie wiegen, dann ging er leicht zurück und betrachtete sie mit großen Augen.

Janie legte eine Hand unter ihre Brust und hielt sie ihm einladend hin. Sie rieb den harten dunklen Nippel über seinen Mund, als wollte sie ein verwaistes Lamm zum Nuckeln bringen. Die Zungenspitze stieß unsicher vor. Ihre Knie zitterten; sie hielt sich an seinen Schultern fest und blieb in Position, die Brust direkt vor seinem Mund.

Seine Zunge wischte über den Nippel, und seine Hände, die eben noch mit dem Surfbrett gerungen hatten, drückten Janies Brüste, bis sie in köstlichem Schmerz zuckten. Er saugte die Warze zwischen die weichen Lippen, saugte sie in den feuchten Mund und leckte mit der Zunge darüber.

Janie blickte hinunter auf den blonden Schopf und auf das getrocknete helle Salz auf dem gebräunten Gesicht. Solche gefühlten Erlebnisse müsste man länger konservieren können, dachte sie und sah über seinen Kopf hinweg, über die Dünen und aufs Meer, aber sein Mund und die Zähne, die jetzt an der Warze nagten, holten ihre Aufmerksamkeit zurück. Elektrische Stromstöße schossen durch ihren Körper zum wartenden Schoß.

Er lernte schnell und drückte den Mund jetzt auf die andere Brust, saugte und leckte abwechselnd, schnüffelte durch die Nase, stöhnte, biss und knetete, als ob die Brust jetzt ihm gehörte.

Janie schmiegte sich enger an ihn, sie spreizte die Beine und hob die Knie an, bis sie über seinen Knien grätschte. Sie übte leichten Druck auf seinen Oberkörper aus, bis er mit dem Rücken im Sand lag, ohne ihren Nippel im Stich zu lassen.

Er spreizte seine Beine unter ihr, und dann lag sie auf ihm. Ihre Brüste baumelten über seinem Gesicht, und in dieser Position kamen sie ihm größer und schwerer vor. Sie rieb die Pussy verzweifelt über seinen Schoß und über die Wülste des zusammen gerollten Neoprenanzugs.

Selbst durch das dicke Material konnte sie die Länge seiner Erektion spüren. Sie hörte nicht auf, die Brüste gegen sein Gesicht zu drücken, während sie ihm den Anzug wie eine zweite Haut abschälte. Gehorsam hob er die Hüften.

Janie fragte sich, ob ihm überhaupt bewusst war, welche Ausmaße seine Erektion hatte. Sie hüpfte aufgeregt, als sie vom einengenden Neopren befreit war, sie erhob sich stolz und ungeduldig aus dem Nest blonder Haare, fast so hell wie die auf seinem Kopf.

Die Haut des Schafts war glatt wie Samt, und die malvenfarbene Pflaume der Eichel schob sich wuchtig durch die Vorhaut. Janie streckte die Hand aus, und der Schaft sprang hinein. Sie drückte die Finger um den harten Stab, und er biss leicht in ihre Brustwarze, was sie mit einem Schrei des Entzückens quittierte.

»Mach mal eine kurze Pause«, raunte sie. »Probieren wir was Neues.« Sie rutschte an ihm hinab, bis sich ihr Kopf auf der Höhe seines Schoßes befand. Er griff mit den Händen in ihre nassen Haare. Ihr Gesicht stieß gegen seine Erektion. Die Spitze schwitzte in eifriger Erwartung, und Janie dachte, wie viel aufregender es sein musste, diesen frischen jungen Schaft zu saugen als Maddocks rustikalen alten Pfahl.

Trotzdem war sie froh, dass Maddock ihr gezeigt hatte, wie es ging, denn nun war sie mutig genug; nun wusste sie Bescheid und konnte dem Jungen beweisen, was sie gelernt hatte. Voller Begeisterung öffnete sie den Mund und stülpte ihn über den dicken Kopf, bis er hinten anstieß.

Ein erregtes, wunderbares Geräusch presste sich aus seiner Kehle. Janie grub ihre Hände unter seine Backen und spürte, wie sie sich anspannten, als sie ihn tief in den Mund nahm. Es blieb noch Platz für die Zunge, die eifrig leckte. Er ruckte und stöhnte unter ihr, gab die erstaunlichsten Geräusche von sich, und Janie dachte, selbst wenn seine Freundin schon so weit war, würde sie ihn nicht so tief aufnehmen können.

Während sie ihn leckte und saugte, rieb sie Brüste und Pussy an seinen ausgestreckten Beinen. Sie spürte, dass er an ihren Haaren zog, und sie wusste, dass sie sich zurückhalten musste, sonst würde sie noch vor ihm einen Orgasmus erleben.

Sie wollte den entscheidenden Moment nicht auf seinem Schienbein vergeuden. Ihre Pussy zog sich wie verrückt zusammen, und sie wusste, dass sie auf seinen Beinen eine feuchte Spur zurücklassen würde.

Janie fuhr noch einmal mit der Zunge am Schaft auf und ab, speichelte ihn üppig ein, dann richtete sie sich auf, drehte sich herum und ließ sich langsam auf seine Körpermitte hinab. Sein Mund schnappte kurz nach ihren Brüsten, aber dann senkte er den Blick, denn er wollte sehen, wie sein zuckender Schwanz in sie eindrang.

Sie hielt den Schaft an der Wurzel gepackt, spreizte die Beine noch ein bisschen mehr und hielt die Luft an, als die Eichel ihre feuchten, geschwollenen Labien teilte. Prustend entwich die Luft aus ihr, als sie die köstliche Füllung spürte, dann griff sie nach unten und drückte seine Hoden.

Er biss sich auf die Unterlippe. Was für ein Gefühl, so tief in die feuchte, heiße Höhle einzudringen. Als er bis zum Anschlag in ihr steckte, wollte er sich nie mehr bewegen, um das Gefühl so lange wie möglich auszukosten.

Aber dann hob sie sich behutsam an, und dabei spannten sich ihre Muskeln und umklammerten den steinharten Schaft. Ihr Surfer stieß von unten gegen sie, als ginge es ihm zu langsam. Sie ließ ihn gewähren, denn sie wusste, dass ihr Orgasmus nur noch ein paar Stöße entfernt war.

Siebtes Kapitel

»Ja, ja, schönes Cottage, gut und schön. Ich meine, ich liege hier auf meinem Bett, über mir die Fachwerkbalken, und vor dem Fenster nichts als blauer Himmel, aber soll ich dir mal was sagen?«

Die Stimme am anderen Ende der Leitung kreischte, und Sally schüttelte den Kopf.

»Nein, nein, es hat sich nach den ersten viel versprechenden Tagen nichts mehr ergeben. Ein paar Einheimische, die meine Hoffnungen geweckt haben, aber dann stand jemand auf der Matte, den ich nun wirklich nicht sehen wollte. Er hat mir die ganze Stimmung verdorben. Und Janie – nun, ich musste hier helfen, allein schon wegen der Zeitschrift, die ich hergeholt habe, dabei bin ich erkältet, und jetzt haben wir endlich schönes Wetter, aber ich langweile mich und will nichts lieber als ...«

Die andere Stimme kreischte wieder, und Sally setzte sich im Bett auf, um besser gestikulieren zu können. Sie glaubte, unten eine Tür zuschlagen zu hören, deshalb sprang sie auf und stellte sicher, dass die Tür zur Mansarde verriegelt war. Sie war noch nicht bereit, Janie zu sehen.

»Nein, nein, Erica, ich sage dir, ich würde nichts lieber tun, als sofort nach London zurückzufahren. Ich muss sehen, dass mein Leben wieder in die Spur kommt. Ja, ja, strecke deine Fühler aus. Ich lasse dich wissen, wann ich wieder in der Stadt bin.«

Sally warf das Handy auf die Bettdecke und starrte auf

den Apparat, der ihre Autobahn in die Zivilisation war. Sie ging hinüber zum Teleskop und bastelte an den Einstellungen, aber das gelang nicht; sie sah nichts als einen schwarzen Kreis. Sie wusste nicht einmal, ob sie nach Süden oder Norden schaute. Sie wüsste gern, wohin Janie gegangen war.

Sie hätte mit ihr zum Strand gehen sollen. Janie hatte ihr doch nur helfen wollen. Aber das alles passte Sally nicht, sie hielt nichts vom Abbeizen, vom Schmirgeln, vom Hämmern und Nageln. Doch sie musste zugeben, dass man jetzt schon die Veränderungen sah, und Janie hatte versucht, sie mit einer Fahrt nach Bristol oder Exeter zu locken, wo sie neue Möbel kaufen wollte.

Aber Sally gefiel das alles nicht. Janet war die Fachfrau, und Sally war es nicht gewohnt, Anweisungen zu folgen. Schlimmer noch – sie war es auch nicht gewohnt, Janie in dieser berauschten Stimmung zu sehen, sie tanzte zu CDs, sprang auf, wann immer die Haustür klapperte, und brachte das Thema immer wieder zu diesem ersten Morgen, als Jonathan und der gut aussehende Jack aufgetaucht waren.

Sally wollte nicht an Janie in ihrem feinen Negligé denken, wie sie gespreizt auf Jonathan saß (ihrem Jonathan), wie ihre glänzenden roten Haare bei den hüpfenden Bewegungen auf und ab flogen, während seine so vertrauten Hände ihre Hüften hielten, damit sie nicht die Balance verlor. Sie wollte nicht daran denken, wie Jonathans Gesicht hinter Janies energiegeladenem Körper versteckt war und beide nicht einmal sahen, dass sie und Jack in der Tür standen und zuschauten.

Auf dem Küchentisch hatte Sally alles daran gesetzt, dass ihre Nummer mit Jack ein schnelles Ende fand, damit sie sehen konnte, was sich auf dem Sofa im Wohnzimmer abspielte. Obwohl Sally die ganze Szene initiiert hatte, war ihr schnell bewusst geworden, dass sie sich in den Finger geschnitten hatte – sie war mit dem falschen Mann am falschen Platz.

Sie hatte ihre Freundin falsch eingeschätzt, denn statt sich gegen Jonathan zu sträuben, hatte sie sich von ihm auf ihre stille Art verführen lassen, und sie und Jack hatten sich dieses Schauspiel auch noch ansehen müssen. Sally erinnerte sich noch gut daran, dass ein Tumult aus Neid und purer Wut ihren ganzen Körper erfasst hatte.

Sie stieß verärgert gegen das Teleskop, dass es auf dem Stativ hin und her geschüttelt wurde, und ging dann ins kleine Bad nebenan. Unter den Dachbalken war es stickig heiß, aber wenn sie aus dem Fenster schaute, entschädigte der Anblick des Gartens; dunkle Schatten zwischen hellen und dunklen Grüntönen, dazwischen das Gras, das vom Regen noch nass war. Die Tropfen schillerten in der kräftigen Sonne.

Der Wasserdruck in der Dusche war spärlich. Sie ließ es eine Weile laufen und ging zurück zum Teleskop. Hoffentlich hatte sie es nicht beschädigt. Vetter Ben würde wütend sein.

»Dir haben die langen Dinger immer schon besser gefallen, eh, Sal?«, sagte eine vertraute Stimme. »Weil du zu stur bist, um zu mir zu kommen, vergreifst du dich jetzt wohl am starren Ersatz, was?«

Jonathan!

Was für eine Unverschämtheit! Sally war zu verkrampft, zu sehr bewegt von den Bildern, die ihr durch den Kopf gegangen waren, dass sie sich nicht umdrehen und ihn anschauen wollte. Sie legte die Hände auf das Teleskop und blieb starr stehen, den Blick zum Fenster hinaus.

»Wie bist du hereingekommen?«, schrie Sally wütend.

»Maddock hat mich hereingelassen. Ich ...«

»Sie ist nicht hier«, fauchte sie.

»Jane ist nicht hier? Verdammt, ich hatte mich so auf eine Wiederholung mit ihr gefreut. Diese schönen prallen Brüste von ihr sind ein Augenschmaus, und dann diese ausgehungerten Blicke. Sehr elegante Bewegungen.«

Jonathan lachte, strich die Bettdecke glatt und setzte sich auf Sallys Bett. »Wirklich schade, dass du so ein Glanzlicht all diese Zeit versteckt hast.«

Sally wirbelte herum und gewahrte zu spät, dass sie völlig nackt und verschwitzt war.

»Ich habe dir doch gesagt, dass sie eher tot umfällt als um die Häuser zu ziehen und sich von Kerlen wie dir begeifern zu lassen.«

»Da wäre ich mir nicht so sicher. Vor ein paar Tagen ist sie von Kerlen wie mir ziemlich auf den Geschmack gebracht worden, findest du nicht auch?«

»Du kannst bumsen, wen du willst, es interessiert mich nicht mehr.«

Sally überlegte, ob sie sich rasch ein T-Shirt oder sonst irgendwas überstreifen sollte, aber dann wurde ihr bewusst, dass ihr das auch egal war. Sie hielt sich am Teleskop fest und wischte sich mit einer Hand über die tropfende Nase.

»He, was ist denn los mit dir? Haben die Geister in diesem Cottage deine Kraft angezapft?«

Sally antwortete nicht, aber insgeheim dachte sie darüber nach, ob er damit ins Schwarze getroffen hatte. Sie sah Jonathan an, als sähe sie ihn zum ersten Mal, und in ihrem Bauch spürte sie ein starkes Verlangen, das durch ihren Hass auf ihn nur noch stärker angetrieben wurde. Er trug ein blaues Polohemd und eine weite leichte

Sommerhose, er hatte ein Bein über das andere geschlagen, und wie gewöhnlich wippte ein Fuß auf und ab.

»Ich gehe unter die Dusche«, sagte sie schließlich und spürte, wie heiße und kalte Schauer über ihren Rücken liefen. »Es wäre also angebracht, dass du jetzt gehst.«

»Ich bin hier, weil ich mit dir reden möchte«, sagte er. Sein Fuß wippte immer noch, und mit einer Hand fuhr er über die Steppdecke, als wollte er sie auf der ganzen Fläche glätten. »Ich wollte vor ein paar Tagen mit dir reden, aber das war so eine amüsante Stimmung, und ihr beiden Wildkatzen habt mich gar nicht erst zu Wort kommen lassen.«

»Es gibt nichts zu bereden. Du siehst, was du aus mir gemacht hast. Du hast mir den Job vor der Nase weggeschnappt, der mir eine Menge bedeutet hat, und auch die meisten meiner Freunde ...«

»Das waren kaum Freunde, mein Schatz.«

»... und so hast du mich auf ein Leben in der Abgeschiedenheit reduziert, wo ich Handlangerdienste leiste, weil ich sonst keinen Job mehr kriege, und obendrein habe ich auch noch eine verdammte Erkältung, die ich nicht loswerde. Dies ist ein verfluchtes Loch, sage ich dir.«

Jonathan wartete einen Moment. Sie war überrascht, dass er ihr nicht ins Gesicht lachte.

»Ich will das alles gerade rücken«, sagte er.

Sally schnaufte und ging ein paar Schritte ins Zimmer hinein, auf die Taschentuchschachtel neben ihrem Bett zu. Ihr war das Hüpfen ihrer nackten Brüste bewusst. Das war nicht der Eindruck, den sie bei ihm hinterlassen wollte. Um ihre wachsende Verwirrung zu verbergen, warf sie ihm die Schachtel mit den Taschentüchern an den Kopf.

»Du bist gekommen, um meine Erkältung zu kurieren? Du kannst sogar meiner Nase befehlen, sie soll nicht mehr laufen, und sie hört auf dich?«

»Ich möchte, dass du mit mir und einem Partner in einem brandneuen Unternehmen arbeitest. Aber natürlich nur, wenn du nach London zurückkehrst.«

Hinter dem Taschentuch riss Sally den Mund weit auf. Sie wandte sich ab und schnäuzte sich. Durchs Fenster sah sie Maddocks verdreckten Land Rover langsam über die Straße fahren. An der Zufahrt zum Cottage wurde er noch langsamer, aber bevor sie ihm zuwinken konnte, drückte er aufs Gaspedal. Irgendwie beruhigte sie das Bild des abfahrenden Land Rover, als hätte selbst einer wie Maddock ihr bewusst gemacht, dass es auch noch andere Männer gab.

Ja, es gab eine Reihe anderer Männer, die bereit waren, sich auf sie einzulassen. Sie musste nur ihren faulen Arsch heben und sie aufspüren.

»Ein bisschen plötzlich, das gebe ich gern zu, und ich könnte auch verstehen, wenn du sagst …«

»Hau ab, Jonathan. Ja, mehr habe ich nicht zu sagen.« Das Feuer in ihrem Bauch war wieder da, und sie stellte sich auf die Zehenspitzen, als sie ihn anschrie: »Ich brauche dich nicht und auch nicht deinen noblen Kollegen, um mich aus diesem Loch zu holen. Die Dinge sind gut, wie sie sind.«

Jonathan breitete abwehrend die Hände aus und setzte die Beine nebeneinander, offenbar bereit, aufzustehen.

»Wenn du das so siehst«, sagte er. »Aber ich glaube nicht, dass du wirklich dieser Meinung bist. Du bist nicht für ein Leben des Nichtstuns geschnitzt, Sally. Hör dir doch wenigstens meinen Vorschlag an. Es ist ein sehr attraktives Angebot, und wir sind beide der Meinung, dass du genau die richtige Frau für diese Aufgabe bist.«

»Ich würde nicht einmal auf euch spucken, wenn du und dein feiner Kollege in der Hölle brennt«, kreischte Sally, wobei ihr Schreien in einem Schluchzen endete. Sie spürte wieder die nun schon vertraute Hysterie, die sie so oft in Jonathans Gegenwart erfasste. Sie wusste, dass sie gelassener sein sollte, viel überlegter, und dass ihr Schreien absolut nichts bewirkte.

Sie wollte sich auf ihn stürzen und ihn wieder attackieren, aber er stand auf und konnte sie im letzten Moment abwehren. Am liebsten hätte sie ihm die Augen ausgekratzt, doch nun hielt er ihre Gelenke fest, und er drückte so lange, bis sie willenlos auf den Boden sank. Sie fühlte sich wie ein dummes Schulmädchen.

»Es war ja nur so ein Gedanke. Ich hätte es besser wissen müssen. Ich hätte wissen müssen, wie verbittert du bist nach dem, was vorgefallen ist.«

Er wandte sich ab und wollte gehen. Sally griff nach seinem Arm und zog ihn zurück.

»Das war's? So leicht wirfst du schon die Flinte ins Korn?«

»Ich wollte nur ausdrücken, wie Leid es mir tut, was geschehen ist und wie es geschehen ist, Sally. Ich war ein Narr. Deshalb habe ich dich ausfindig gemacht, ein Haus in deiner Nähe gemietet, mit dir reden und mich mit dir versöhnen wollen.«

»Ich glaube nicht an diesen neuen heiligen Jonathan, deshalb will ich auch nicht zuhören. Du müsstest dich schon erheblich mehr ins Zeug legen.«

Sie ließ seinen Arm fallen, erhob sich und schritt durchs Zimmer, das sich mit dem Dampf des heißen

Duschwassers füllte, was sie beide zum Schwitzen brachte.

»Ich habe genug von diesen Kämpfen. Ich bin jetzt weg. Ich packe meine Sachen und kehre nach London zurück.«

Er war schon halb aus der Tür. Sally lief in die andere Richtung, auf die Dusche zu. Sie war benommen vor Ärger und Enttäuschung, dieselben Gefühle, die sie damals empfunden hatte, als er ihr, bildlich gesprochen, das Messer in den Rücken gestoßen hatte. Aber Verdruss und Verlangen liegen manchmal dicht beisammen, und diese Erkenntnis allein löste verwirrende Tumulte in ihrem Kopf aus. Wie zwei Kampfhähne starrten sie sich durch den Dampf an.

»Dein Charme lässt nach«, höhnte sie. »Kannst ja nicht mal eine alte Flamme bewegen, dass sie es noch einmal versucht. Ich hatte dich für besser gehalten, Jonathan Dart.«

Sie blieb noch einen Moment stehen, dann machte sie eine wegwerfende Handbewegung und trat ins Bad. Sie öffnete das kleine Fenster, damit der Dampf abziehen konnte. Sie hielt den Kopf zum Fenster hinaus und genoss für einen Moment die warme Sonne.

Sie konnte ihn nicht hören und wusste auch nicht, ob er überhaupt noch da war. Vielleicht war er schon gegangen. Sie stieß einen langen Seufzer aus, trat achselzuckend unter die Dusche und griff nach dem Shampoo.

Irgendeine Melodie ging ihr im Kopf herum, flog ihr einfach zu. »Verdammt, was für ein Lied ist das?«, murmelte sie und wusste nicht, ob sie lachen oder weinen sollte. Sie hielt den Kopf unter die Wasserstrahlen. »Ich will den Mann aus meinen Haaren waschen«, sang sie leise.

Jonathan war plötzlich da und drängte sich hinter sie in die Dusche. Hemd, Hose und Schuhe waren sofort durchweicht. Seine Gestalt füllte die kleine Kabine aus. Sally kletterte an ihm hoch wie ein Affe an einem Baum, sie klammerte die Knie um seine Hüften, zerrte an seinem Hemd und begann, seine Hose zu öffnen. Sie warf sie über die Seitenwand, fuhr mit den Händen über seine Flanken und wunderte sich, dass er absolut reglos da stand und alles mit sich geschehen ließ. Ein versonnenes Lächeln umspielte seine Lippen.

Sie griff nach der Seife, rieb sie zwischen den Händen und sah freudig zu, wie der Schaumberg immer größer wurde. Sie ließ die Seife fallen und nahm seinen halb steifen Schwanz in die Hände, schäumte ihn ein und rieb intensiv auf und ab. Der Schaft schwoll an, wurde steif und hart. Die Erektion hüpfte und klopfte, dehnte sich wie ein Teleskop, streckte sich vom flachen Bauch ab und wurde länger, als sie sich erinnerte.

Zufrieden fuhr sie noch einige Male auf und ab, dann wandte sie sich den Hoden zu. Da Jonathan größer war als sie, klopfte die Erektion gegen ihren Bauch, auch als sie auf den Zehenspitzen stand.

Jonathans Kopf lehnte an der Duschwand, er wartete ab, lächelte still vor sich hin und berührte Sally kaum. Er wusste, wie er sie in den Wahnsinn treiben konnte. Dass er sie auf diese Weise arbeiten ließ, würde sie nur noch wilder machen, noch ungestümer, und sie machte es mit, weil sie wusste, wie befriedigend das Endergebnis sein würde.

Nie zuvor hatten sie es in der Dusche getrieben. Sie wartete ungeduldig darauf, dass er endlich aktiv würde. Jonathans Lächeln wich einem starren Ausdruck, als er sah, wie ihre Finger sich immer enger um den

Schaft schlossen und auf und ab glitten. Sie verteilten den Schaum, indem sie eifrig pumpten. Zwischendurch schabte sie mit den langen Fingernägeln über die gespannten Hoden.

Jetzt muss er bald eine Reaktion zeigen, dachte sie, und als er dann die Hände ausstreckte und ihre Hüften packte, gluckste sie triumphierend.

Er richtete sich auf und zog sie an sich, und nun steckte der pochende Stab zwischen ihren Brüsten, und endlich fanden sie einen gemeinsamen Rhythmus und waren wieder eine Einheit. Sally schmiegte sich an ihn und griff kosend und streichelnd an seine Hoden, die sich unter ihren sanften Berührungen zusammenzogen und in dem leicht behaarten Sack nach oben rutschten.

Ihre Finger stiegen höher, glitten hinein in die Kerbe und begannen zu drücken und zu kitzeln, und Jonathan zuckte und keuchte.

Ihre Nippel waren hart und drückten sich gegen ihn, und sie spürte, wie der Penis stärker zuckte. Sie blickte hoch in sein Gesicht und erinnerte sich, wie es zwischen ihnen gewesen war. Sie hatten eine kurze, aber stürmische und überwältigende Affäre gehabt. Die Reise nach Paris, ihr erschütternder Streit und der bittere Verrat.

Aber jetzt konnte er ihr nicht mehr wehtun. Sie befand sich quasi auf eigenem Boden und fühlte sich in Sicherheit. Jetzt konnte sie tun und lassen, was sie wollte. Im Moment tat sie genau das – und Jonathan Dart war ihr ausgeliefert; praktisch vor ihr auf den Knien, während sie seine empfindsamsten Teile knetete. Sie würde immer Verlangen nach ihm haben, auch wenn er sie so schäbig behandelt hatte.

Er begann sich zu schütteln, und seine Hände griffen fester um ihre schlanken Hüften. Als sie gerade seine

Hoden kräftig drücken wollte, packte er ihre Hände und zwang sie, ihren Griff zu lösen. Sie wich mit dem Oberkörper zurück, und das Wasser prasselte jetzt härter auf seinen zuckenden Schaft.

Sally leckte sich gierig über die Lippen und wollte wieder nach seinem Schaft greifen, aber Jonathan drehte sie um, und sie musste sich an der Armatur festhalten, um auf dem glitschigen Boden nicht auszurutschen.

Er presste sich von hinten gegen sie, und sie konnte ihn auf der dunstverhangenen Fliesenwand der Kabine sehen. Er hob sie an, bis ihre Füße auf dem Sockel standen, der die Duschwanne umgab, und drückte eine große Hand gegen ihren tropfenden Busch. Er teilte die Labien und schob forschende Finger in sie hinein. Wasser und Seife vermischten sich mit ihren eigenen Säften.

Sallys glitschiges Gewebe schmiegte sich um die eindringenden Finger, aber im nächsten Augenblick zog er seine Finger zurück. Er schob ihre Beine noch weiter auseinander, wodurch sie noch kleiner wurde.

Der Unterschied in ihren Größen hatte Leute in ihrer Umgebung immer schon zu Kommentaren veranlasst, wenn sie irgendwo nebeneinander standen. Man sah die Leute überlegen, welche Position bei diesem Höhenunterschied am günstigsten wäre. Und Leute, die beide besser kannten, konnten sich nicht vorstellen, wie die kleine zierliche Frau den Mann in sich aufnehmen konnte, von dem das Gerücht sagte, er hätte den längsten und dicksten Schaft ganz Londons.

Sally fühlte, wie ihr Bauch einen Freudensalto schlug, als seine vertrauten Hände sie in Position brachten. Sie schwebte fast am Duschgestänge, bevor sie sich auf seine leicht gebeugten Schenkel kniete. Sie wusste, dass er kräftig genug war, um sie zu stützen, und als er seine Hüften anhob, senkte sie den Schoß.

Im nächsten Moment spürte sie seine Schwanzspitze, eifrig und bereit, hart wie Stahl. Sie musste ein paar Herzschläge lang das Gesicht gegen die kühlen Fliesen drücken. Es war die reine Ekstase, seine Eichel zu spüren, sie wollte die Vorfreude in die Länge ziehen, die Vorfreude auf seinen gewaltigen Penis, der sie bald füllen würde.

Ein anderer Gedanke schob sich in ihren Kopf: Janie, wie sie erst vor ein paar Tagen auf diesem Pfahl gesessen und wie sie voller Lust auf und ab gehüpft war. Ha, dies war der Augenblick, dieses Bild auszulöschen.

Mit einem gedämpften Freudenschrei sicherte Sally ihre Position, indem sie sich mit beiden Händen an der Wand abstützte. Sie spürte ihn immer noch im Eingang, gespannt und harrend, und sie ließ sich sinken, Zentimeter um Zentimeter, und ließ sich von diesem herrlichen Schaft füllen. Mit einem ausgelassenen Triumphgefühl ließ sie sich hinab, bis ihre Backen gegen seinen Schoß rieben.

Sie brauchte sich nicht mehr an der Fliesenwand abzustützen, jetzt hielt der Schaft sie in Balance. Dann hörte sie ihn lachen, er rutschte auf dem glatten Boden aus, und sie fielen beide hin. Sally stieß einen Schrei aus; in letzter Sekunde hatte sie sich auf dem Boden auf Händen und Knien abgestützt. Beide lagen halb in der Kabine, halb draußen.

Das Verrückte an der Situation war, dass er immer noch in ihr steckte. Jonathan zog sie zurück in die Kabine, und jetzt prasselte kaltes Wasser auf ihre Rücken. Es war, als stählte die Kälte seinen Schaft noch mehr, während ihre Nippel und die ganze Haut auf ihrem Körper eher zu schrumpfen schienen.

Er begann mit sanften Stößen, weil er spürte, dass sie kalt wurde, und bei jedem Stoß wurde sie etwas weiter hinein in die Wanne gedrückt. Quietschend rutschte sie auf Händen und Knien auf der Emaille. Jonathan legte eine Hand auf ihren Busch. Mehr Stimulierung brauchte sie nicht. Ihre Pussy hieß ihn bei jedem Stoß willkommen, sie umschlang ihn mit all ihren Muskeln. Seine Stöße wurden wilder, kräftiger, und sie rutschte weiter in die Dusche hinein.

Das Wasser wurde immer kälter. Jonathan bekam nicht viel davon mit, höchstens die paar Spritzer, die von ihrem Rücken auf sein Gesicht und auf die Brust prallten. Sally konnte nicht sagen, ob sie von der Kälte oder von seinen wuchtigen, unkontrollierten Stößen zitterte.

Sie spürte seinen Atem im Nacken, dann biss sich sein Mund im Nacken fest, während er unablässig pumpte. Er hob sie vom Boden hoch, um tiefer in sie eindringen zu können, und sie rieb ekstatisch ihren Kitzler, denn sie spürte, dass ihr Orgasmus ganz nah war. Ihre Muskeln begannen ihn zu melken, und er sprühte tief in sie hinein, kraftvoll und leidenschaftlich, während sie erschauernd spürte, dass sich das kalte Wasser mit ihren vereinten Säften vermischte.

Als Echo ihrer schwindenden Flüssigkeiten kam es auch nur noch tröpfelnd aus der Wasserleitung, und kurz darauf hörte es ganz auf. Sally fiel rückwärts gegen Jonathans Brust. Sie war schon froh, dass er ihr Gesicht nicht sehen konnte, froh, dass er noch in ihr steckte, denn ihre Ekstase darüber spiegelte sich in ihrem nassen Gesicht wider. Noch war sie nicht bereit zuzugeben, dass sie ihm mit Haut und Haaren ausgeliefert war.

»Da, ich wusste doch, dass du wieder zur Vernunft kommst«, knurrte er und drückte ihre Hand.

Sie lächelte vor sich hin, schob seine Arme weg und stieß mit dem Po gegen ihn. Dann bog sie sich vor und genoss die reibende Bewegung in ihrem Innern. Er rutschte sanft aus ihr heraus und hörte, wie das schlaffe Stück auf seinen Schenkel klatschte. Sally drehte sich um und huschte aus der Dusche.

»Kann sein, dass ich Vernunft habe«, sagte sie ihm über die Schulter, »aber gekommen bist du. Sogar auf den Knien. Du kniest ja jetzt noch da.« Sie schlang sich in ein Badetuch. »In dieser Position sehe ich dich am liebsten.«

Jonathan blickte zu ihr hoch, nass wie eine Robbe, dann richtete er sich auf und folgte ihr ins Zimmer. Sie bot ihm kein Tuch an, also schlenderte er suchend durchs Zimmer, tropfnass, der Penis noch nicht ganz schlaff. Er blieb vor dem Teleskop stehen.

»Mit diesem Ding kannst du wahrscheinlich bis nach Plymouth sehen«, sagte er und hob es an sein Auge. Er hakte einen Fuß um die Sprossen eines Hockers, der neben dem Fenster stand, zog ihn heran und setzte sich darauf.

»Ich habe versucht, an den Knöpfen zu fummeln«, sagte sie und stellte sich neben ihn. Dieses angenehme Schweigen zwischen ihnen kannte sie nicht, vor allem nicht nach so umwerfendem Sex. Sie wartete noch darauf, dass er jeden Moment seine Schauspielerei der Friedfertigkeit ablegte und der alte böse Jonathan wieder zum Vorschein kam.

»Das ist doch deine Spezialität, meine Liebe«, sagte er und lachte leise. Endlich sah er sie an, und sie lächelten sich zu. »Aber an diesem entscheidenden Knopf hast du gar nicht oder zu weit gedreht. Schau mal, jetzt funktioniert das kleine Wunderwerk.«

Er hob sie auf sein Knie, und sie schaute durch die Linse. Zuerst sah sie nur blauen Himmel und den eigenartig geneigten Zweig der Weide vor dem Fenster, und als Jonathan das Teleskop senkte und aufs Meer richtete, hatte sie das Gefühl, sie rutschte einen Abhang hinunter, aber gleich darauf sah sie den Sand so deutlich, dass sie meinte, jedes Sandkorn einzeln zu erkennen. Im sanften Wind wiegte sich das Seegras.

»Woher weißt du überhaupt, wohin ich sehen will?«, fragte Sally.

»Weil ich deine Gedanken lesen kann«, antwortete er glucksend und strich über die Pohälfte, die auf seinem Knie hockte. Sie spürte ein vertrautes Ziehen im Schoß, erste Anzeichen wiedererwachenden Verlangens. »Im Ernst – hier siehst du einen kleinen Monitor, der dir anzeigt, was du durch die Linse sehen kannst. Wie bei einer Videokamera. Du hast jetzt den Strand im Visier, und im Vordergrund siehst du die Dünen.«

»Oh, mein Gott!«, rief Sally und griff mit beiden Händen nach dem Rohr. Sie setzte sich bequemer auf Jonathans Schenkel und rieb sich an seinen Knien. »Ja, stimmt, aber da sind auch ein paar Leute da, sie liegen ausgestreckt auf einem Tuch, oben ohne, nein, sie haben überhaupt nichts an. Es ist ein Paar. Sie bewegen sich – Himmel, sie vögeln! Ein Mann besorgt es der Frau von hinten, fast genau wie du eben. Er hat sie an den Hüften gepackt, und bei jedem Stoß fliegt sie nach vorn. Nein, warte mal! Sie liegt auch noch auf einem anderen Kerl! Sie treiben es wie die Kaninchen da draußen, mitten in den Dünen. Es scheint ihnen egal zu sein, dass da jeder vorbeischauen könnte. Ein alter Mütterchen bei einem Strandspaziergang oder was weiß ich.«

»Lass mich mal sehen.«

»Es sind zwei blonde Kerle ... hm, gegen die hätte ich auch nichts einzuwenden. Und die Frau, ich glaube, sie hat rote Haare – oh, nein, es ist Janie! Sie ist das Sandwich zwischen den beiden Kerlen. Was treibt sie denn nun schon wieder, die heimliche Schlampe!«

»Lass mich sehen!«

Jonathan schob sie von den Knien, und weil Sally nicht darauf vorbereitet war, rutschte sie auf den Boden. Sie sprang auf und klammerte sich an seinen Rücken, während Jonathan gespannt durch das Teleskop blinzelte und laut zu fluchen und zu schimpfen anfing.

»Ich muss da hin«, rief er gepresst. »Ich muss sie daran hindern, diese kleinen Bastarde.«

»Wo liegt dein Problem?«, fragte Sally irritiert. Da sie ihn nun einmal hier hatte, wollte sie genau wissen, was mit ihm los war und was er von ihr wollte. Er hatte sie noch nicht genügend darum gebeten, zurück nach London zu gehen und mit ihm und seinem Partner zu arbeiten, und er hatte seit der gemeinsamen Dusche auch kein nettes Wort mehr zu ihr gesagt.

Er schien völlig vergessen zu haben, dass er ihr einen Job angeboten hatte. Statt dessen lugte er durch das verdammte Teleskop und regte sich darüber auf, dass Prinzessin Janie es sich von zwei Fremden besorgen ließ. Sally schüttelte ihn. »Willst sie wohl noch einmal für dich haben, was?«

Jonathan schob das Teleskop von sich und richtete sich auf. »Kannst du mir was Trockenes zum Anziehen geben? Ich muss sofort dahin.«

»Nein, du kannst dein nasses Zeug anziehen, wenn du weg willst.« Sie nahm den Hocker in Beschlag, noch warm von seinem Gesäß.

»Wie du meinst.«

»Du bist noch nicht fertig damit, dich mit mir anzulegen oder dich um mich zu bemühen. Was ist mit dir los, Jonathan?«

»Vielleicht liegt es am Meeresklima. Man sagt ja allgemein, dass es sich besänftigend auf den Charakter der Menschen auswirkt. Aber wenn ich die beiden Kerle zu packen kriege, werden sie nichts von meiner Sanftmut spüren.«

Jonathan holte seine Sachen aus dem Bad und stieg in seine nasse Hose, dann quälte er sich in die nassen Leinenschuhe. Sally verzog das Gesicht. Er beugte sich zu ihr und nahm ihr Gesicht in die Hände.

»Ich muss dahin, mein Schatz«, sagte er und drückte einen harten Kuss auf ihren Mund.

»Lass sie in Ruhe. Bleibe hier und kümmere dich um mich. Ich habe noch mehr zu bieten.«

»Ich werte das als Versprechen – auch wenn ich im Moment keinen Gebrauch davon machen kann.«

»Janie kann auf sich selbst aufpassen, das darfst du mir glauben.«

»Es ist nicht Jamie, die ich beschützen will, du Närrin«, rief er, kniff in ihre Wange und riss die Tür auf. »Ehrlich, du bist sehr empfindlich, was diese Frau angeht. Nein, sie kann tun und lassen, was sie will, darüber will ich mich nie beklagen. Aber ich kann nicht zulassen, dass diese Jungs da drüben ungestraft ein solches Verhalten an den Tag legen.«

»Wieso denn nicht, verdammt? Wenn ich ein Auto hätte, würde ich zu ihnen fahren, damit es noch ein bisschen lustiger wird, verstehst du? Sie sehen wie zwei kräftige junge Kerle aus, das musst du doch zugeben.«

»Nur über meine Leiche würde ich dich zu ihnen lassen.«

Sally riss den Mund auf und brachte keinen Ton heraus. Was sollte das denn heißen?

»Sieh nicht so entsetzt drein, Sal. Ab und zu darf ich doch auch entrüstet sein, oder? Aber diesmal geht es nicht um dich oder um was Geschäftliches, denn diese beiden blonden Gigolos, die sich deine Freundin vorgenommen haben, sind Sam und Tom, meine beiden Söhne.«

Er lief die Stufen hinunter, und Sally rannte hinter ihm her. In ihrem Kopf drehten sich die Rädchen. Der unabhängige, geheimnisvolle, gemeine Jonathan Dart hatte Söhne, die wie griechische Götter aussahen! Das war eine unerwartete Entwicklung.

»Warte, Jono, ich komme mit dir.«

Er lief den Gartenpfad entlang, sie immer noch hinter ihm.

»Diesmal nicht«, sagte er, sprang ins Auto, startete den Motor und blies ihr durchs Fenster einen Kuss zu.

»Bastard.«

»Wir reden später. Ich komme zurück, dann kannst du dein Versprechen einlösen.«

»Das hast du in den Wind geschossen! Aus und vorbei!«, kreischte sie.

Achtes Kapitel

»So ein Gebrüll kannst du dir gar nicht vorstellen! Er führte sich auf wie ein Vater aus einem viktorianischen Roman. Zum Glück waren wir fertig, sonst hätte er mir einen absolut phantastischen Tag versaut.«

Janie hatte Mühe, ihr Lachen zu unterdrücken, wenn sie an ihr Dünenerlebnis und an Jonathan Darts unerwarteten Auftritt dachte. Sie fuhr mit ihrem verbeulten Saab über den schmalen Weg entlang der Küste ins Dorf.

Sally schüttelte den Kopf. »Was für ein Problem hat er eigentlich? Die Jungs sind doch alt genug, das zu tun, was sie wollen, oder nicht?«

Nun prustete es aus Janie heraus. Sie klatschte sich aufs nackte Bein – nackt bis auf die kurzen gepunkteten Shorts. Sie musste hinter einer Hecke warten, um einen langsamen Traktor vorbei zu lassen. Der Fahrer verrenkte den Kopf, bis er die beiden jungen Frauen nicht mehr sehen konnte.

»Nun ja, so gerade. Neunzehn und einundzwanzig.« Janie grinste. »Gesichter wie Engel, Körper wie ...«

»Glückliche Kuh«, fiel Sally ihr ins Wort. »Du hast das Glück gepachtet.«

Janie sah die Freundin von der Seite an. Hinter ihnen hupte jemand, der es eilig hatte. »Ehrlich, Sally, es tut mir Leid. Nichts entwickelt sich so, wie ich es mir vorgestellt habe. Aber hättest du dieser Versuchung widerstehen können? Der Goldjunge kommt und spricht mit dir, während du nackt in der Sonne liegst, und starrt auf deine Brüste. Er ist jung und scharf und benötigt dringend die helfende Hand einer älteren Frau ...«

»Ältere Frau, ha! Was soll ich denn sagen? Du bist jünger als ich.«

»Neunundzwanzig klingt uralt für solche Jungs.«

»Das heißt, Jonathan muss über vierzig sein. Dabei hat er mir gesagt, er wäre Mitte dreißig.«

»Wen stört das schon?«, murmelte Janie, und als die Straße breiter wurde, trat sie aufs Gaspedal. Sie bogen von der Küstenstraße zum Supermarkt ab.

Sally sah die Freundin von der Seite an. Ihre roten Haare wehten im Wind, der durch das offene Fenster blies. Sommersprossen besprenkelten die honigfarbene Haut. Sally schnüffelte ins Taschentuch, drehte am Spiegel und betrachtete ihre rot umrandeten Augen im bleichen Gesicht. Am Morgen hatte sie nur Zeit für die Haarwäsche gehabt, dann hatte Janie sie schon hinaus in die Sonne gezerrt.

»Ich nehme an, Jonathan wird den Jungs eine Woche Stubenarrest aufbrummen«, sagte Sally boshaft. Janie hatte für eine Woche genug Spaß gehabt. Sie wollte, dass auch Jonathan wegblieb, bis sie ihn für sich allein haben konnte.

»Trotzdem ein bisschen krass, den strengen Vater heraushängen zu lassen, wenn er selbst die Moral eines Maultiers hat, meinst du nicht auch? Selbst wenn er die Jungs so stark im Griff hat – was ich aber noch gar nicht glaube.«

Sally musste lachen. Sie zog sich die Lippen nach. »Sind wir denn heute ganz unter uns? Nur du und ich?«

»So ist es. Um ehrlich zu sein, ich fühle mich, als wäre ich sechs Runden mit Mike Tyson gegangen. Ich glaube, heute würde ich vor jedem Mann Reißaus nehmen.«

»Du schmutziges Ding du, du kannst wohl an nichts anderes mehr denken, was? Wir kaufen ein paar Sachen im Supermarkt und dann – eh, wie wäre es mit einem Bier?«

»Wie du willst, meine Liebe. Alles, um das Lächeln weiter auf deinem schmollenden Gesicht und deinen Po auf diesem Platz zu sehen. Willst du immer noch nach London?«

Sally blickte hinaus auf die kleinen reetgedeckten Häuser, die den Weg säumten, auf die Vorgärten mit den bunten Blumen und grünen Sträuchern – und natürlich mit den unvermeidlichen Wäscheleinen, auf denen Badetücher und Schwimmsachen zum Trocknen hingen. Jedes zweite Auto zog ein Boot oder mehrere Surfbretter, und Leute in Shorts schlenderten zum Meer; Regen und Wind waren längst vergessen.

»Nein, im Gegenteil, ich möchte meinen Urlaub hier noch etwas verlängern, wenn du damit einverstanden bist«, sagte Sally. »Ich war ein zänkisches Luder und möchte mich dafür entschuldigen. Abgesehen von allem anderen – sieh mich doch an: Ich bin ein Wrack. Die Erkältung hat mich gepackt. Ich muss hier bleiben und mich erholen. Zur Hölle mit Jonathans falschen Angeboten.«

»Welches Angebot hat er dir eigentlich gemacht?«

Janie setzte rückwärts in eine Lücke auf dem Parkplatz des Supermarkts und holte ihren Einkaufszettel aus der Tasche. Sally lächelte. Trotz ihrer sexuellen Exzesse in dieser Woche blieb Janie die ordentliche Frau, die organisatorisch alles im Griff hatte. Das war gut so, denn Sally schwirrte der Kopf.

»Nach einem Drink sind deine Kopfschmerzen wie weggeblasen«, tröstete Janie eine Weile später, nachdem Sally sich die Schläfen mit den Fingerspitzen massiert hatte. »Es gibt nichts, was Alfs Bloody Mary nicht kurieren kann.«

»Alf?«

»Er ist der Wirt im Honey Pot Inn, und nach dem Supermarkt wird das unsere nächste Anlaufstation sein.«

Der Einkauf zog sich hin. Später quoll ihr Auto über von den Zutaten, die eine ganze Armee mit dem Schäferauflauf hätte versorgen können, dazu Äpfel, alle möglichen Käsesorten und viele Ingredienzien für höllische Cocktails. Das Auto schob sich an hohen Hecken vorbei, und ab und zu konnten sie einen kurzen Blick aufs Meer erhaschen. Nach einem knappen Kilometer bogen sie ins Dorf ein.

»Ich lasse dich raus, dann kannst du dich schon mal um die Drinks kümmern«, sagte Janie. »Ich würde dieses Zeug gern ins Haus bringen und in den Kühlschrank packen.« Sie hielt vor dem Pub an. Drinnen war eine Menge los.

Sally fiel ein, dass Samstag war, und wahrscheinlich fiel halb Devon um diese Zeit in den Pub ein, die Bodybuildertypen vom Strand, die einheimischen Walfischfänger (oder was auch immer sie aus dem Meer fischten) und die normalen Touristen.

»Nee, danke. Ich komme mit dir. Ich will meine Chancen in diesem wilden Getümmel nicht testen.«

»Himmel, was ist denn mit dir los?«, fragte Janie und setzte den Wagen ungeduldig zurück. »Du willst mir doch nicht sagen, dass du Angst hast, allein in den Pub zu gehen und dir einen Drink zu bestellen, oder? Es gab

Zeiten, da konntest du dir nichts Schöneres vorstellen, als allein in einen Pub voller Männer zu gehen. Ich muss irgendwas bei dir verändert haben, Sally.«

»Ich fühle mich einfach nicht gut, das ist alles«, sagte Sally achselzuckend, aber Janie beugte sich über sie und drückte ihren Sicherheitsgurt auf.

»Reiß dich zusammen, Mädchen. Du entwickelst dich noch zur Einsiedlerin, und das wäre ganz sicher nicht die Zielsetzung dieses Unternehmens. Seit einer Woche hast du das Cottage nicht verlassen. Jetzt werde ich höchstens zwanzig Minuten lang weg sein. Bestell schon mal ein Pils für mich.«

Alle Augen waren auf den rauchenden Auspuff von Janies altem Auto gerichtet, als sie laut die Straße entlang röhrte, dem Cottage entgegen. Selbst ihr Fahrstil hat sich verändert, dachte Sally und tastete in der Tasche ihrer engen Jeans nach Geld. Selbstsicher war Janie geworden, und seit sie hier waren, strahlte sie ein inneres Glühen aus. War es der Sex, der das bewirkt hatte? Wenn ja, warum fühlte sich Sally dann immer noch wie ausgespuckt?

Sie wusste nicht, ob jemand sie ansah, als sie in das dunkle Innere des Pubs trat, vorbei an dicht an dicht stehenden Männerrücken an der Theke. Der Geräuschpegel war ohrenbetäubend und schwoll noch an. Sie musste sich mit den Schultern zwischen zwei Kerle drängen, die sie völlig ignorierten. Die Bedienung hinter der Theke schien völlig überfordert zu sein, und irgendwo war ein Streit entstanden, wer als Nächster bedient werden sollte.

»Das darf doch nicht wahr sein«, knurrte Sally, knirschte mit den Zähnen und versuchte noch einmal, sich zwischen die Kerle zu schieben. Aber es war, als wären sie aus Holz gebaut und auf dem Fußboden angenagelt. Zwei blonde Jungs drehten sich um und gerieten mit zwei Typen in Streit, die neben ihnen standen. Sally konnte nicht hören, um was es ging, aber sie wusste sofort, dass es sich bei den Blonden um die beiden Surfer handeln musste, die gestern das Sandwich mit Janie durchgezogen hatten. Jonathans Söhne.

Sie schob sich die Haare vom heißen Gesicht und zog ihr Hemd ein bisschen nach unten (es war das tief ausgeschnittene Ding, das sie damals in London getragen hatte). Vielleicht genügte das ja, um die jungen Kerle auf sich aufmerksam zu machen. Sie waren tatsächlich attraktiv. Sally sah an sich hinunter. Die Warzen waren soeben noch bedeckt, aber wenn sie tief Luft holte, konnte sich das ändern.

Wenn sie die Jungs wirklich anmachte, würde Jonathan noch wütender auf sie sein – allein das war schon Grund genug. Entschlossen drückte sie sich zwischen die beiden. Sie schwankte leicht auf ihren hohen Absätzen.

Sie griff den Arm des Jüngeren, um ihr Gleichgewicht zu halten. Die Männer neben ihr und hinter ihr drängten sich an sie heran, um in ihr Top sehen zu können, während die Jungs, auf die sie es abgesehen hatte, noch gar nicht im Bilde waren.

»Hi«, rief sie und sprang sie beinahe an. Aber wenigstens hatten sie es jetzt begriffen. »Ihr müsst Tom und Sam sein.«

Sie wollte sich ihnen an den Hals werfen, aber da schnappte jemand sie von hinten und zog sie von der Theke weg. Im nächsten Moment flogen die Fäuste.

»Aus dem Weg, Miss«, knurrte jemand in ihr Ohr, und sie sah, dass es Maddock war, der sie aus dem Chaos rettete. Er hatte einen Arm um ihre Hüfte gelegt, und Sally fühlte, wie die Anspannung von ihr wich.

Sie schlängelte sich herum und wollte sich vor ihn stellen und ihn anlächeln, aber er hob sie hoch und schob sie zur Seite in Richtung Tür. Seine blauen Augen starrten an Sally vorbei, dann befahl er jemandem mit einer knappen Handbewegung, aus dem Weg zu gehen. Breitbeinig ging er auf die Streitenden zu, die von den Umstehenden angefeuert wurden. Die Frau hinter der Theke kreischte hysterisch. Sally starrte zwar gebannt auf die Streithähne, aber instinktiv wich sie zurück, bis sie neben der Tür stand.

Maddock trug ein kariertes Hemd und dieselbe alte Hose, aber diesmal hatte er keine Mütze auf; dafür war es zu heiß. Seine dunklen Haare standen hoch, und die kräftigen Hände und Unterarme waren verschmiert, entweder von Öl oder Schlimmerem. Die Menge wich zurück, als ob sich das Rote Meer teilte, als er die Kampfszene betrat, und dann setzte ein rhythmisches Klatschen ein. Er schnappte sich zuerst den einen Burschen, dann den anderen, packte sie im Nacken und bugsierte sie hinaus.

Die beiden blonden Jungen blieben an der Theke stehen, Oberkörper stolzgeschwellt, und klatschten sich ab wie nach einer gewonnenen Meisterschaft. Sie wandten sich gerade wieder der Theke zu, um neue Drinks zu bestellen, als Maddock erneut hereinkam, sie ebenfalls packte und zur Tür hinausbeförderte, noch bevor sie wussten, wie ihnen geschah.

Im Pub gab es Beifall für Maddock, aber draußen schien sich der Streit fortzusetzen. Maddock kam nicht wieder hinein, und so blickten fast alle zur Tür. Dort entdeckten sie Sally, und sie spürte eine wohlige Wärme, die sich in ihr ausbreitete, als sie die Bewunderung in einigen Gesichtern sah. In ihrem knappen Mini und dem tief ausgeschnittenen Top trat sie ein zweites Mal an die Theke.

»Eine Bloody Mary und ein Pils, bitte.«

Die Frau hinter der Theke antwortete nicht. Sie hielt ein Tuch in der Hand und starrte an Sally vorbei zum Faustkampf im Hof.

»Ich sagte ...« Sally ließ beide Ellenbogen laut auf die Theke knallen. Die Frau blinzelte und richtete den Blick aus ihren großen dunklen Augen endlich auf Sally.

»Entschuldige, was soll es sein?«

Sally wiederholte ihre Bestellung, und dann war sie es, die starrte. Mal abgesehen von der Stimme, die den unverkennbaren Akzent vom Süden Londons hatte, sah die Thekenfrau aus, als wäre sie einer spanischen Oper entsprungen. Die schwarzen Haare waren auf dem Kopf zu einem losen Knoten gebunden, und das enge schwarze Kleid bedeckte so gerade noch die Pobacken. Wie bei allen im Pub lief auch bei ihr der Schweiß, er bildete ein dünnes Rinnsal, das vom Hals in ihren Ausschnitt lief. Sally wischte sich mit einer Hand übers Gesicht und fuhr mit den Händen über ihre Backen.

»Wie gewöhnlich hast du wieder einen Aufstand ausgelöst, Mimi.«

Maddock stand wieder hinter Sally. Er rückte ihr so nahe auf den Pelz, dass ihre Brüste sich gegen die Theke drückten und sie sich nicht bewegen konnte. Sie gab ihm einen kleinen Schubs mit dem Po. Maddock rührte sich nicht, und sie spürte, wie er sie mit dem Schoß an der Theke festhielt. Seine kräftigen Arme rahmten sie ein. In einer Hand hielt er eine schmuddelige Zehn-Pfund-Note.

Mimi stellte Sallys Getränke auf die Theke und verzog verächtlich die Lippen, als sie Maddock anschaute.

»Ist doch nicht meine Schuld, wenn sie sich um die süßen Sachen prügeln, oder?«

»Doch, es ist deine Schuld, wenn du dich vor Jungs, denen kaum der erste Flaum sprießt, so anziehst«, antwortete er im breiten heimischen Dialekt von Devonshire. »Was erwartest du denn, Mädchen?

Sein Atem blies in Sally Nacken. Sie versuchte, zur Seite auszuweichen.

»Die übernehme ich«, sagte er und schob Sally die Gläser zu. Sie hörte auf, sich zu wehren, und nahm einen Schluck der Bloody Mary. Mimi hatte kräftig mit Pfeffer und Worcester Sauce zugelangt, und der Schluck ließ Sally fast von den Stilettos kippen. Aber Janie hatte Recht. Wenn sie dieses Glas intus hatte, blieb ihren Erkältungsviren keine Überlebenschance.

Sie warf ihre Haare mit einer geübten Kopfbewegung zurück und drehte sich.

»Danke, Mr. Maddock«, sagte sie in ihrem besten Marilyn Monroe Lispeln. »Dabei müsste ich Ihnen doch eigentlich einen Drink spendieren, nachdem Sie den Kampf so souverän beendet haben.«

»Kommen Sie, ich stelle Ihnen die Jungs vor«, sagte er, nickte Mimi kurz zu, die ihre knallrote Unterlippe nach vorn stülpte, um ihr Schmollen deutlich zu machen. Dann ging sie ans andere Ende der Theke, um dort zu bedienen.

Sally folgte Maddock und blinzelte in die Sonne, als sie ins Freie traten. Die Menge hatte sich wieder ins Innere des Pubs begeben, und die blonden Jungen waren verschwunden. Von Janie war noch nichts zu sehen. Maddock führte Sally zur Rückseite des Hauses, wo es abseits des Parkplatzes eine stille Ecke gab.

Bierfässer standen da, und auf dem Boden sah man

viele schmutzige Reifenspuren, wahrscheinlich vom Bierwagen, denn der Boden war noch feucht nach dem langen Sommerregen. Sally versuchte, den matschigen Stellen auszuweichen.

Die beiden jungen Kerle, die sich mit Sam und Tom angelegt hatten, standen an die Mauer gelehnt und leckten ihre Wunden. Beide hatten ein leicht lädiertes Kinn. Sie schienen Miniaturausgaben von Maddock zu sein, nur nicht so bullig und breit, eher hager, und die jungen Gesichter waren auch noch nicht von den Jahren der harten Arbeit auf dem Bauernhof gezeichnet.

»He, Leute, hier bringe ich euch eine Frau, die einen Kampf wert ist«, sagte Maddock und grinste lüstern.

Er schob Sally an die Mauer. Die Jungen schauten auf, und ihre blassen Augen begannen zu glänzen. Unwillkürlich strichen sie sich über die zerzausten Haare.

»Das ist eine echte Frau im Vergleich zu der kleinen Schlampe hinter der Theke, die sich in letzter Zeit immer mehr zur Zicke entwickelt«, sagte Maddock und kniff Sallys Wange. »Vergesst nicht, Mimi spielt in einer anderen Liga. Ich wette, eure Schwestern würden eher bei ihr landen als ihr, wenn ihr versteht, was ich meine.«

»He? Ist sie auf Frauen umgeschwenkt?«, fragte einer der Jungs kichernd. »Geil. Aber woher weißt du das?«

»Sie sieht so aus, als ob sie in alle Richtungen schwingt«, meinte der andere Junge. »Und sie sieht auch so aus, als könnte sie zwei von uns zum Frühstück verspeisen.«

»Ich hätte nichts sagen sollen, aber ich wollte nur klar machen, dass ihr dem Mädchen aus dem Weg gehen sollt«, knurrte Maddock, der leicht rot geworden war. »Sie ist vergeben, kapiert? Und diese blonden Beachboys werde ich mir auch noch vorknöpfen.«

Die Jungs stießen sich mit dem Ellenbogen an und starrten Sally an, die ihren Blicken standhielt und dann die Jungs nacheinander musterte. Sie sahen ein bisschen ungepflegt aus, aber sie hatten große Hände, kräftige Arme und eine aufgestaute Energie, wie man sie bei jungen Bullen findet, die im Stall unruhig auf und ab stapfen.

Die Sonne schien warm auf ihren Kopf, und die Männer und der matschige Boden gaben einen tierischen Geruch von sich. Irgendwie fühlte sie sich in einer frivol unanständigen Stimmung, bereit für eine Menge schmutzige Dinge. Sie leckte sich über die Lippen, nahm noch einen kräftigen Schluck Bloody Mary und drehte sich langsam um, sodass die Jungs ihre Rückseite vor sich hatten.

Fast unauffällig lehnte sich Sally vor, wobei der Mini immer höher rutschte und den Blick auf ihre Backen frei gab. Sally zwängte sich zwischen die beiden und lehnte sich auch an die Hausmauer.

»He, was soll das denn?«, quengelte Maddock und stellte sein Bierglas auf den Boden. »Das sieht ja aus, als wären wir auf dem Gartenfest des Pastors. War es nicht so, dass du mir gratulieren wolltest, Miss?«

»Absolut, Mr. Maddock«, hauchte sie. »Ich war ungeheuer beeindruckt, und nicht nur von Ihren Fäusten.«

Maddock schlenderte hinüber zu Sally. Er nahm das Glas aus ihrer Hand, stellte es auf den Boden neben seins, dann richtete er sich auf und hob Sally mit einer Hand an der Mauer hoch. Die Jungen drehten sich um und schauten stumm auf die attraktive Frau.

»Ich glaube, nach dem Kampf müssen wir alle erst mal ein wenig Dampf ablassen«, murmelte Maddock. »Ich schätze, die Jungs haben eine Belohnung verdient, weil der Ausgang des Kampfs schon eine Enttäuschung für sie gewesen ist. Sie haben schon einmal zugesehen, wie der neue Bauer Jack es mit deiner Freundin in der Scheune getrieben hat, stimmt es nicht, Jungs? Dabei seid ihr längst alt genug, es selbst zu treiben und nicht nur zuzusehen.«

Die Jungs nickten und sahen Sally hungrig an.

»Zeit für euch, herauszufinden, was die Frauen aus der Stadt so alles drauf haben.«

Sally grinste. Ob es an Maddock und dem Anblick seiner Muskeln lag oder am Wodka, das wusste sie nicht so genau, aber sie spürte, dass die alte Sally wieder da war, gerade rechtzeitig, um das heiße Stieren aus drei Augenpaaren genießen zu können. Maddock ließ sie langsam wieder sinken, und sie hob die Arme, als stünde sie auf der Bühne.

»Dann kommt, Jungs, und holt es euch!«

Sie stand in der besten Marilyn Monroe Pose da, das linke Bein leicht eingeknickt, den Fuß gestreckt, die Arme über dem Kopf. Einer der Jungs bückte sich beinahe ehrfürchtig und fuhr mit einer Hand über die Länge des Standbeins.

Maddock sah den Jungen zu und wollte sie schon wegschicken, aber dann sah er Sally mit seinen blassen Augen an, und darin erkannte er ihren Hunger. Er krempelte die Hemdsärmel hoch, trat auf sie zu, schob den Mini bis zu den Hüften hoch und entblößte ihre Pussy.

Sally schwenkte lustvoll die Hüften und legte die Arme um die Schultern der Jungen, um das Gleichgewicht nicht zu verlieren. Maddock strich mit beiden Händen über die Innenseiten ihrer Schenkel, und ohne Umschweife drang er mit den Finger in sie ein. Sie spreizte die Beine, um ihm zu zeigen, dass er willkommen war. Ihre Knie fingen zu zittern an, als sie seine forschenden Finger spürte.

Gedämpfte Laute drangen aus ihrer Kehle, als er mit den Händen über ihre Pobacken strich und sein Gesicht gegen ihren Schoß drückte. Nase und Kinn schmiegten sich an ihre empfindliche Haut, und sie spürte die Bartstoppeln, die über ihre Labien rieben.

Seine Finger teilten die Lippen. Sally schaute an sich hinab und sah seine lange dicke Zunge, die dem Finger folgte und in die nasse Spalte drang. Mit jedem Schlecken der Zunge wuchs Sallys Lüsternheit, sie spürte die Hitze im Schoß und verkrampfte die Finger in den Schultern der Jungen.

Maddock setzte seine Attacken noch eine Weile fort; Zunge und Zähne nagten an ihr, die Lippen saugten an der Klitoris, und mit den Fingern erkundete er den Grad ihrer Erregung. Als er den Kopf zurückzog, glänzte das Gesicht von ihren Säften. Er leckte sich ausgiebig über den Mund, dann wischte er ihn mit dem Handrücken ab.

»Ich hab sie für euch vorgewärmt, Jungs«, sagte er grinsend und richtete sich auf.

Sally sah die Umrisse des Schafts in seiner Hose und hätte ihn gern gespürt, aber er bückte sich und hob sein Bierglas vom Boden hoch, lehnte sich gegen ein Fass und nahm einen kräftigen Schluck.

Sally rutschte an der Mauer hinunter und setzte sich auf den Boden. Sie hielt den Atem an, als einer der Jungs ihr Top über den Kopf zog. Nun saß sie oben ohne da, und der Junge legte sich vor sie auf den Boden und saugte abwechselnd an ihren Brüsten, deren Nippel sich zu kieselsteinharten Spitzen verwandelten. Der andere Junge nagte in Sallys Nacken, biss in ihre Schulter, streichelte über eine Brust und zwickte in die Warze.

Sally glaubte, von den doppelten Attacken fast wahnsinnig zu werden. Maddock ließ sich nichts entgehen und krähte laut, als die Jungs gleichzeitig ihre Münder über die Nippel stülpten und sanft zubissen.

Bisher war es für Sally selbstverständlich gewesen, dass ihre Partner sich vom ersten Moment an auf ihre Pussy konzentriert hatten. Noch nie hatte sich jemand so lange und ausschließlich mit ihren Brüsten beschäftigt, und sie mochte kaum glauben, welche Tumulte das in ihrem Körper auslöste. Voller Hingabe zuzelten die jungen Männer an den Nippeln, und heiße Blitze zuckten von ihren Brüsten zum Schoß.

Der eine Junge ging zwischen ihren Schenkeln auf die Knie, öffnete seine Hose und schob den erigierten Schaft mit einem Ruck tief in sie hinein.

»Oh, ja, ja, Baby, komm, zeig mir, was du drauf hast«, stöhnte Sally. Sie kostete die Vielfalt der Gefühle aus, das Stoßen des einen und das Saugen und Lutschen des anderen. Wahnsinn, dieser doppelte Angriff auf ihre Sinne. Der Junge zwischen ihren Schenkeln hatte noch nicht viel von Finesse gehört, er stieß, was seine Lenden hergaben, wurde hektischer und ergoss sich in ihr, und Sekunden später kam der andere Junge zwischen ihren Brüsten zum Höhepunkt.

»Freunde«, ächzte Sally, »das müssen wir aber noch fleißig üben.«

Maddock sah, dass er gebraucht wurde, und Sally grinste ihn dankbar an, als er zu ihr kam, sie anhob, auf Hände und Knie drehte und von hinten in sie eindrang.

»So habe ich es mir vorgestellt«, stöhnte Sally. »Komm, Maddock, zeige den Jungs, wie es geht.«

Er zeigte es sehr überzeugend, und als er sie zum

schreienden, erschauernden Orgasmus brachte, hätte sie ihn am liebsten umarmt, aber dazu kam es nicht mehr, denn Janies Saab fuhr um die Ecke. Sie drückte auf die Hupe.

Die Jungs hatten die letzten Minuten schon vom Land Rover aus verfolgt, in den sie geflohen waren, und jetzt rannte auch Maddock zum Fahrzeug und schwang sich hinters Steuer. Mit quietschenden Reifen preschte er davon.

Sally blieb allein auf dem Boden zurück und konnte nicht glauben, was in der letzten halben Stunde geschehen war. Sie sah Janie an, die ausgestiegen war und ein paar Schritte vor ihr stehen blieb.

»Wer war das denn?«, fragte Janie und verfolgte den Land Rover mit den Augen. »Die drei kleinen Schweinchen?«

Sally stand träge auf und wischte sich den Schweiß aus dem Gesicht. »Was ist denn mit dir passiert? Wieso bist du so lange weggeblieben?«

»Nun, ich hatte Pech. Das Auto sprang nicht an, und während ich die Kühlerhaube öffnete und nachsehen wollte, kam Jonathan vorbei – er wollte sich verabschieden.«

Sally versteifte sich. Sie hielt sich am Türgriff des Saab fest. »Ach?«

»Er sagte, er vermutete dich auf dem Weg zurück nach London, aber als ich ihm sagte, dass du überlegst, deine Ferien sogar noch zu verlängern, sagte er, vielleicht sei es doch nicht nötig, schon abzureisen.«

»Da hat er seine Meinung aber schnell geändert, was?«

Janie hob die Schultern. »Er ist entschlossen, sich mit dir zu unterhalten. Er war sehr höflich zu mir, als hätte es die Szene mit mir in deinem Negligé auf seinem Schoß nie gegeben. Vielleicht hat er vergessen, dass ich weiß, wie groß sein bestes Stück ist und wie gut es mir getan hat.«

Sally warf die Haare in den Nacken. »Er hat sich in den Finger geschnitten, wenn er glaubt, ich krieche so schnell zu ihm zurück. Ich brauche ihn nicht mehr fürs Bett. Hier scheint der Sex auf den Bäumen zu wachsen.«

Sie starrte auf die matschigen Reifenspuren, die Maddocks Land Rover hinterlassen hatte.

»Komm, steig ins Auto, Mädchen. Wenn wir uns im Pub nicht amüsieren können, dann feiern wir den schönen Tag mit einem Picknick am Strand. Du siehst so aus, als könntest du eine Stärkung gut gebrauchen.«

Sally öffnete gehorsam die Tür, und auch Janie setzte sich wieder hinter das Lenkrad.

»Ach, was ich noch sagen wollte«, bemerkte Janie unterwegs. »Jonathan hat uns nächste Woche zu einem Barbecue in sein Haus auf den Klippen eingeladen.«

Neuntes Kapitel

Die Zeit war gekommen, sich in Schale zu werfen.

»Aber diesmal ist es keine Kostümparty. Ich möchte eine richtige *femme fatale* sein«, sagte Janie und ging Sallys Kleider und Röcke durch. Sally blinzelte wieder durchs Teleskop.

»Es gibt da draußen überhaupt nichts Aufregendes zu sehen«, maulte sie.

»Die interessanten Typen sind alle bei Jonathan, deshalb kannst du sie nicht am Strand sehen«, sagte Janie und hielt sich ein hauchdünnes Kleid in Blassrosa vor. Schlitze an Ärmeln und an beiden Seiten. Ich hoffe, dass auch Jack da ist, dachte sie. »He, das ist genau richtig für dich«, sagte sie.

Sally richtete sich auf, betrachtete das Kleid und stellte sich damit vor den Spiegel. »Das habe ich damals in Paris getragen«, murmelte sie.

»Also genau richtig für deine Zwecke.«

»Ich habe dir gesagt …«

»*Er soll nicht glauben, dass ich angekrochen komme*«, äffte Janie sie nach. »Komm, lege eine andere Platte auf. Warum betrachtest du ihn nicht als Arbeitsvermittler? Du brauchst einen Job, und er bietet dir einen. Ich kann dich hier nicht ewig brauchen, obwohl uns das eine Menge Spaß bringen würde. Aber spätestens im September muss auch ich meine Zelte hier abbrechen. Ben wird zurück sein, und ich muss nach Spanien, weil ich mir neue Fliesenkollektionen ansehen will.«

»Du rätst mir also, ihn nur als nützlichen Geschäftspartner zu sehen und alle anderen Gefühle für ihn zu unterdrücken?«

»Wen? Ben?«

»Nein, sei nicht albern. Jonathan.«

»Selten genug, dass du mich um Rat fragst«, stellte Janie fest. »Aber ja, jede andere Beziehung mit ihm würde Dynamit sein, und du würdest dich nur verbrennen. Unterhalte dich mit ihm über die Bedingungen und achte darauf, dass er dich nicht übern Tisch zieht. Viel Geld, Dienstwagen, eigenes Büro. Du kannst von zu Hause arbeiten, wenn du das für richtig hältst, und beschränkst dich nur auf den allernötigsten Kontakt mit ihm. Himmel, Sally, du weißt doch selbst, wie man mit harten Bandagen in Verhandlungen geht.«

Aber Sally drehte sich langsam vor dem Spiegel und hatte der Freundin nicht zugehört.

Janie ging die Treppe hinunter auf ihr eigenes Zimmer. Sie hatte schon einige Teile auf dem Bett ausgebreitet. Sie freute sich auf die Party bei Jonathan. So sehr sie Sally mochte, aber sie brauchten beide mal eine Abwechslung und auch wieder Gesellschaft von Männern.

Seit sie ihre Sexualität wieder entdeckt hatte, spürte sie ständig ein leichtes Kribbeln, als wollte ihr Schoß ihr mitteilen, dass er noch längst nicht gesättigt war. Und das bei dieser Anzahl der Fütterungen in den letzten Wochen. Doch sie wollte mehr. Sie konnte nicht genug davon haben – es ging ihr mit Schokolade genauso. Aber am meisten wollte sie Jack. Sie wollte dort mit ihm fortfahren, wo sie aufgehört hatten, wenn es auch nicht unbedingt die Scheune sein musste.

Einige Male war sie zu seinem Bauernhof gegangen, aber sie hatte ihn nie angetroffen. Seit ihrer Holzsuche schien sich auch nichts verändert zu haben. Maddock würde wissen, wo sie Jack finden könnte, aber er war immer weit weg, einmal hätte sie ihn beim Pflügen stören müssen, und ein anderes Mal hing er in einem Baum. Sie wollte nicht, dass er glaubte, sie hätte es auf ihn abgesehen.

Sally hatte einige Male ihr Auto ausgeliehen – auch sie hatte Maddock gesucht. Meist hatte sie ihn nicht gefunden, aber ein oder zwei Mal schien sie Erfolg gehabt zu haben, denn sie war mit blauen Flecken und zerzausten Haaren nach Hause gekommen. Janie hatte keine Fragen gestellt.

Sie schlüpfte in das Gedicht, das sie sich für den Abend ausgesucht hatte; ein langes, durchsichtiges blattgrünes Kleid, das wie ein Geistergewand aussah. Sie band ihre Haare in einem lockeren Knoten zusammen und ließ mehrere rote Löckchen bis auf die Schultern fallen.

Die Hoffnung brannte in ihr, dass Jack heute Abend da sein würde. Sie wollte alles auslöschen, was ihn an Sally erinnerte. Genauso, wie Sally wahrscheinlich von Jonathan alles auslöschen wollte, was ihn an Janie erinnerte. Spuren vernichten, Gerüche überlagern. Das Element der Konkurrenz zwischen ihnen erhöhte noch den Spaß, denn noch nie hatte sich eine den Mann der anderen geschnappt. Das war erst im Cottage geschehen, und Janie konnte immer noch nicht begreifen, wie es dazu hatte kommen können.

So lange war sie auch noch nicht mit Sally auf so engem Raum zusammen gewesen. In den zwei Wochen hatte die Freundin sie mit mehreren Veränderungen verdutzt. Sally war nicht mehr so aufbrausend wie in den ersten Tagen, sie war sanfter geworden, fast scheu. Vielleicht lag es an der Erkältung, die sie nun zum Glück überstanden hatte. Janie gefiel diese Entwicklung, sie förderte ihr eigenes Selbstvertrauen.

Wenn sie heute in die Stadt fuhr, um Farben oder Musterbücher zu holen, dann drehten sich die Männer nach ihr um, nach der Frau mit dem selbstbewussten Gang und den strahlenden Augen. Und wenn sie am Strand entlang ging, dann nahm sie die bewundernden Blicke der Männer wahr, und sie erwiderte diese Blicke, warf die Haare zurück und stellte sich vor, wie sie die Beine um die schlanken, gebräunten Körper der Fremden schlang.

Sie hielt eine Hand unter eine Brust und fühlte ihr Herz bei diesen Gedanken klopfen. Erstaunlich, wie schnell ihr Kopf die Führung des Körpers übernommen hatte, selbst wenn physisch gar nichts geschah. Sie atmete tief durch, besprühte sich mit *Eternity* und trat hinaus auf den Flur.

»Wir brauchen deine Reporterin«, rief Janie die Treppe hoch. »Damit sie die Nachher-Fotos schießen kann.« Sie fuhr mit den Fingerspitzen über das abgebeizte Geländer. Ein paar Stellen mussten noch nachbehandelt werden. »Und ich spreche nicht nur von Fotos im und ums Haus«, fügte Janie hinzu, »sondern auch von Fotos der Bewohner. Vorher – halb nackte Dirnen, nachher – Blumen der Nacht.«

Sie hörte ein paar Gluckser von oben. Wenn sie nicht über Sex sprachen, hatten sie und Sally hart gearbeitet, und dabei hatte sie wieder eine enorme Veränderung bei Sally feststellen können – ohne Widerrede hatte sie es hingenommen, nach Janies Anweisungen zu arbeiten. Eine völlige Verdrehung ihrer sonstigen Rollenverteilung.

Aus dem niedlichen, aber etwas müden Cottage mit den altmodischen Bezügen und Vorhängen und Tapeten war ein modernes, aber rustikales Landhaus geworden. Weiß gestrichene Wände, mit Leinen bezogene Sitzmöbel. Geblieben waren die Läufer und Kissen; sie sorgten für Farbe.

»Es geht dir nicht so sehr um die Reporterin, du hast es auf den jungen Fotografen abgesehen«, rief Sally.

Janie lachte, dann zog sich ihre Stirn in Falten. Sie schaute aus dem kleinen Fenster über der Treppe und konnte die Straße sehen, die am Cottage vorbeilief.

»Ich muss allmählich anfangen, Geld mit meinem Handwerk zu verdienen«, murmelte sie. »Vielleicht gelingt es mir, Jack und Jonathan zu überzeugen, dass sie ihre Häuser neu gestalten müssen.«

Sally sprang fröhlich aus ihrem Zimmer und die Treppe hinunter. Sie hatte ihre blonden Locken gezähmt, die ihr Gesicht einrahmten. Das hauchdünne Kleid stand ihr gut, dazu trug sie silberne Sandalen. Sie sah wie die alte Sally aus – ein verrückter Engel.

»Worauf warten wir denn?«, rief sie, hüpfte die letzten Stufen hinab und fiel in Janies Arme. »Leute, wir kommen!«

Jonathans Haus war im Art Deco Stil gebaut und stand am Rand einer Klippe. Auf den ersten Blick wirkte es verlassen. Die Sonne senkte sich auf dem Meer und badete das Haus in einen orangen Schimmer. Hinter ein oder zwei Fenstern brannte Licht, aber niemand stand im Eingang, um sie zu begrüßen.

Sally und Janie gingen um das Haus herum zum Garten. Am Ende lag ein Swimmingpool, der von Unterwasserlampen blau beleuchtet wurde. Ein schmaler, steiler Pfad führte vom Garten hinunter zum Strand. Zu beiden Seiten des Pfads standen breite Kohlepfannen, in denen Feuer brannten. In der ruhigen Luft bewegten sich die niedrigen Flammen kaum.

»Deine *femme fatale* kannst du vergessen«, sagte Sally mit einem Blick auf den steilen Pfad. Sie zog ihre Sandalen aus.

Sie gingen barfuß den sandigen Weg hinunter, den Geräuschen der Wellen und der Stimmen entgegen. Dort, in der kleinen idyllischen Bucht, stand Jonathan hinter einem riesigen Grill, voll beladen mit Steaks, und war hinter dem aromatisch duftenden Rauch kaum zu erkennen.

Hinter einem Tisch, auf dem verschiedene Salate aufgebaut und Brote angeboten wurden, standen Sam und Tom, die sich Bier aus kühlen Dosen in die Kehle laufen ließen. Sie trugen weiße Hemden, die sie bis zu den gebräunten Hüften aufgeknöpft hatten, dazu weite Surferjeans.

»Da sind sie ja, da sind sie ja«, murmelte Sally, bauschte die Locken auf und lief über den Sand auf sie zu. Die beiden Jungs nickten höflich, aber ihre Blicke gingen über Sally hinweg und blieben an Janie haften.

Sie lächelte, und in ihrem Bauch spürte sie die Schmetterlinge flattern, als sie an das Geschehen in den Dünen erinnert wurde. Einen Moment lang aalte sie sich in den bewundernden Blicken der beiden, doch an diesem Abend hatte sie es nicht auf die beiden abgesehen. Dann musste Sally etwas Unverschämtes gesagt haben, dann die Jungs wandten ihren Blick und grinsten Sally feixend an, und beide wetteiferten, einen Teller mit den verschiedenen Salaten anzuhäufen.

»Guten Abend, Jonathan«, sagte Janie und hielt einen Teller für ein paar Grillwürstchen hin.

Sie sah sich um. »Ein wunderschönes Haus«, sagte sie. »Wie schade, das du es nur gemietet hast.«

»Das war eine Lüge«, gab er zurück und legte noch ein saftiges Steak zu den Würsten. Janie hörte ihren Bauch rumoren. Wenn sie an der See war, hatte sie ständig Hunger. Sie griff nach einer Wurst und biss hinein.

»Eine Lüge?«

Jonathan war nicht ganz bei der Sache; beunruhigt sah er hinüber zu Sally, die mit seinen Söhnen flirtete.

»Ich wollte Sally gegenüber nicht zugeben, dass ich das Haus gekauft habe«, gestand er. »Sie könnte daraus schließen, dass ich hinter ihr her bin. Deshalb soll sie glauben, dass ich nur vorübergehend hier wohne. Mir gefällt übrigens, wie du das machst.«

Sie sah ihn an und hob ihre Augenbrauen. Die Wurst drückte im Mund gegen ihre Wange.

»Ich meine, wie du die Wurst verschlingst.« Er drückte einen Schlag Majonäse auf ihren Teller und schaute die Klippe hoch zu seinem Haus. »Ja, es gehört mir. Und es gefällt mir.«

»Aber Tom und Sam haben gesagt ...«

»Meine Söhne sagen viel, wenn der Tag lang ist. Sie reden viel über dich, und sie loben dich in den höchsten Tönen, wenn ich das sagen darf. Ich musste sie natürlich trotzdem schelten, denn seit sie die M 5 verlassen haben, toben sie durch die einheimische Flora und Fauna.«

Jonathan ging zu einem anderen Tisch und reichte ihr ein Glas Champagner. Janie trank gierig, die Perlen prickelten angenehm auf ihrer Zunge und gingen ihr direkt zum Kopf.

»Was mich angeht, so haben sie kein Schelten verdient«, sagte Janie. »Ich habe selten eine so gute Zeit erlebt.« Sie lächelte. »Sie gereichen dir zur Ehre.«

Sie lachten beide, ein kleines, verschämtes schmutziges Glucksen, dann stießen sie mit den Gläsern an.

»Aber sie waren auch der Meinung, dass du das Haus gemietet hast«, sagte Janie.

»Nun, ursprünglich habe ich es auch gemietet, aber schon in der ersten Woche hörte ich, dass es zum Verkauf ansteht«, erklärte Jonathan. »Jack und ich haben uns beide dafür interessiert, aber zum Schluss habe ich gewonnen. Ihm bleibt diese Ruine von Bauernhof nicht erspart.«

»Jack«, sagte Janie leise, und wieder spürte sie das Flattern im Bauch. »Ist er hier?«

»Nein, er ist verhindert. Er wurde nach London zurückgerufen. Irgendein Notfall in seiner Praxis. Aber in ein, zwei Tagen wird er wieder zurück sein.«

»Gut«, sagte sie, aber sie spürte die Enttäuschung tief in ihr drin.

»Alte Liebe, was?«, fragte Jonathan. »Jedenfalls ist das der Eindruck, den ich von ihm habe.«

Janie musterte den Gastgeber und musste an Sallys unfeine Worte über ihn denken. Er hatte die ideale Tonlage, Geheimnisse aus einem herauszukitzeln. Sie beschloss, sich ihm noch nicht zu öffnen.

»Nein, wir haben uns nur als Kinder gekannt. Ich wollte mit ihm über die Umgestaltung seines Bauernhofs sprechen. Ich bin Innenarchitektin.«

»So eine brauchst du nicht in deinem Haus, was, Jono? In deinem Schloss ist alles vom Feinsten.«

Janie fühlte etwas Weiches an ihrem Arm, und als sie hinschaute, erkannte sie eine große runde Brust, eingefasst in scharlachfarbene Spitze. Sie blickte höher, sah olivfarbene Haut und glänzende schwarze Augen einer Frau, die sie noch nie zuvor gesehen hatte. Sie sah exotisch und gefährlich aus, und neben ihr kam sich Janie alt und langweilig vor.

»Mimi! Ich erinnere mich gar nicht, dich eingeladen zu haben!«, rief Jonathan, sichtlich nervös.

Er blickte hinüber zu Sally, die zu ihnen blickte. Einer der Jungs schob eine Locke von ihrem Ohr und flüsterte ihr etwas zu. Sallys Mund verzog sich zu einem verwegenen Grinsen, obwohl ihr Blick auf die Gruppe um Jonathan, Janie und Mimi gerichtet blieb. Die Brüder stießen sich gegenseitig an und zogen Sally vom Tisch weg, weiter zum Strand.

»Das will ich dir auch nicht vorwerfen«, entgegnete Mimi, nahm das Champagnerglas aus seiner Hand und leerte es in einem Zug. Ihre Stimme klang heiser, Ergebnis ihres Zigarettenkonsums, dachte Janie. »Ich werde selten zu Nobelpartys wie diesen eingeladen. Maddock hasst solche Schickimicki Treffs. Aber jetzt bist du froh, dass ich hier bin, oder? Komm, gib es zu. Du freust dich doch immer, mich zu sehen.«

»Jane, das ist Mimi«, stellte Jonathan vor. »Sie ist die hiesige Barfrau.«

Jonathan wandte sich abrupt ab und gesellte sich zu einer anderen Gruppe von Gästen, die so aussahen, als wären sie gerade aus der Takelage ihrer Boote geklettert.

Sally hatte mit den Jungs den Wasserrand erreicht. Sie drehte den anderen Gästen den Rücken zu, hob das dünne kurze Kleid an und watete ins Wasser.

»Was ist sein Problem?, fragte Janie, »du siehst überhaupt nicht wie eine Barfrau aus.« Sie hätte sich beinahe verschluckt, als ihr auffiel, wie die junge Frau sie beobachtete, als sie wieder in ihre Wurst biss. »Ich meine, mal abgesehen von deinem tiefen Ausschnitt.«

Sie hatte keine Ahnung, warum sie das gesagt hatte, wenn sie sich auch eingestand, dass es ihr schwer fiel, den Blick von den überquellenden Möpsen zu wenden. Mimi stand immer noch so nahe, dass sie Janies Arm berührten; ein Paar nussbraune Halbkugeln, in Spitze gefasst, sehr nahe bei ihren eigenen blassen Brüsten, das dunkle Tal dazwischen unter dem dünnen Stoff gut zu sehen.

Mimi legte den Kopf in den Nacken, und ihr Hals wurde lang und länger, während sie laut lachte, und alle drehten sich zu ihr um, alle außer Sally, die jetzt bis zu den Oberschenkeln im Wasser stand und ihr Kleid in der Taille festhielt. Die beiden Jungen waren am Strand stehen geblieben und schauten ihr zu.

»Du hast Recht, ich schätze, sie sind das, was bei mir zuerst ins Auge springt, und sie bringen mir Jobs, die du dir nicht erträumen kannst.« Sie legte einen Arm um Janies Nacken und presste ihren Mund gegen ihr Ohr. »Ich heiße eigentlich nicht Mimi, sondern Mary, aber das hört sich ein bisschen spießig an, findest du nicht auch? Der Name passt einfach nicht zu mir. Barfrau bin ich nur einen Sommer lang, wie Jonathan immer sagt. Und wie er es sagt, soll es wie eine Beleidigung klingen. Sein Problem liegt darin, dass er vorige Woche mit mir im Bett war, und das ist ihm heute peinlich. Ich glaube, er hält sich für was Besseres. Er ist ein Muttersöhnchen. Diese Stadtjungs haben keine Eier.«

Janie spürte, wie sich Hitze von der Wange ausbreitete, die Mimis Lippen immer noch berührten.

»Du sagst, du bist eine Barfrau nur für einen Sommer? Und was tust du im Winter?«

Mimi nahm noch ein Glas vom Tablett und legte einen Arm um Janies Taille. Barfuß gingen sie hinüber zur

Steintreppe. Es war dunkel geworden, und vom Wasser kam eine steife Brise. Einige Gäste waren schon hinauf ins Haus oder in den Garten gegangen, und auch von Jonathan war nichts zu sehen.

»Darling, deine hübschen Haare würden sich kräuseln, wenn ich es dir sagte«, antwortete sie geheimnisvoll. »Komm, wir gehen zum Pool.« Mimi lachte und zog Janie mit sich. »Jono hat nichts dagegen. Ich bin schon öfter hier gewesen, um mich abzukühlen. Ich mag das Salzwasser nicht lange auf meiner Haut behalten. Ist deine Freundin da hinten gut aufgehoben?«

Auf halber Treppe blieben sie stehen und drehten sich um. Im Dämmerlicht konnten sie die schaumigen weißen Spitzen der Wellen sehen. Sally watete zurück ans Ufer und war dabei, ihr Kleid über den Kopf zu ziehen. Die Jungs stürzten auf sie zu und halfen ihr aus dem Wasser. Bei diesem Licht sahen sie aus, als wären sie Drillinge, die zerzausten blonden Haare, das fröhliche Lachen. Aber während die Jungs ebenmäßig gebräunt waren, leuchtete Sallys zierlicher Körper in fahlem Weiß.

Sie trugen sie leicht wie eine Puppe hinüber zum Lagerfeuer, das sie gebaut hatten. Sie wollten sich mit ihr hinsetzen, aber Sally hatte kein Lust zum Stillsitzen. Sie kroch über den Sand und zerrte an den Hemdknöpfen des älteren Jungen. Hinter ihr hatte der jüngere Bursche sein Hemd schon ausgezogen, und jetzt knöpfte er ungeduldig seine Jeans auf, deren Beine nass geworden waren.

»Das ist Tom, glaube ich«, sagte Mimi. »Oder Sam. Ich kann sie nicht auseinander halten, aber das spielt auch keine Rolle, denn sie sind beide ganz schön spritzig. Ich kann dir nur raten, dir die Burschen mal aus der Nähe anzusehen; ich wette, du wirst es nicht bereuen.«

Sie drehte Janies Kinn zu sich, und Janie fühlte, wie die Hitze ihren ganzen Körper erfasste, nicht mehr nur ihr Gesicht. Sie war froh, dass die Sonne untergegangen war, so konnte Mimi nicht sehen, dass sie errötete.

»Willst du hinunter zu ihnen gehen? Du siehst so aus, als wolltest du an der Leine zerren. Ich schätze, das kann eine Menge Spaß bringen.«

Janie betrachtete noch einmal die Szene am Strand. Sally hatte den älteren Jungen ausgezogen und ihn auf den Rücken gedrückt. Sie kroch über ihn, bis sie über seinem Gesicht hockte. Der Junge packte ihre Backen, und Sally hing über ihm und hielt sich auf Händen und Knien. Sie spreizte die Beine weiter und ließ sich langsam sinken, bis ihre Pussy genau über seinem Mund war, und wiegte sich langsam hin und her.

Der Kopf des Jungen ruckte hoch, und Janie sah, dass die Freundin ihn neckte, aber sich selbst neckte sie noch viel mehr durch ihr Zögern, und das erkannte Sally jetzt selbst, sie rutschte noch ein bisschen tiefer und warf den Kopf in den Nacken, als sie seine Zunge spürte.

Der jüngere Bruder kratzte sich einen Moment am Kopf, als überlegte er noch, wo er seinen Platz finden könnte, und Janie war einen Augenblick lang versucht, hinunter an den Strand zu laufen, damit er die quälende Erektion beschäftigen konnte, die er in der zögernden Hand hielt.

Sie warf Mimi einen Blick zu. Janie schätzte, zu zweit könnten sie dem Jungen noch die eine oder andere Neuheit zeigen. Ja, die Versuchung war groß, aber dann stieß Mimi sie an und wies zum Strand. Der Junge hatte seinen Platz gefunden; breitbeinig stand er vor der knienden Sally, deren Kopf etwa auf der Höhe seiner Erektion hin und her ging.

»Nichts Neues, aber trotzdem hübsch anzusehen, was? Es ist wohl besser, wir überlassen deiner Freundin das Feld«, murmelte Mimi, die wohl ahnte, was in Janie vorging.

Janie nickte. Sie und Sally hatten in den letzten Tagen eine wunderbare Harmonie entstehen lassen, und die wollte sie nicht gefährden, indem sie ihr die jüngste Eroberung streitig machte. Außerdem wäre es für sie ja nur eine Wiederholung gewesen – und die Szene am ersten warmen Sommertag, abgeschieden in den Dünen, war nicht so schnell zu überbieten.

»Du hast Recht«, sagte sie und gluckste leise. »Zudem habe ich bei den beiden schon früher zugeschlagen.«

»Ich weiß«, sagte Mimi.

»Zur Not können wir ihnen ja später Gesellschaft leisten«, meinte Janie. »Jetzt sollten wir versuchen, unseren Gastgeber zu finden.«

»Ich würde gern ein par Runden in seinem Pool drehen«, sagte Mimi. »Du magst doch schwimmen?«

Sie ging den Pfad voran zum Tor, und schon bald hörten sie die Stimmen der Gäste, noch bevor sie sie sehen konnten. Janie schaute auf die weit schwenkenden Hüften der Barfrau. Das enge rote Kleid schob sich mit jedem Schritt ein wenig höher.

»Ja«, keuchte sie etwas verspätet auf Mimis Frage. Sie hatte bisher noch gar nicht bemerkt, wie schnell sie außer Atem war. »Woher weißt du eigentlich, dass ich die Jungen schon getestet habe?«

Mimi wartete am Tor auf sie.

»Ich habe dich neulich morgens im Meer gesehen. Du hast einen wunderbaren Körper, Jane. Ich hätte nicht für möglich gehalten, dass du ein Stadtmädchen bist. Du siehst aus, als wärst du am Meer geboren, und hast wie eine Göttin mit den Wellen gespielt.«

Janie musste lachen und wollte durchs Tor gehen, aber Mimi legte eine Hand auf ihren Arm, und wieder spürte sie ihre Haut prickeln.

»Wirklich fabelhaft«, raunte Mimi. »Ich wette, du weißt gar nicht, wie gut du aussiehst. Zu meinen Jobs im Winter gehört auch, dass ich als Aktmodell arbeite. Einmal in Malerateliers, einmal in Fotostudios. Ich erkenne einen sensationellen Körper, wenn ich einen sehe. Ich wette, die Jungs haben neulich gedacht, Ostern und Weihnachten fielen auf einen Tag.«

Irgendwie erfüllte es sie mit tiefer Befriedigung, dieses Kompliment von einer Frau zu hören. Bei Männern wusste man, dass sie alles bewundern, wenn sie sich etwas davon versprachen, und wenn man mehr als die übliche Hand voll vorzuweisen hatte, zog ein Busen sie magisch an. Wann immer man es ihnen gestattete, beschränkte sich die Bewunderung nicht auf Komplimente; sie setzten auch Finger, Lippen und Zunge ein, was sie in den letzten Wochen ausgiebig genossen hatte.

Ja, es hatte ihr Spaß gebracht, sich den vielen Männern auszuliefern, und obwohl ihr wohlige Schauer über den Rücken liefen, wenn sie sich die erotischen Bilder in Erinnerung rief, wurde ihr nach jedem flüchtigen Abenteuer stärker bewusst, dass etwas fehlte.

Vielleicht war es Jack, der ihr fehlte.

Mimi war es, die sie aus ihren Gedanken herausholte, die füllige, selbstsichere Mimi, die Janies Kopf mit süßen Worten und Bildern gefüllt hatte, die nicht blasser wurden.

»Ich fühle mich geschmeichelt«, sagte sie. »Du selbst siehst aber auch klasse aus.«

Mimis volle Lippen teilten sich zu einem breiten Grinsen. Janie konnte sich lebhaft vorstellen, wie sie sich über einen prächtigen Stab stülpten. Garantiert war es das, was jeder Mann dachte, wenn er auf Mimis Mund schaute. »Komm, wir rennen um die Wette. Wer zuerst am Pool ist.«

Janie zögerte kurz, dann raffte sie das Kleid zusammen und zog es hoch, ehe sie die Verfolgung aufnahm und hinter den braunen Beinen her rannte. Sie schoben sich durch eine Gruppe verdutzter Partygäste und erreichten schließlich den ovalen Swimmingpool. Er bot ein verlockendes Bild, denn erst jetzt in der Dunkelheit entfaltete die Unterwasserbeleuchtung ihre volle Wirkung. Das Wasser schimmerte in einem attraktiven Türkis. Bunte Lichterketten leuchteten am Haus, und an der Seite sah man die noch schwach flackernden Flammen in den Kohlepfannen. Aus dem Wohnzimmer drang durch die offenen Terrassentüren laute Musik.

»Er hat einen schrecklichen Musikgeschmack«, sagte Mimi und kicherte. Sie griff Janies Hand, und bevor sie auch nur Atem schöpfen konnte, wurde sie lachend und kreischend ins Wasser gezogen.

Der Pool war warm wie eine Badewanne, und als Janie wieder auftauchte, sah sie Dampf zum schwarzen Himmel aufsteigen. Sie schwamm hinüber ans seichte Ende, aber vorher tauchte Mimi unter ihr weg und sprang vor ihr hoch. Die schwarzen Haare lagen glatt am Kopf, so dass die großen dunklen Augen noch größer schienen. Mimi strahlte etwas Geheimnisvolles aus.

»Am besten ziehst du dein herrliches Kleid gleich aus«, riet sie. »Es nimmt keinen Schaden, wenn es dem Chlor nicht zu lange ausgesetzt ist. Kannst du meinen Reißverschluss mal aufziehen, bitte?«

Sie drehte sich um und hob die langen Haare an. Janie zog am Reißverschluss des roten Spitzenkleids. Mimi rührte sich nicht, deshalb schälte Janie ihr den Stoff von den Schultern. Das Kleid war sehr eng geschnitten, und der Stoff klebte auf der nassen Haut. Sie legte die Hände auf Mimis Vorderseite und zog das Kleid langsam nach unten, und dabei streiften die Finger kurz über die Nippel.

Mimi legte den Kopf schief und hielt den Atem an, und Janie wusste, das war auch ihre Reaktion, wenn sie scharf wurde. Sie fühlte die straffe weibliche Haut unter den Händen, und Mimis warmer Rücken und die langen nassen Haare schmiegten sich an sie. Janie stockte der Atem.

Ihre Finger schwebten über den festen Brüsten der anderen Frau, und das Kribbeln in den Fingern hörte nicht auf. Sie wollte ihre Hände auf die schweren Kugeln legen. Nie zuvor war sie einer nackten Frau so nahe gewesen, außer Sally vielleicht, aber noch nie hatte sie dieses Verlangen gespürt, den Körper einer anderen Frau anzufassen.

Es entstand eine kurze angespannte Pause, dann bewegte sich Mimis Oberkörper leicht nach vorn, und ihre Brüste drückten sich gegen Janies zaudernde Hände. Sie wedelte die Hügel hin und her, als wollte sie Janie necken. Dann bückte sie sich plötzlich, streifte ihr Kleid ab und warf es auf eine Liege.

Janie wandte sich ab, um das eigene Kleid auszuziehen. Sie hatte mit dem Wasser zu kämpfen, aber sie wollte nicht auf die Treppe, denn dort hätten alle ihren nackten Körper sehen können. Sie pulte den Stoff von ihrem nassen Körper, dann wrang sie das Wasser heraus und legte ihr Kleid auf den Rand des Beckens. Ihre Bewegungen waren absichtlich langsam, als wartete sie darauf, dass der Moment des Wahnsinns vorüberging.

Mimi war ein Mädchen, das Spaß haben wollte; sie flirtete nicht wirklich mit Janie, oder? Schließlich war sie viel zu sehr auf Männer fixiert, und sie selbst natürlich auch.

Aber als sie in die Knie ging und die Schultern wieder unter Wasser waren, drehte sie sich zu Mimi um und sah, dass sie zurück ans tiefe Ende des Pools geschwommen war. Janies Herz klopfte wie verrückt. Mimi hatte die Arme auf dem Beckenrand ausgestreckt, den Kopf leicht zur Seite geneigt, und ihre Brüste hüpften wie luftgefüllte Bojen auf der Wasseroberfläche. Dampf stieg auf.

Das beharrliche Flattern in Janies Bauch nahm an Intensität wieder zu, als sie hinüber ans andere Ende schwamm, aber sie wusste noch nicht, wie sie sich verhalten sollte. Sie hob den Kopf und versuchte, die anderen Gäste zu sehen. Einige von ihnen waren auf die beiden nackten Frauen im Pool aufmerksam geworden, aber gleichzeitig unterhielten sie sich auch mit den Nachbarn, um ihr Interesse nicht allzu deutlich zu zeigen, also würden sie vielleicht nicht alle Einzelheiten sehen.

Jonathan stand in der Nähe des Hauses und unterhielt sich konzentriert mit ein paar Gästen, während er eine Schale mit Himbeeren in der Hand hielt und anbot. Sally war unten am Strand beschäftigt, und dass Jack nicht da war, hatte Janie gleich zu Beginn des Abends erfahren. Warum also sollte sie sich zurückhalten?

Sie schaute wieder auf Mimi, die sie anstarrte, die Lippen verführerisch geöffnet, die Zungenspitze im Mundwinkel, die Schultern aus dem Wasser, die vollen Brüste deutlich zu sehen. Janies Nippel schwollen an und wurden hart. Niemand konnte überraschter sein als sie, als sie begriff, dass sie scharf darauf war, Mimis nackte Haut zu streicheln. Entschlossen schwamm sie der Barfrau entgegen.

Sie stieß gegen ihre neue Freundin und spürte, wie ihre Brüste gegen Mimis Arme rieben. Mimi betrachtete sie weiter. Die Zunge schlängelte sich zum anderen Mundwinkel, als ob sie den Puderzucker nach dem Genuss eines Doughnuts ablecken wollte. Janie trat auf der Stelle und schlang die Arme um Mimis Taille. Einen entsetzten Moment lang spürte sie, wie Mimis Körper sich versteifte, und Janie fürchtete, sie hätte die ganze Situation falsch verstanden.

Aber dann sah sie Mimis Lächeln. Oh, wäre das großartig, wenn sie für Mimi auch die erste Frau wäre. Aber irgendwie vermutete Janie, dass die Barfrau deutlich erfahrener war. Sie sah so aus, als hätte sie schon alles unter Gottes Sonne versucht und mindestens einmal ausprobiert.

Janie drückte sie beide von der Wand ab. Sie trieben auf dem Rücken, Janie fast auf einer Höhe mit Mimi. Sie hielt eine Hand auf Mimis ausladender Hüfte, und Mimi paddelte näher an Janie heran, die jetzt mit der Hand liebevoll über den dunklen Bauch streichelte, dann noch etwas höher glitt und die weichen, festen Brüste fühlte. Elektrische Stromschläge schossen durch Janies erregten Körper.

Es war unglaublich für Janie, aber als sie Mimis Brüste berührte, spürte sie die Reaktion in den eigenen Brüsten, deren Nippel vibrierten und sich steil aufrichteten. Sie sehnten sich danach, berührt zu werden. Sie zwickte Mimis Nippel zwischen Daumen und Zeigefinger.

Sie reizte beide Warzen nacheinander, und Mimi

krümmte den Rücken und schob ihre Brüste in Janies Hände. Alles spielte sich über Wasser ab und war deshalb für alle zu sehen, falls Gäste das Geschehen im Wasser verfolgten.

Janie drückte härter zu. Ihre Pussy rieb sich sanft an Mimis Pobacken. Der Knoten der Lust in Janies Bauch drohte zu explodieren. Sie trieb unter Mimis Körper, öffnete die Beine und rieb über die prallen Backen.

Mimi schlängelte sich weg von ihr, und wieder war Janie entsetzt und fürchtete, zu weit gegangen zu sein. Oder hatte sie etwas falsch gemacht? Schließlich hatte sie absolut keine Erfahrung, hatte noch nie eine Frau berührt, hatte noch nie den Wunsch gehabt.

»Komm in die Mitte, da ist das Wasser wärmer«, rief Mimi.

Sie paddelten zusammen zur Mitte des Beckens, wo sie auf den Zehenspitzen stehen konnten. Sie sahen sich an, und Mimi blickte auf Janies keuchenden Mund. Der verruchte Ausdruck in ihren dunklen Augen und die offenen feuchten Lippen ließen Janie erschauern.

Das Neue des Erlebens berauschte sie, die Wärme des Wassers, die sternklare Nacht betörten sie. Mimis Augen flirteten mit ihr, wie sie auch mit einem Mann flirten würde.

Janie zog Mimi an den Schultern heran, sonst wäre sie davon getrieben. Sie hob ein Bein und schlang es um Mimis Po. Sie wollte die Initiative übernehmen und huschte mit dem Mund ganz leicht über Mimis volle Lippen. Sie kitzelte die Lippen mit der feuchten Zungenspitze. Janie war immer noch nicht sicher, ob sie im letzten Moment zurückgewiesen werden würde. Vielleicht wartete Mimi nur darauf, sie angewidert von sich zu schubsen. Aber sie kam näher, schlang die Arme um Janie und presste die Lippen hart auf ihren Mund.

Dann öffneten sich Mimis Lippen weiter, und Janie zitterte vor Aufregung, als sie die fremde Zunge spürte. Es war nicht nur der intime Kuss, der sie erregte, hinzu kamen die sensationellen Gefühle, die Mimis Brüste auf ihren auslösten. Vier Brüste, die um Platz rangen. Die zuckende Überraschung, als zwei Nippel gegeneinander rieben.

Die beiden Frauen standen im Wasser, während ihre Zungen sich freundlich duellierten und ihre Hüften schwangen wie beim Tanz. Janie stand immer noch auf einem Bein und hielt das andere um Mimis Hüfte, und die geteilten Labien suchten nach Stellen, an denen sie sich reiben konnten. Sie tanzte um Mimi herum, um die volle Wirkung der verschiedenen Friktionen zu spüren, und dabei setzten sie den innigen Kuss fort, während um sie herum das Wasser dampfte.

Sie hörten am tiefen Ende des Pools das Wasser klatschen, und langsam lösten sich die beiden Frauen voneinander; sie öffneten die Augen und drehten sich träge um, weil sie wissen wollten, wer oder was das Geräusch verursacht hatte.

Jonathan schwamm ihnen entgegen, und sie sahen, dass auch er nackt war. Janie hob den Blick und bemerkte, dass alle verbliebenen Gäste sich um den Pool geschart hatten, sie standen da oder hatten die Liegen in Beschlag genommen, damit sie die Show im Becken besser verfolgen konnten.

»Wo ist Sally?«, fragte Jonathan, der sich hinter Mimi aufrichtete. Janie ärgerte sich über die Störung. Sie spürte, wie ihre Erregung allmählich schwand.

»Wer? Du störst hier, Jono. Geh weg«, fauchte Mimi ihn an und schmiegte sich wieder an Janie.

Aber Janies Stimmung war verflogen. »Sally ist am Strand und verführt deine Söhne.«

»Wir haben sie gesehen, wie sie sich mit ihnen im Sand gewälzt hat«, schmückte Mimi aus. »Am besten holst du deinen dicken Stecken heraus und vertreibst sie damit.«

»Mein dicker Stecken ist schon da, Mimi, deshalb wäre es besser, du bleibst schön brav.«

Jonathan drückte sich von hinten an sie heran, und Janie sah die Lust in Mimis Augen aufblitzen.

»Ich dachte, ich wäre für dich erledigt«, neckte Mimi. »Schließlich bin ich nur die Barfrau.«

Dass zwischen Jonathan und Mimi die Funken flogen, feuerte Janie an, das fortzusetzen, was sie begonnen hatte. Unter Wasser schob sie ihre Hand zu Mimis schwarzem Busch und teilte die weichen Lippen mit ihren Fingern. Mimi keuchte überrascht und ließ sich gegen Jonathan fallen, während sie die Fußgelenke um Janies Hüften schwang. Dadurch hoben sich ihre Brüste aus dem Wasser, als wollten sie sich den beiden anbieten.

»Es fällt mir schwer, mich zwischen euch zu entscheiden«, sagte Jonathan.

Die Zuschauer starrten gebannt auf die Szene im Pool. Einer der Bootsleute streifte Shorts und Jerseyhemd ab und sprang, begleitet vom Applaus der anderen, ins Wasser. Er schwamm zu Jonathan, schob ihn zur Seite und fuhr mit den Händen über Mimis Brüste. Er drückte die Hügel zusammen, bis die Nippel dunkel und hart hervorstanden.

Janie spürte, wie die Streitlust in ihr wuchs. Sie wollte nicht die Gelegenheit missen, Mimis Körper zu schmecken; wer wusste, ob sie je wieder den Mut haben würde. Sie zog Mimi fester an sich, beugte sich über sie und berührte die vollen Brüste mit ihren Lippen.

Sie stieß einen harten Nippel mit der Zunge an, die Warze wuchs ihr in den Mund und stieß gegen ihre Zähne. Janie saugte hart, saugte sie tief in den Mund und war erstaunt über die geile Erregung, die ihren Körper erfasste. Dabei spürte sie, wie ihre Finger umklammert wurden, und erst jetzt realisierte sie, dass sie immer noch Mimis feuchte Spalte gepackt hielt, während sie sich an den Brüsten delektiert hatte. Starke Zuckungen erfassten ihre Fingerspitzen, und Mimi schlug mit den Armen hilflos aufs Wasser.

Janie stieß ihr eigenes kleines Triumphgeheul aus, sie saugte intensiver an den bebenden Nippeln und suchte mit den Fingern nach Mimis Klitoris. Sie fand sie und rieb sanft darüber, und schon nach kurzem Reiben stöhnte Mimi ihren Orgasmus heraus, sie konnte sich nicht mehr halten, ließ sich sinken und tauchte unter. Die Zuschauer klatschten begeistert.

Dann hörte der Applaus abrupt auf, und durch den Dunst der Erregung glaubte Janie zu hören, wie ihr oder Mimis Name gerufen wurde. Aber Mimis Ohren waren unter Wasser, und Jonathan und der andere Mann zogen sie und Janie durch den Pool.

Je seichter es wurde, desto höher ragten ihre Körper aus dem Wasser, und Jonathans beeindruckender Schaft schoss durch die Oberfläche, als wäre er von einer Kanone abgefeuert worden. Janie spürte Hände auf ihren Hüften.

Mimis Augen waren noch geschlossen, und ihr Busen wogte. Jonathan stand auf der Treppe und schob seinen Schaft zwischen Mimis Lippen.

Einen Moment lang regte Mimi sich nicht; fast war es so, als wäre sie einer Ohnmacht nahe, aber dann öffnete sie den Mund. Die Zunge ließ sich blicken und hieß den prallen Kopf willkommen, dann öffnete sie die Lippen und nahm ihn genüsslich auf. Sie zog die ganze Länge in sich hinein und erwies sich als Expertin, auch mit einem solchen Kaliber fertig zu werden. Ohne zu würgen, schluckte sie den langen Stab.

Janies Beine begannen zu schwanken, als sie die aufregende Szene sah. Ein bisschen neidisch war sie schon.

Der Bootsmann hatte sich von hinten an Janie herangeschlichen, und im nächsten Moment spürte sie, wie ihre Schenkel geöffnet wurden, und mit einem einzigen gezielten Stoß hatte der Unbekannte sie aufgespießt. Er langte von hinten um sie herum und streichelte ihre Brüste. Sie wusste nicht, wer er war und wie er hieß, aber sie genoss seine Berührungen.

Mit der rechten Hand rieb sie über ihre Klitoris. Es würde nicht mehr lange dauern, spürte sie, als der Mann einen Gang höher schaltete. Janie hörte Jonathan stöhnen und Mimi keuchen; beide Szenen spielten sich in unmittelbarer Nähe ab, und als es ihnen kam, gerieten die Orgasmen zur Kettenreaktion.

Mimi und Jonathan begannen; Janie sah gerade noch, wie Mimi den Mund weit aufriss und sich ekstatisch rieb, während Jonathan den Kopf in den Nacken warf und aufschrie, als er in Mimis Mund abschoss.

Es war dieser Anblick, der Janies Orgasmus auslöste, und durch das heftige Zusammenziehen ihrer Muskeln hielt auch der Schaft des unbekannten Mannes nicht länger durch, und zuckend und schüttelnd ergoss er sich in ihr.

Dem Stöhnen und Schreien folgte eine kurze Stille, ehe die Zuschauer zu lachen und klatschen anfingen. In der entscheidenden Phase hatten sie sich ruhig verhalten, gebannt von dem Schauspiel, das die Teilnehmer im Pool ihnen so unerwartet geboten hatten.

Janie schwamm hinüber zu Mimi und konnte die Hände nicht von ihr lassen. Sie zog sie zum Rand des Beckens, während andere Partygäste sich nun auch trauten, ihre Kleider vom Leib rissen und ins Wasser sprangen.

»Jane, das war wunderbar, aber es wäre noch schöner gewesen, wenn wir allein geblieben wären«, murmelte Mimi, schlang einen Arm um Janie und zog sie näher an sich. »Warum denken Männer immer, wir könnten unseren Spaß nur mit ihnen haben?«

»Vielleicht liegt es daran, dass ihr Abend für Abend auf den Knien vor uns liegt und es unbedingt haben wollt«, hörten sie eine Stimme neben sich.

Der Tabakatem war wieder da – Maddock. Er zerrte Mimi grob zur Seite und aus Janies Umarmung. Er packte sie an den langen Haaren und richtete sie an der Wand auf.

»Lass sie los, Maddock!«, rief Janie.

Er drehte sich nach ihr um. »Du hast keine Ahnung. Diese Hure will es nicht anders. Je rauer, desto besser. Sie mag zwar wie eine Gräfin aussehen, aber sie ist um keinen Deut besser als ich. Du solltest sie mal fragen, womit sie ihr Geld verdient.«

Mimi hob den Kopf und spuckte Maddock ins Gesicht. Aber sie blieb gehorsam an der Wand stehen.

»Du bist es, der keine Ahnung hat, Maddock«, zischte sie ihm zu. »Ich habe dir alles beigebracht, aber du weißt nicht, wer ich bin. Nun, du wirst es noch sehen.«

Er fuhr mit beiden Händen grob über ihre Brüste und quetschte sie. »Jetzt geht's ab nach Hause.«

Er stützte sich am Beckenrand ab und schwang sich aus dem Wasser. Aber Mimi blieb noch stehen und ließ sich dann zu Janie treiben. Die beiden standen nebeneinander und bewunderten Maddocks kräftige Muskeln, als er hinüber zu einem Stuhl ging, auf dem seine Kleider lagen.

»Sie wird nie wirklich dir gehören, Maddock«, sagte Jonathan, der sich auf einer der Liegen ausgestreckt hatte. Er nahm das Badetuch von einer attraktiven Frau entgegen und rubbelte sich trocken. »Mimi ist ein freier Geist. Sobald es kalt wird, ist sie wieder weg.«

»Geh nicht zu Maddock«, raunte Janie. »Bleib bei mir. Du hast mir versprochen, mir zu sagen, was du im Winter machst. Mit welchen Jobs verdienst du dein Geld?« Um sie herum schwammen jetzt einige der anderen Gäste, die sich anfassten, hinterherjagten und mehr oder weniger offen knutschten.

Mimi lächelte und gab Janie einen leichten Kuss auf den Mund. Aus den Augenwinkeln sah Janie, wie Sally am Beckenrand eintraf, und plötzlich versteifte sie, aber Mimi zog den Kopf näher an sich heran und drückte ihre Zunge zwischen Janies Lippen.

Janie schloss die Augen und schaltete die Erinnerung an Sally und alle anderen Gäste aus. Nur Mimis Zunge war da, Mimis Zunge und der verführerische Körper. Nach einer Weile löste sich Mimi wieder von ihr.

»Auf eine Weise hat Maddock Recht. Er glaubt, dass ich so bin wie er, und ich lasse ihn in seinem Glauben. Er hat keine Ahnung, dass ich wirklich nur diesen Sommer bleibe, und wenn ich gehe, hinterlasse ich keine Spuren. Ich gehe in die Stadt, weit weg von diesen Feldern und

Hecken, sogar weit weg vom Meer, und er wird mich nie finden. Ich mache alles, womit mein Körper Geld verdienen kann – Massagen, Strippen, Begleitservice. Und zwischendurch nehme ich Aufträge zum Modeln an. Wenn ich die Stadt abgegrast habe, geht's weiter.«

»Ich möchte gern mehr darüber hören«, bat Janie und zupfte an Mimi herum, als diese zur Treppe gehen wollte. »Besuch mich doch im Cottage, da können wir …«

»Ja, eines Tages vielleicht. Aber der Teil, der in deinem Leben fehlt, bin nicht ich«, sagte Mimi, drückte sie und ging dann die Treppe hoch. Nackt ging sie über die Terrasse. Die anderen Gäste machten ihr Platz, und sie bückte sich nach ihrem nassen Kleid und blieb in der Hocke. Sie winkte Janie heran. »Du brauchst einen Mann, und ich glaube, du weißt auch schon, wer es ist. Aber es hat trotzdem Spaß gebracht, Jane. Wir haben beide etwas gelernt, nicht wahr?«

Janie öffnete den Mund, um zu antworten, aber ihr fiel nicht ein, was sie sagen sollte. Mimi richtete sich langsam auf und blieb noch einen Moment stehen, als wollte sie Janie einen letzten Blick auf den schwarzen Busch gewähren, ehe sie sich das Kleid überwarf.

»Und ich habe geglaubt, du wärst auf den Geschmack von harten Dingern gekommen«, zischte ihr Sally ins Ohr, aber Janie hörte nicht zu. Sie wollte Mimi noch etwas zurufen, aber sie schritt schon hinüber zu Maddock, der hinten stand, die Arme vor der breiten Brust verschränkt. Gemeinsam gingen sie über den Rasen, bis die Dunkelheit sie umfing.

»Ich finde, du hättest dich ein bisschen zurückhalten sollen, bis Jack wieder auftaucht«, murmelte Sally. »Für eine Lesbe hätte ich dich nicht gehalten.«

»Ich bin keine Lesbe«, gab Janie zurück und sah ihre

Freundin an und dann Sam und Tom, die sich in der Nähe hielten. Ihre Haare waren zerzaust, und sie rochen nach Holzfeuer. »Es ist einfach so passiert. Und auch nur dieses eine Mal.« Sie zog sich aus dem Becken.

»Du bist doch nicht eifersüchtig, Sally?«, rief der ältere Junge. »Ich fand, das war eine hübsche überzeugende Szene von Mädchen zu Mädchen, die wir da gesehen haben. Hat mich ganz schön angemacht.«

»Ja«, fügte sein Bruder hinzu. »Ich habe so etwas noch nie gesehen. Besser als in den Filmen.«

Sie lachten beide.

»Willst du uns sagen, dass du deine Freundin nicht liebst?«, fragte der ältere Junge, griff nach dem Badetuch, das sein Vater schon benutzt hatte, und legte es über Janies Schulter. Er ließ seine Hand über ihr, und Janie merkte erst jetzt, dass sie zitterte.

»Sie ist meine älteste Freundin«, antwortete Sally verärgert, »und ich liebe sie seit vielen Jahren, aber ich bin doch nicht scharf auf sie, verdammt.«

»Nun, da entgeht dir was«, sagten die Jungs wie aus einem Mund, und wieder lachten sie. »Wir finden, sie sieht aus wie Sex auf Beinen.«

»Was ist denn hier los? Schon wieder Streit? Haben wir dir die Laune verdorben, Sally?«

»Verpiss dich, Jonathan.« Sally warf die Haare zurück. Selbst die Jungen verstummten.

»Du scheinst zu vergessen, wessen Haus das ist«, gab Jonathan kalt zurück. »Du weißt, wer sich verpissen muss, wenn ich mal bei deiner reifen Wortwahl bleiben soll. Und Jungs – benehmt euch.«

Janie sah ihn an und hob entschuldigend die Schultern, dann drehte er sich abrupt um und knipste sofort wieder den Charme des Gastgebers an, als er vor einem triefenden Paar stand, das gerade aus dem Pool gestiegen war und ihn nach den Kleidern fragte.

Janie konnte sehen, dass Sally ihren Ausbruch bereute, aber sie hatte genug von den Unbedachtheiten der Freundin.

»Sally, begreifst du nicht, dass du die Leute gegen dich aufbringst, wenn du dein kindisches Schmollen nicht abstellen lernst? Wieso warst du so garstig zu ihm? Ehrlich, ich kann dir nichts recht machen. Wenn ich dich allein lasse, damit du dein Ding durchziehen kannst, beschwerst du dich später. Wenn ich dazu komme, beschwerst du dich auch. Was willst du eigentlich? Immer nur im Mittelpunkt stehen? Bist du wütend, weil wir zum Pool gegangen sind, statt am Strand zu bleiben, um deinen akrobatischen Übungen zuzuschauen?«

»Nein.« Sally streckte eine Hand aus und hielt sich an Janies Arm fest. Ihre Finger waren kalt. »Du irrst dich, damit hat es nichts zu tun. Es gibt nur eine bestimmte Sache, die mich nervt, ganz egal, wie sehr ich versuche, sie aus meinen Gedanken zu verdrängen, und er weiß ganz genau, was das ist.«

»Nun, mit deiner kleinen rüden Einlage wirst du ihn nicht beeindrucken. Bei dieser Schlacht kann ich dir nicht zur Seite stehen.« Janie seufzte und wollte hinüber zum Haus gehen. Sie hatte es auf das Silbertablett mit frisch gefüllten Champagnergläsern abgesehen.

»Oh, nein, dazu ist es noch viel zu früh«, rief der ältere Junge, schwenkte sie herum, fing sie mit den Armen auf und ließ das Badetuch von ihren Schultern auf den Boden gleiten, während sein jüngerer Bruder Sally auf die Arme nahm und ihr etwas ins Ohr flüsterte.

In dem Moment drehte sich Jonathan herum. Die Jungs

liefen mit ihrer Beute um das Becken herum. Sally wehrte sich zum Schein mit Händen und Füßen.

»Warum kümmert ihr euch nicht um Mädchen in eurem Alter?«, fauchte Jonathan, als seine Söhne wieder an ihm vorbeiliefen.

Die Jungen streckten ihrem Vater die Zunge heraus. »Jetzt fängt die Party erst richtig an!«, riefen sie und sprangen mit den Frauen in ihren Armen in den dampfenden Swimmingpool.

Zehntes Kapitel

Die Nachmittagssonne zauberte diamantenes Glitzern auf den Rasen, der durch die Bäume schimmerte. Janie und Sally streckten sich auf ihren Liegen aus, Sonnenbrille auf der Nase, einen Cocktail in der Hand.

»Muss er die ganze Zeit so klicken? Es hört sich wie ein Schwarm Grillen an«, beschwerte sich Sally und richtete sich auf die Ellenbogen auf.

»Das ist eine großartige Pose, bleib so! Wow, das Foto macht mich reich!«

Der Fotograf walzte über den Rasen auf sie zu. Sally hob ein Knie und ließ es nach außen kippen, legte aber die freie Hand vor ihre Pussy. Derek ging vor ihr auf die Knie und knipste den Film voll.

»Derek, wartet Shona Shaw nicht unten im Dorf auf dich?«, fragte Janie. »Sie hat ihren Bericht geschrieben und hat dich nur bleiben lassen, weil wir gesagt haben, wir hätten noch einen Auftrag für dich.«

Sally gluckste. »Und hast du erledigt, um was wir dich gebeten haben?«

»Ja, alles erledigt«, quietschte Derek vergnügt. »Komm, geh mit mir ums Cottage herum, dann kann ich es dir zeigen.«

»Ich wette, sie wartet auf dich, weil du sie zurück nach London begleiten sollst«, erinnerte Janie ihn. Sie stand von der Liege auf und räkelte sich, wobei ihr bewusst war, dass ihre Brüste auf und ab hüpften. Sie und Sally trugen die knappsten Bikinihöschen und sonst gar nichts.

»Dann soll sie warten«, gab Derek zurück und plusterte sich auf. »Ich will hier bei euch bleiben. Die Mappe mit meinen Probeaufnahmen ist ungeheuer dick geworden, seit ich hier habe arbeiten können.«

»Wir hüten uns davor, dick zu werden«, rief Sally und zwinkerte Janie zu.

»Und jetzt ist es Zeit zu gehen«, ergänzte Janie und lächelte dabei. »Du hast uns total erschöpft.«

Janie schlenderte zum Cottage und genoss die lechzenden Blicke des jungen Mannes. An der Haustür drehte sie sich um und hörte, wie Derek sich verzweifelt bemühte, Sally zu überreden, dass er bleiben durfte, aber sie war ebenso herzlos. Sie kniff in seine Wange, gab ihm einen langen Kuss und zeigte auf sein Auto. Sie hatten den Morgen mit ihm sehr genossen, nachdem Shona gegangen war. Er hatte sie beide im kühlen Schatten der Weide fotografiert, aber jetzt war es Zeit für ein ausgedehntes Sonnenbad.

»Hier«, sagte Janie und reichte Sally einen frischen Drink. »So lässt es sich doch leben, was? Genau, wie man sich einen Urlaub an der See vorstellt.«

»Ja, aber wenn man bedenkt, dass dies dann erst der erste richtige Urlaubstag ist …«

Sally biss auf ihren Strohhalm und saugte am Cocktail, während Derek den Gang einlegte und bis zuletzt hoffte, dass sie ihn zurückrufen würde.

»Aber überlege doch nur, was wir schon alles erreicht haben«, gab Janie zu bedenken. »Ein frisches glänzendes Cottage …«

»Wir können nur hoffen, dass Ben das auch so sieht.«

»Und wenigstens einen neuen Sexsklaven.«

Sie lachten. Dereks Van stotterte holpernd aus der Einfahrt auf die Küstenstraße. Man hörte quietschende

Bremsen und schrilles Hupen; offenbar hatte er gleich mehreren Autos die Vorfahrt genommen.

»Nun höre dir das an! Ein Verkehr wie auf der Cromwell Road«, schimpfte Sally. Sie und Janie schlenderten zum Zaun, um nachzusehen, was geschehen war.

»Er würde alles tun, um im Cottage bleiben zu dürfen, dieser Schlingel«, sagte Janie. »Selbst wenn er einen Verkehrsunfall dafür bauen muss.«

»Weißt du, ich würde auch alles tun, wenn ich bleiben könnte. Ich bin schon eine Woche länger hier, als ich eigentlich wollte.« Sally hörte sich einen Moment lang sehr ernst an, und Janie musterte sie genau. »Ich weiß, es hat einige Zeit gebraucht, bis ich mich eingewöhnt hatte, und ich war auch oft ein störrischer Esel, aber meine Erkältung ist weg, und ich fühle mich hier wie zu Hause.«

Janie fühlte die Wärme der Sonne auf dem Rücken, und damit verbunden empfand sie auch ein Gefühl des Wohlbehagens und des Friedens.

»Nun, ich muss auch sagen, allen Erwartungen zum Trotz sieht es so aus, als gehörtest du in die Wildnis von Devon, und ich habe mich daran gewöhnt, dich um mich zu haben.«

Sally strahlte. »Im Moment ist der Gedanke, dass eine von uns nach London geht, nichts als der reine Wahnsinn – oh, Gott, was ist das denn?«

Der kleine Aufruhr an der Einfahrt schien immer noch nicht beigelegt. Im Gegenteil, es wurde lauter, ein Motor röhrte auf, und dann schoss ein glänzender Mercedes mit getönten Scheiben in ihr Blickfeld.

»Das sieht schon nach deiner Rückfahrt nach London aus«, sagte Janie. Es sollte fröhlich klingen, aber ihr Herz verkrampfte. Jonathans Reifen warfen kleine Kieselsteine auf, als er mit quietschenden Bremsen anhielt. Sallys Gesichtsausdruck wechselte von Verdrießlichkeit zu Verlangen – wie immer, wenn auch nur Jonathans Name fiel.

»Unsinn«, murmelte sie leise. »Seit der Party habe ich nichts mehr von ihm gehört. Von mir aus kann er in der Hölle schmoren.« Sie ging langsam zum Tor. »Ich gehe nirgendwohin, und mit ihm schon gar nicht.«

Janie blieb, wo sie war, und schaute über den Zaun und die Felder. Sie hatte keine Lust, hier herumzuhängen, während die beiden den Tag mit Streiten oder Vögeln zubringen würden. Vielleicht würde sie zum Strand gehen, nahm sie sich vor und schaute hinüber zum Parkplatz.

Jonathan und Sally standen in ihren gewöhnlichen Posen da, frontal gegenüber, diesmal sogar mit einem Zaun zwischen ihnen, Kopf- und Körperhaltung aggressiv – obwohl es für Sally schwierig war, in nichts als einem pinkfarbenen Tanga aggressiv auszusehen.

Als sie zu streiten begannen, stieg plötzlich jemand aus dem Fond des Wagens, und Sallys Kopf ruckte wütend herum. Es war Mimi.

Sie trug einen weißen Hosenanzug und nichts unter der eng geknöpften Jacke. Ihre Haare schwangen in eleganten Locken. Janie lächelte in Erinnerung an die zärtlichen Szenen im nächtlichen Pool vor gut einer Woche. Sie rührte sich immer noch nicht vom Fleck und verschränkte die Arme vor der Brust.

Mimi schob Jonathan aus dem Weg, öffnete das Tor und legte eine Hand auf Sallys Arm. Aber es war Janie, zu der sie wollte. Jonathan und Sally setzten ihren Streit für einen Moment aus und blickten Mimi nach, die mit entschlossenen Schritten auf Janie zu ging.

»Hallo, Jane. Du siehst beinahe so aus, als würdest du dich vor mir fürchten.« Tatsächlich klopfte Janies Herz wie wild.

Mimi fasste an Janies Gelenke und zog sie behutsam auseinander und von den nackten Brüsten weg. Die Nippel reckten sich neugierig in der prallen Sonne.

»Ich fürchte mich nicht, ich freue mich, dich zu sehen«, antwortete Janie und meinte es auch so. Sie wies auf einen Tisch mit aufgespanntem Sonnenschirm, und sie nahmen nebeneinander Platz. Das Eis in der Karaffe mit den Cocktails war gerade geschmolzen. »Ich bin noch nicht wieder im Pub gewesen, obwohl ich dich dort eigentlich besuchen wollte ...«

»Du hättest mich nicht angetroffen«, gab Mimi zurück. »Seit der Party arbeite ich nicht mehr da. Unsere kurze Unterhaltung bei Jonathan hat mir die Augen geöffnet, glaube ich.«

Mimi griff nach Janies Hand und drückte sie. Janie bot ihr was zu trinken an, aber Mimi schüttelte den Kopf.

»Ich sehe an deiner Kleidung, dass du nicht aus dem Pub kommst«, sagte Janie lächelnd. »Du siehst sensationell aus, wie eine Moderedakteurin oder wie ein Rockstar. Aber was hält Maddock davon?«

Mimi warf den Kopf zurück, dabei löste sich eine Locke, die ihre heiße Wange streifte. »Maddock? Er hat nichts zu sagen, was mich angeht. Er wollte mich wieder hinter die Theke befehlen, als ich ihm sagte, dass ich aufhöre. Er glaubt, ich bin sonst zu nichts nütze. Und natürlich, um Lippen oder Beine für ihn zu öffnen.« Sie schniefte verächtlich. »Ich meine, ich weiß, dass ich darin ganz gut bin, aber nicht nur darin. Deshalb habe ich ihm und seinen Freunden noch einmal kräftig eingeheizt, aber ich habe nicht gesagt, dass es das letzte Mal war. Er weiß nicht, dass ich gehe. Er weiß ja auch nicht, dass er mein Spielzeug für den Sommer war. So als Zeitvertreib. Ich wollte wissen, was sich bei einem echten Landei unter Stroh und Dreck und derber Sprache versteckt. Das weiß ich jetzt.« Sie grinste. »Wie auch immer. Er soll sich eine suchen, die besser zu ihm passt, wenn du verstehst, was ich meine.«

»Ja, ich glaube schon. Ihr seid wie Feuer und Wasser. Die Schöne und das Biest. Aber wir haben noch nicht Winter!« Janies Stimme hatte sich laut erhoben, was ihr peinlich war. »Ich meine, der Sommer ist erst zur Hälfte vorbei. Du hast gesagt, du willst erst im Winter weg.«

»Ich weiß«, sagte Mimi lächelnd, »aber ich habe ein paar alte Kontakte aufgefrischt, und das hat mir ein Angebot eingebracht, dem ich nicht widerstehen konnte. Ich fliege nach Los Angeles – ich habe eine Filmrolle!«

»He, ich habe gar nicht gewusst, dass du auch Schauspielerin bist.« Janie wusste, dass sie wie ein unbedarfter Fan klang, aber sie wusste nicht, was sie sonst sagen sollte.

»Ich auch nicht«, antwortete Mimi grinsend. »Ich meine, ich bin nicht wirklich Schauspielerin. Ich bin das, was sie im Gewerbe ein *stand in* nennen. Also Ersatz. Oder Double für irgendeinen Star. Vielleicht Catherina Zeta-Jones ...«

»Wow!«, rief Janie. »Das hört sich großartig an. Die Glitzerwelt des Films.«

Mimi hob die Achseln und schaute zurück. Jonathan und Sally hatten sich auf die Liegen gesetzt, aber sie redeten nicht miteinander. Sie schienen mehr daran interessiert zu sein, was sich unter dem Sonnenschirm abspielte. Mimi rieb Daumen und Zeigefinger gegeneinander – wie ein Gangster in diesen billigen Filmen.

»Knete, Darling. Sie zahlen gutes Geld, und aus diesem Auftrag werden sich andere ergeben. Wenn nicht, werde ich Weihnachten wieder zurück sein. In London – oder in Devon.«

Sie bohrte ihre schwarzen Augen tief in Janies, und Janie spürte das Zucken in ihrem Schoß. Sie wünschte sich, dass Mimi zurück nach Devon kam. Mimi war ein exotischer Vogel, der sich in den weiten Himmel erhob, dabei hatte sie noch vor zwei Wochen das Bier in der Kneipe gezapft. Warum, zum Teufel, sollte sie zurückkommen, wenn ihre Karriere erst richtig begonnen hatte? Janie erwiderte Mimis ungezwungenes Lachen.

»Niemand weiß, was geschieht«, sagte Mimi und nahm Janies Hände in ihre. Sie streichelte über die Innenseiten der Gelenke, und Janie saß still da und genoss die intime Berührung. Sie spürte ein leichtes Zittern unter der Haut.

»Nimm meine Karte«, sagte Mimi. »Du könntest auch mit mir fliegen. Vielleicht findest du drüben auch einen interessanten Job.«

Janie blickte auf die Visitenkarte, die Mimi auf den Tisch legte. *Mimi Breeze* stand da, dann waren verschiedene Telefonnummern angegeben sowie eine E-Mail-Adresse. Irgendwie war Janie sicher, dass sie Mimi wiedersehen würde.

Mimi beugte sich über den Tisch. Dabei öffneten sich die Revers der weißen Jacke, und die üppigen braunen Brüste quollen heraus. Janie starrte auf die prallen Kugeln und sah dann in Mimis Gesicht. Die rot bemalten Lippen der Ex-Barfrau teilten sich, kamen näher und drückten sich auf Janies Mund. Sie strahlten Hitze aus. Mimis Zunge schlängelte vor und drang zwischen Janies Lippen. Janie musste reagieren, sie konnte nicht passiv bleiben. Ihre Zunge streifte Mimis. Die Welt schien stillzustehen, als die eifrigen Zungen miteinander tanzten. Janie wollte nach Mimis Brüsten greifen, aber Mimi zog sich zurück, ließ Janies Hand los und erhob sich.

Jonathan, der die Szene ebenso wie Sally verfolgt hatte, sprang auf, als wäre er Mimis Butler.

»Ich muss gehen. Wir sehen uns«, sagte Mimi heiser. Sie fuhr mit einem langen roten Fingernagel zwischen ihre Brüste und steckte den Finger rasch zwischen die Lippen. Janie tat dasselbe mit ihrem Finger, dann wandte sich Mimi ab und ging mit Jonathan zum Gartentor.

»Verblüffend, wie Kleider einen Menschen verändern können, was?«, murmelte Sally, als sie sich neben Janie an den Tisch setzte und so tat, als wäre ihr alles egal, was sie und Jonathan anging. »Bis gestern sah sie noch wie die Dorfmatratze aus, und heute könnte sie die Besitzerin des Pubs sein.«

Janie nickte träge.

»Und wieso scharwenzelt Jonathan um sie herum?«, schimpfte Sally wütend. »Läuft da was zwischen ihnen? Fährt er mit ihr nach London? Oh, Mann, ich bin längst noch nicht fertig mit ihm.«

Sally stand wieder auf und hüpfte von einem Fuß auf den anderen. Am liebsten wäre sie zu ihnen gelaufen, um hören zu können, worüber sie sprachen. Aber dann schob sich ein anderes Auto in ihr Blickfeld. Der Fahrer hupte kurz, und Mimi drehte sich um, winkte Janie und Sally noch einmal zu und ging durchs Tor auf die Straße.

Da stand eine weiße Limousine. Der Chauffeur stieg aus und hielt die Fondtür auf. Wie selbstverständlich trat Mimi an ihm vorbei und stieg in den Wagen.

Einen Moment später war die Limousine mit Mimi verschwunden.

»Dieses Nest entwickelt sich immer mehr zu einem Ort aus einem Fantasyspiel«, sagte Jonathan, als er zum Tisch der beiden Frauen trat. Er setzte sich und bediente sich mit einem Cocktail. »Aber so läuft das nicht. Es ist an der Zeit, dass wir ins wahre Leben zurückfinden.«

»Und das heißt?«, fragte Janie.

»Warum sollen wir zurück ins wahre Leben?«, wollte Sally wissen und schenkte sich ebenfalls einen Cocktail ein. »Wir haben eine wunderbare Zeit hier, und wenn ich es richtig sehe, hast du mit dieser Barfrau deinen Spaß gehabt – warum willst du das mit deinem Gerede übers ›wahre Leben‹ kaschieren?«

»Weil wir wieder zurück an die Arbeit müssen«, antwortete Jonathan. »Und du kommst mit.«

Janie beschloss, sich still zu verhalten und sich anzuhören, was Jonathan zu sagen hatte. »In einem hat er natürlich Recht, Sal. Wir können nicht ewig faul in der Sonne liegen.«

»Auf wessen Seite stehst du?«, fuhr Sally sie an und knallte wütend ihr Glas auf den Tisch.

»Das hat nichts damit zu tun, auf wessen Seite ich stehe«, sagte Janie seufzend. »Es ist die Frage des Geldverdienens. Ich meine, dies hier sollte nur ein Urlaub sein.«

»Aber dir ist es gelungen, einige Arbeiten zu erledigen, während du gleichzeitig den Urlaub genossen hast – und ich habe dir dabei geholfen. Wenn der Artikel über das Cottage erschienen ist, wirst du noch eine Menge mehr Aufträge erhalten, und du kannst das ganze Jahr über Arbeit und Urlaub miteinander verbinden.«

»Das wäre ein Traum. Aber du weißt auch, dass ich

nicht der Karrieretyp bin, Sal. Das trifft eher auf dich zu.«

»Ja, stimmt«, bestätigte Jonathan. »Wenn du mit mir kommst, kannst du dir all diesen Luxus erlauben, diesen und noch mehr. Und du kannst natürlich auch in meinem Haus wohnen.« Er lehnte sich auf dem Stuhl zurück und wischte sich mit einem großen weißen Taschentuch über Hals und Nacken. »Du wirst mehr Geld haben als je zuvor, wenn du mit mir und meinem neuen Partner zusammenarbeitest.«

Sally stützte das Kinn auf die Hände.

»Und wer ist er, dein neuer Geschäftspartner? Und um welches Geschäft handelt es sich?«

»Catering, Clubs, Unterhaltung. Wir brauchen eine clevere PR-Frau, die Unternehmenssprecherin mit Geschäftssinn, die das Haus in der Öffentlichkeit vertritt.«

Janie und Sally sahen sich an, und beide hatten die Augenbrauen gehoben.

»Und die soll ich sein?«

»Natürlich.«

Jonathan trank einen Schluck des Cocktails. »Sein Name ist Mastov.«

Sally und Janie rissen den Mund weit auf. Jonathan sah sie an, als hätte er ihnen gerade die Kronjuwelen angeboten. Janie starrte Sally an, dann stieß sie einen Arm in die Luft und schnipste mit den Fingern.

Sally musste kichern. »Du sprichst von Mastov vom Holland Park?«

»Ja, aber woher weißt du...?«

Sally stand auf und trat Jonathans Füße unter dem Tisch weg, sodass er die Beine seitlich ausstrecken musste. Sie beugte sich über den Tisch und stieß ihm ihren festen kleinen Po entgegen, dessen Backen von dem winzigen pinkfarbenen Tanga geteilt wurden. Jonathan hielt sie an den Hüften gepackt, und Sally ließ sich auf seine Knie nieder und wiegte sich auf seiner weichen, weiten Hose vor und zurück.

»Weil, Mr. King Kong, weil ich ihn gebumst habe. Er hat mich auf seinem chinesischen Bett gefesselt, und ich habe mich von seinen vielfältigen Qualitäten ...«

»Du kleine Schlampe.« Jonathan täuschte Entsetzen vor. »Du sollst dich schämen, mich mit all diesen Männern zu betrügen, Sally.«

»Ich brauche die Abwechslung, Jono, und du weißt, wie liebebedürftig ich bin. Ich kann nicht brav in meiner Wohnung sitzen und darauf warten, dass einer von deinesgleichen mal vorbeischaut – und bis dir bewusst wird, wie übel du mir mitgespielt hast. Also, ich warte darauf, dass du mir sagst, du brauchst mich in London. Aber wenn ich mit dir gehe, dann nur zu meinen Bedingungen.«

»Jetzt überschätzt du dich aber.«

Jonathan wollte sie von seinen Knien schieben, aber sie spreizte die Schenkel weiter, stellte sich auf die Zehenspitzen und mahlte ihren Po gegen seine harte Beule. Jonathan gab auf und ließ sich auf dem Stuhl zurückfallen.

»Im Gegenzug habe ich eine Bedingung, die du erfüllen musst, wenn wir zusammenarbeiten und auch sonst wieder zusammen sind«, sagte er mit ernster Stimme.

Sally hörte auf, sich auf seinem Schoß zu bewegen.

»Ich will nichts versprechen.«

»Doch, diese eine Sache musst du mir versprechen, Sally. Hör auf, so eine Schnute zu ziehen, du vergibst dir nichts, wenn du mir das Versprechen gibst.«

Sie versuchte ihn abzulenken, indem sie an seinem Ohrläppchen knabberte. Er wich ihr aus und zwang sie, ihn anzuschauen.

»Du musst mir versprechen, dass du meine Söhne in Ruhe lässt. Das ist eine zu empfindsame Angelegenheit, es ist zu nahe, es ist zu gefährlich. Wenn es mit uns klappen soll, musst du das einsehen.« Jonathan war leise geworden. »Ich bin fast verrückt geworden, als ich dich mit den beiden auf meiner Party am Strand gesehen habe.«

»Gut. Das war meine Absicht.« Sally sah ihn mit einem strahlenden Lächeln an.

Es entstand eine Pause. Janie und Sally waren rot geworden. Sally senkte den Kopf. Sie wusste, dass sie sich geschlagen geben musste.

Janie wandte den Kopf, damit niemand ihr zufriedenes Lächeln sehen konnte. Auf sie traf das nicht zu, nicht wahr? Sie brauchte kein Versprechen abzugeben.

»Okay«, sagte Sally. »Es bringt Spaß mit ihnen, aber wenn du deine Jungs vor der bösen Fee schützen willst, lasse ich sie in Ruhe. Versprochen.«

»Gutes Mädchen.«

Jonathans Hände glitten über Sallys Bauch und schoben sich weiter nach Süden und unter den dünnen Tangastoff. Sally zwinkerte Janie zu. Sie hatte mal wieder alles unter Kontrolle. Janie zwinkerte zurück und schlenderte über den Rasen.

Sally mochte zurück zu ihrem alten Selbst finden, aber Janie stand auf schwankendem Boden. Diese Mimi war wie ein Windstoß in ihr Leben gefegt und hatte es in vielen Bereichen über den Haufen geworfen – und jetzt war sie verschwunden. Weiß der Himmel, was Mimi mit Maddock und den anderen einheimischen Kerlen angestellt hatte; wahrscheinlich hatten sie einen solchen Wirbelwind noch nicht erlebt.

Mimi hatte Janie mit dieser elektrisierenden Anziehung schockiert ... Das erste Mal, dass sie sich zu einer anderen Frau sexuell hingezogen fühlte. Diese Brüste, groß und rund und fest wie ihre eigenen, prall und voller Sinnlichkeit. Es wunderte Janie nicht, dass sie der Versuchung, sie zu berühren, nicht hatte widerstehen können. Die eigenen Brüste prickelten wieder. Sie fühlte sich hohl vor Verlangen. Sie sehnte sich danach, gefüllt zu werden.

Sie blickte die leere Straße hinauf und hinunter. Eine leichte Brise strich über die Hecken an der Straße. Janie fürchtete, dass Jack ihr aus dem Weg ging, seit er an jenem Morgen im Cottage gesehen hatte, wie heftig sie sich auf Jonathans Schoß abreagiert hatte, und vermutlich hatte er auch gehört, mit wem sie sich sonst noch abreagiert hatte. Dabei war ihr das alles längst nicht so wichtig wie das Wiederaufleben ihrer kindlichen Schwärmerei. Aber nun hatte sie alles versaut. Wahrscheinlich würde sie Jack nie wieder sehen.

Sie ging zurück zu ihrer Liege, streckte sich aus und schloss die Augen. Die Sonne prallte auf ihren fast nackten Körper. Arme und Beine fühlten sich schwer an. Ihre Brüste schienen anzuschwellen, und je mehr sie an ihre Brüste dachte, desto intensiver musste sie an Mimi denken. Im Geiste verglich sie ihre Brüste miteinander.

Das ist das Ende meines Abenteuers, dachte sie wehmütig und spürte, wie sie schläfrig wurde.

Aber es gab keine Ruhe für sie, denn unter dem Sonnenschirm hörte sie Sally quietschen. Sie gab sich erst gar nicht die Mühe, ihre Geräusche zu unterdrücken. Janie öffnete ein Auge und sah, dass Sally bäuchlings auf dem

Tisch lag. Der rosa Stofffetzen des Tangas war zur Seite geschoben, und Jonathan stand hinter ihr, streichelte ihre Backen und öffnete mit einer Hand seinen Hosenstall.

Er träufelte die kalte Flüssigkeit aus der Karaffe auf ihren nackten Rücken, und sie kreischte und quietschte, und dann beugte er sich über sie und leckte ihr Rückgrat trocken. Er achtete darauf, dass er Schoß und Backen nicht mit seinem federnden Schaft berührte.

Sally wand sich auf dem Tisch und wollte nach ihm schnappen, aber er hielt ihre Handgelenke fest und spreizte ihre Arme, sodass sie ausgebreitet auf dem Tisch lag, das Gesicht nach unten. Janie konnte die Zuneigung in seinen Augen sehen, als er Sally betrachtete, und sie wünschte, ihre Freundin könnte diesen Blick auch sehen, aber sie befand sich längst wieder in ihrem liebsten Element.

Sally drückte sich auf den Zehenspitzen ab und hob ihren Po an. Jonathan presste seine Hände auf die Backen und zog sie auseinander, dann strich er mit den Daumen durch die zuckende Kerbe. Er setzte sich wieder auf seinen Stuhl und barg sein Gesicht zwischen Sallys Schenkel. Er hob sie an, damit die Zunge auch ihre Pussy erreichen konnte, während die Daumen sanft um die kleine hintere Öffnung kreisten.

Janie spürte, wie es in ihrem Schoß zu zucken begann, während sie dem Treiben auf dem Tisch zuschaute. Sie wollte die Augen schließen, aber sie lechzte nach Berührung und wollte unbedingt zuschauen. Dabei wusste sie, dass Zuschauen ihren Zustand nur noch verschlimmerte, aber gleichzeitig linderte es ihr Sehnen ein wenig.

Sie leckte über die trockenen Lippen, an denen noch der Geschmack von Mimis Lippenstift haftete. Sie erinnerte sich an Mimis warme Zunge und presste eine Hand gegen ihren Schoß – so hatte auch die Session in den Dünen angefangen, schoss es ihr durch den Kopf.

Ihre Erinnerungen gingen noch weiter zurück; ihr war, als wäre es schon Monate und nicht erst Wochen her, dass sie an diesem stürmischen Nachmittag vor der Scheune auf den Fremden gestoßen war. Es war das erste Mal seit Jahren, dass ihre Pussy wieder belebt worden war.

Sie schloss für einen Moment die Augen und sah die Szene wieder vor sich, als sie auf dem pieksigen Strohballen gelegen hatte wie jetzt auf dieser Sonnenliege. Es war fast absurd, aber man konnte sich kaum vorstellen, dass sie damals ihren dicken Pullover, die grobe Hose und den Regenmantel hatte tragen müssen, um sich gegen Kälte und Regen zu schützen.

Sie fasste sich an, huschte mit den Fingern über die roten Härchen ihrer Scham und versuchte, sich Jacks Gesicht in der schummrigen Scheune in Erinnerung zu rufen. Sie wandte den Kopf und sah Sally und Jonathan zu, und am liebsten wäre sie zu ihnen gelaufen, um sich des dicken Schafts von Jonathan zu bedienen. Aber nein, sie musste warten, bis Sally genug von ihm hatte – falls das je mal so sein würde.

»Die treiben's ja wie die Kaninchen, was?«

Janie hatte so gebannt zugeschaut, dass sie gar nicht bemerkt hatte, dass jemand über den Rasen näher gekommen war, und einen verrückten Moment lang glaubte sie, eingeschlafen zu sein und zu träumen. Aber die Laute, die Sally ausstieß, waren real genug, und deshalb musste auch die Gestalt, die neben ihrer Liege stand, real sein – Jack.

»Sie haben was Geschäftliches zu bereden«, klärte Janie ihn auf.

Jack lachte laut. »Nennt man das heute so? Nun,

ich bin auch hier, um über was Geschäftliches zu sprechen.«

»Das muss an der Landluft liegen«, sagte sie, völlig verdutzt, dass der Mann ihrer Phantasien direkt vor ihr stand. »Schau sie dir an.«

Sie richtete sich auf und schlang die Arme um ihre angezogenen Knie, um ihre Blöße zu bedecken, aber er hatte gar keinen Blick auf ihre nackten Brüste geworfen. Er stand ziemlich steif da, zwei Schritte von der Liege entfernt.

»Ich will sie mir nicht ansehen«, sagte er. »Ich will viel lieber dich anschauen. Wer hätte das gedacht? Ich habe versucht, die verwegene Frau aus der Scheune mit der kleinen scheuen Cousine Janie in Einklang zu bringen. Das fiel mir sehr schwer, denn jedes Mal, wenn ich dich danach gesehen habe, hattest du immer weniger an. Die kleine süße Janie meiner Kindheit ist mir immer weiter entrückt.«

»Seit der Scheune hast du mich erst zweimal gesehen«, sagte Janie, aber das hörte sich hohl an, als sie es ausgesprochen hatte. »Die meiste Zeit bist du mir aus dem Weg gegangen.«

»Hast du mich vermisst?«

Er setzte sich ins Gras, und sie spürte, wie die Hoffnung in ihrem Herzen zu keimen begann.

»Ja. Nein. Dumme Frage. Ich wollte dich sehen, das ist alles«, sagte sie. »Um zu erklären ...«

»Was denn? Warum du mein Holz gestohlen hast? Warum du in der Scheune über mich hergefallen bist?«

»Ja. Nein, verdammt. Das hast du immer schon geschafft, Jack.«

»Was denn?«

»Mich zu verunsichern, mich zu unterbrechen, mich zu necken und zu ärgern.«

»Offenbar nicht genug. Ich hätte dich viel mehr necken und ärgern sollen. Entschuldige, Janie, ich habe dich unterbrochen. Du hast gesagt, du wolltest was erklären.«

Sie seufzte verärgert. Er trug wieder ein altes T-Shirt und lange Khakishorts, und er war barfuß, und obwohl er ziemlich schäbig gekleidet war, unterschied er sich gewaltig von dem Schuljungen mit den abstehenden Ohren, der sie damals so oft gehänselt und geärgert hatte. Er kaute auf einem Grashalm und schaute träge hinüber zu Sally und Jonathan. Seine Haare waren länger und krauser als vor einem Monat, und am liebsten hätte sie ihm die Brille abgenommen.

»Ich wollte dir erklären, wie das mit Jonathan gekommen ist, damals im Cottage, als du plötzlich auf der Matte standest«, sagte sie verlegen. »Ich wünschte, du hättest das nicht gesehen. Es war nicht so, wie es aussah.«

»Aus meiner Sicht sah es sensationell aus«, sagte Jack. »Ich nehme an, du willst mir sagen, dass du ihn nur mal ausgeliehen hast.« Er wandte sich halb Janie zu, aber sein Blick haftete immer noch auf Jonathan und Sally. »Aber vielleicht war es ja auch gar nicht nur das eine Mal. Geht es im Cottage immer so zu, wenn Ben nicht da ist?«

Sally lag noch flach auf dem Bauch und hielt sich mit den Händen an den Tischenden fest. Jonathan hatte aufgehört, sie mit der Zunge zu verwöhnen, und Janie hob gerade rechtzeitig den Kopf, um zu sehen, wie er die unglaubliche Länge seines Schafts von hinten in Sally hineinschob. Sie rutschte ein paar Zentimeter weiter über den Tisch, und die Karaffe und die Gläser fingen an zu klirren.

Janie presste die Schenkel zusammen, als sie dem erregenden Schauspiel zusah, und erinnerte sich noch gut daran, wie sich der Pfahl in ihr angefühlt hatte.

»Nein. Ja. Wir sind diesen Sommer schon ein bisschen verrückt gewesen«, stammelte sie und versuchte, ihn wieder auf sich aufmerksam zu machen. »Du warst ja nicht da, Jack.«

»Das bereut niemand mehr als ich.«

Er sah sie grinsend an.

»Was soll das heißen?«, fragte sie. »Ich dachte, du würdest schimpfen, würdest mich zurechtweisen. Ich habe sogar damit gerechnet, dass du Vetter Ben Bescheid sagst.«

Jack streckte seine Beine und stand aus dem Gras auf. »Glaubst du, ich kann mir einen Drink bei ihnen holen?«

Sie gab ihm einen Klaps auf den Oberschenkel, und er näherte sich dem Tisch auf Zehenspitzen, langte zur Karaffe, nahm zwei Gläser und lief zu Janie zurück.

Sie stießen die Gläser aneinander und kippten den starken Cocktail, als wäre er Limonade. Janie fühlte sich ein wenig benommen und sank seufzend auf die Liege zurück. Sie zögerte einen kurzen Moment, dann streckte sie die Beine. Jack war nicht schnell genug in der Lage, den Blick glühender Lust aus den Augen zu verbannen. Er sah, wie sie auf der Liege herumrutschte, bis sie eine bequeme Lage gefunden hatte. Die Beine waren leicht gespreizt, und die Brüste hoben und senkten sich bei jedem Atemzug. Zwischen ihnen blieb es stumm, während drüben der Tisch bedrohlich zu knarren begann.

»Du irrst dich, und du irrst dich nicht«, sagte er.

Janies Stirn legte sich in Falten. Sie schloss die Augen. »Du sprichst in Rätseln.«

Sie fühlte, wie er sich auf das Fußende der Liege setzte, aber sie hielt die Augen geschlossen. Ein warmes Gefühl der Zufriedenheit regte sich in den Zehen und breitete sich von dort langsam in ihrem Körper aus.

»Du irrst dich, wenn du geglaubt hast, ich würde mit dir schimpfen wollen«, erklärte er. »Das wollte ich nicht. Du kannst tun und lassen, was du willst. Ich bin nur eifersüchtig wie ein Hund, das ist alles. Ich hätte vor ihm da sein müssen. Ich hätte dich nehmen sollen, nicht er. Und auch die anderen nicht. Und ausgerechnet Maddock.«

Janie musste lachen, als sie an Maddock dachte, aber Jack lachte nicht. Sie hielt den Atem an und wartete, dass er fortfuhr, aber er blieb still.

»Maddock hat mehr zu bieten als nur schmutzige Gummistiefel und seinen Land Rover«, sagte sie. »Er ist ein Sohn der Scholle. Ich meine, bei jedem Stoß hat man das Gefühl, er wollte einen Pfahl in den Boden rammen.«

»Hör auf, Janie, es passt nicht zu dir, so krude zu reden. Ich habe dich für zivilisierter gehalten, auch wenn du eine gemeine Diebin bist.«

Sie kicherte, und wieder rutschte sie herum, um eine noch bequemere Position zu finden. Die Sonne brannte nicht mehr ganz so heiß, aber sie war noch warm genug, um Energie aus ihrem Körper zu ziehen. Am liebsten würde sie ein bisschen dösen.

»Aber du irrst dich nicht, wenn du angenommen hast, dass ich Ben Bescheid gesagt habe.«

Jetzt war sie verdutzt. Warum hatte er das getan? Sie griff nach ihrem Glas und nahm einen kräftigen Schluck.

»Ja, ich war bei ihm und habe ihm alles gesagt. Er weiß Bescheid.«

Janie setzte sich abrupt auf und verschüttete ihren Drink genau in dem Moment, als der Tisch laut über die Platten der Terrasse kratzte, geschoben von Jonathans wuchtigen finalen Stößen. Er stand noch über Sally gebeugt, und während er sich in ihr verströmte, schrie Sally auf, und Jonathan ließ sich keuchend und zuckend über sie fallen.

Jack wandte den Blick von diesem Schauspiel, er rutschte näher an Janie heran und beobachtete, wie der kalte Cocktail von ihren Nippeln tropfte. Janie sah an sich hinunter. Die Kälte ließ die Warzen wieder hart werden. Die Wirkung war viel bemerkenswerter, als sie nur der frischen Luft auszusetzen, sie zuckten und brannten, waren prall vor Verlangen und schwollen noch an, weil auch die Brüste zu wachsen schienen. Ihr stockte der Atem, und in ihrem Bauch flatterte es wieder, als hätte sich dort ein Schwarm von Schmetterlingen versammelt.

Sie saß einen Moment still und versuchte zu ergründen, was er gerade gesagt hatte, aber sie konnte ihre Gedanken nur darauf konzentrieren, dass er ihre Brüste ansah, was ein sanftes, willkommenes Zucken in ihrem Schoß auslöste. Sie rutschte auf der Liege noch näher an ihn heran, dann hob sie ein Bein von ihm und legte es auf die andere Seite der Liege. Jetzt saß er gespreizt da, und sie lag zwischen seinen Beinen.

»Leck die Tropfen ab«, sagte sie und mochte kaum glauben, dass sie so unverschämt sein konnte. Er starrte weiter auf die Nippel. Nur das Pochen seiner Adern am Hals verriet, dass noch Leben in ihm steckte. Sie nahm ihm die Sonnenbrille ab und legte sie ins Gras.

»Ich sagte, du sollst die Tropfen ablecken. Tu, was ich dir sage, Jack. Wir sind keine Kinder mehr, und diesmal bin nicht ich es, die Befehle ausführen muss.«

Sie streckte die Hände aus und griff in seine krausen Haare, sie zerwühlte sie mit den Fingern und zog seinen Kopf zu ihren Brüsten. Er schien sich zu sträuben, und sie fragte sich, ob sie sich zur Närrin machte, aber dann stieß er ein gequältes Stöhnen aus, als hätte er sich in dem Moment entschieden, seine Gegenwehr aufzugeben.

Janie kniete sich und rutschte auf ihn zu. Sein dunkler Kopf befand sich nun auf einer Höhe mit ihren Brüsten. Sie legte die Hände um seinen Kopf und schob sein Gesicht in das einladende Tal zwischen den prallen Hügeln.

»Vorher waren sie unter den vielen Stoffschichten verdeckt«, murmelte er. »In der Scheune. Ich habe gefühlt, aber ich habe nicht gedacht, dass sie so wunderbar gewachsen sind.«

Jacks Stimme wurde durch ihre Haut gedämpft, und sie rutschte weiter, grätschte über seine Schenkel und hielt ihn gefangen. Ihre Erinnerungen kamen nicht zur Ruhe. Jetzt musste sie wieder an den blonden Jungen in den Dünen denken, der ihre Brüste in seine ungeschickten Hände nahm und nicht so recht wusste, was er mit ihnen anfangen sollte – bis sie es ihm zeigte.

Als die warme Spitze von Jacks Zunge über Janies Brust strich und dann in das feuchte Tal dazwischen und wieder den Hügel hoch zur anderen Brust, da spürte sie den Unterschied. Da war ein Mann bei der Arbeit.

Janie bewegte sich nicht mehr und setzte sich seinen Liebkosungen mit der Zunge aus. Dicht vor der strotzenden Warze hielt die Zunge inne, dann umkreiste sie aufreizend langsam die Aureole, und Janie musste ihre ganze Willenskraft aufbieten, um den Nippel nicht in seinen Mund zu stoßen, wie sie es bei dem blonden Jungen getan hatte.

Um sich abzulenken, schaute sie hinüber zum Tisch, aber Sally und Jonathan waren gegangen. Ihr rosa Tanga lag verloren auf dem Boden.

Jacks Zunge flatterte wie die Zunge einer Eidechse über Janies Nippel. Sie spürte, wie die Warze mindestens einen Zentimeter über die Brust hinausragte, und jeder Strich seiner Zunge war näher und gleichzeitig ferner, denn sie berührte die Brust selbst nicht mehr.

Auf den Backen rutschte sie noch näher, bis sie seinen Schoß gegen ihren spürte. Ihr Bikinihöschen war durchtränkt; der Stoff zwängte sich zwischen die nassen Labien. Die elektrischen Stromstöße schossen durch sie hindurch, von den Nippeln bis hinunter zum Nabel, von den Labien bis zum Anus. Sie hob sich ihm langsam entgegen und wartete ungeduldig darauf, dass das Verlangen ihres Körpers gestillt wurde.

Mit einer Hand drückte Jack gegen ihre Brust, die andere legte sich auf ihren Po. Janie musste kichern, als ihr nasses Höschen und die Knöpfe seiner Shorts sich berührten. Sie würde nasse Flecken auf seinen Shorts hinterlassen, dachte sie und strich mit den Händen vom Kopf über seinen Brustkorb zu seinem Bauch. Sie begann, seine Shorts aufzuknöpfen, und dann spürte sie, wie er einen Nippel in den Mund nahm und zu saugen anfing. Er nagte und biss, speichelte die Warze ein und attackierte sie mit der Zunge, ehe er sich der anderen Warze zuwandte und die erste mit Daumen und Zeigefinger quetschte.

»Ich will, dass du das immer so weiter machst«, stöhnte sie und schob die Shorts über seine Hüften.

»Ist das ein Befehl?«

Sie rutschte nach hinten, er hob den Hintern an, und sie zog seine Shorts aus. Darunter trug er nichts, und als sie seine Erektion sah, leckte sie sich in Vorfreude über die Lippen.

»Dein Schwanz lag unter all den Kleiderschichten versteckt, als ich ihn in der Scheune spürte«, sagte sie grinsend, nahm ihn in beide Hände und rieb ihn auf und ab, wovon er noch größer wurde. »Ich habe ihn gefühlt, aber ich hatte keine Ahnung, wie schön gewachsen er ist.«

»Willst du mich auf den Arm nehmen?«

Sie gluckste wieder, rieb ihn kräftig, wobei sie ihm in die Augen sah. Nach einer Weile ließ sie sich von der Liege ins Gras sinken. Einen Moment lang lag er auf allen Vieren über ihr. Er hatte noch sein T-Shirt an; der steife Schaft pulsierte in ihren Händen, dann kniete sie sich auf die Liege und drückte Jack auf den Rücken – genauso, wie er sie auf dem Strohballen in der Scheune auf den Rücken gedrückt hatte.

»Warum sollte ich dich auf den Arm nehmen? Ich möchte dich nehmen, und ich werde dir auch zeigen wo und wie.«

Sie wusste, dass sie nicht viel länger warten konnte. Ihr wurde bewusst, dass dies genau das war, worauf sie den ganzen Sommer gewartet hatte. Die Vielzahl ihrer sexuellen Erfahrungen war höchst erstaunlich gewesen, und sie wollte auch keine davon missen, auch nicht die mit Mimi, aber es war Jack, der ihre Sexualität neu geweckt hatte. Während des Sturms hatten sie sich beide geweckt.

Er war es, den sie hatte finden wollen, er war es, mit dem sie viel weiter gehen wollte, falls er dazu bereit war. Sie hatte neue Positionen gelernt, neue Menschen getroffen, aber mit ihm wollte sie die Summe ihrer Erfahrungen genießen. Wahrscheinlich war das nichts anderes als das, was Sally zu Jonathan hinzog.

»Fick mich, Jack«, sagte sie laut, und es war ihr egal, ob jemand es hörte und ihren Wortschatz krude fand. Sie zerrte den Tanga zur Seite und zeigte ihm ihre Pussy. Sie fand, es wäre mehr sexy, wenn sie das Höschen anbehielt.

Er lächelte träge und sah sie unter den langen Wimpern an. Sie empfand große Lust, als sie die Schönheit seiner dunkelbraunen Augen sah. In der Scheune war es zu dunkel gewesen, um seine Augenfarbe auszumachen. Als sie Kinder waren, hatte er seine Brille nie abgenommen. Jetzt lag er nackt und verletzlich da, aber er war trotzdem stärker als sie.

Sie wollte sich auf seinen ungeduldig zuckenden Schaft niederlassen, aber er packte ihre Hüften und hielt sie fest, bevor die Eichel in sie eindringen konnte.

Sie wartete. Ihre Schenkel zitterten. Er ließ sie langsam herab, die Eichel pflügte zwischen die Labien und drückte gegen die glühende Klitoris.

»Du hast die Kontrolle noch nicht ganz, Janie«, sagte er, dann drückte er ihre Hüften nach unten und pfählte sie auf seinen Fleischspieß.

Sie kreischte laut über die brutale Wucht des Eindringens, aber dann fanden sie rasch zu einem wilden, unbeherrschten Rhythmus, als wollten sie verlorener Zeit nachjagen, und scherten sich nicht mehr um Kontrolle.

Janie streckte sich auf ihm, quetschte ihre Brüste auf seinem Oberkörper und attackierte seinen Mund mit ihren Lippen. Ihre Beine lagen ausgestreckt zwischen seinen, und jedes Mal, wenn er von unten zustieß, hoben sie sich leicht an, ehe sie wieder nach unten sackten und auf den nächsten Stoß warteten.

Ihre inneren Muskeln sogen ihn immer tiefer ein. Sie richtete sich auf, stützte sich mit den Knien im Gras ab und hüpfte hechelnd auf und ab. Sie hörte sich quietschen und schreien, diese Laute mussten aus ihr heraus, sie bauten die Anspannungen ab, die sich in ihr entwickelt hatten.

Nach einer Weile schmiegte sie sich wieder an ihn, sie wollte den Orgasmus hinausziehen, aber sie spürte, dass er sich nicht mehr aufhalten ließ, und so ließ sie sich von ihm hin und her wiegen, sie bewegte sich mit ihm, drückte ihr Ohr auf seine Brust und hörte die knurrenden Geräusche seiner Ekstase.

Sie spürte, wie sein Schaft in ihr zuckte und noch einmal anschwoll und härter wurde, und im nächsten Moment lösten sich alle Spannungen, sie wurden weggespült mit ihren gemeinsamen Säften, die sie überfluteten, warm, nass und lange erwartet. Sie erschauerte auf ihm, und sie musste sich an ihm festhalten, um nicht abgeschüttelt zu werden.

»In der Scheune hast du nicht gewusst, wer ich war?«, fragte er, nachdem er wieder zu Atem gekommen war.

»Nein. Du warst genau zum richtigen Zeitpunkt am richtigen Ort. Ich brauchte jemanden, der mich daran erinnerte, wie gut Sex sein kann.«

»Ist das wirklich wahr? Ich dachte, du wärst so ein süßes Mädchen, Janie Flower. Jedenfalls warst du das früher. Ich bin entsetzt.«

»Geh mir weg mit süß. Du und der böse Vetter Ben, ihr habt mich jahrelang gepiesackt. Und ihr habt mich bei euren Spielen nicht mitmachen lassen. Du hast mich nicht ausstehen können. Kein Wunder, dass ich dich nicht erkannt habe. Obwohl mir die Brille zu denken gegeben haben sollte.«

»Wie kannst du dich nur so irren? Damals waren wir beide scharf auf dich. Du warst das Mädchen in unseren feuchten Träumen. Wir haben uns geprügelt um dich.«

»Aber du warst immer so schrecklich zu mir. Und Ben war mein Vetter, er konnte also gar nicht scharf auf mich sein.«

»Das hat er auch gedacht, aber dann war ich so blöde, ihn darauf hinzuweisen, dass ihr nur Kinder von Cousins seid, und die dürfen sogar heiraten.« Er griff nach seiner Brille. »Danach war er nicht mehr zu halten, und weil wir uns immer mehr um dich gestritten haben, stand unsere Freundschaft sogar auf der Kippe.«

Janie schüttelte den Kopf und schob eine Haarsträhne aus dem Gesicht. »Ich kann es kaum glauben. Ben hat mir nie etwas davon erzählt.«

»Dafür war er zu stolz. Aber wenn er zurückkommt, kannst du ihn ja fragen. Als wir das letzte Mal zusammen hier in Ferien waren, hatten sich die Zeiten schon geändert. Wir sind zu schnell erwachsen geworden.«

»Ich war fünfzehn, und ihr wart beide sechzehn.« Sie spielte mit ihren Haaren und band sie zu einem Zopf, den sie über die Schulter warf.

»Und mit den Spielen war es auch vorbei.«

»Du hast mit dem Luftgewehr auf mich geschossen!«, rief Janie.

»Nein, ich habe auf Möwen geschossen und wollte dir imponieren«, verteidigte sich Jack. »Ich wollte dich einladen, mich mit dir verabreden, aber dann bist du einfach verschwunden, und kurz darauf war der Sommer vorbei und unsere Kindheit.«

»Sentimentaler Kram.«

»Du kannst ja Ben fragen.«

Sie boxte ihm verspielt in die Rippen und sah in den Garten. Lange hatten sie sich nicht auf der Liege vergnügt, aber die Sonne hatte sich in der Zwischenzeit hinter eine Reihe hoher Bäume verkrochen, die an der Grenze zu Jacks Grundstück standen, und es war merklich kühler geworden. Von Jonathan und Sally war noch nichts zu sehen. Die einsetzende Dämmerung setzte eine andere Erinnerung in ihr frei.

»Da gab es einen bestimmten Moment«, murmelte sie. »Du und ich waren allein – war es diese Scheune oder eine andere? Jedenfalls kann ich mich an viel Stroh erinnern.«

»Wir spielten Verstecken mit einigen jüngeren Vettern und Cousinen von dir. Es war ein Heuschober auf einem der Felder. Wir waren schon zu alt, um noch solche albernen Spiele mitzumachen, aber hatten das richtige Alter, um völlig sexbesessen zu sein. Oder vielleicht traf das auch nur auf mich zu, wann immer du in der Nähe warst. Wir haben uns in diesem Heuschober versteckt. Ich war ganz nah bei dir und wollte dich küssen. Ich weiß nicht, was ich falsch gemacht habe, jedenfalls bist du kreischend aus dem Schober gekrochen.«

Janie lachte. »Ich erinnere mich noch daran, wie ich mich in deinen Brillengläsern gespiegelt habe, als du dich zu mir gebeugt hast.«

Sie schwiegen einen Moment.

»Er wird bald hier sein«, murmelte Jack, mehr zu sich selbst. Janie rutschte von ihm und spürte, wie der Penis langsam aus ihr glitt. Sie blieb eine Weile auf dem Rücken im Gras liegen und blickte zum blassen Himmel.

»Wer?«, fragte sie dösend, als er keine weiteren Erklärungen abgab.

»Ben. Vetter Ben. Ich habe dir doch gesagt, dass er über alles Bescheid weiß.«

»Und er kommt hierhin?«

»Ja! Himmel, Amsterdam ist ein Altersruhesitz im Vergleich zu dem, was hier abgelaufen ist.«

Er zog sie an sich, drückte sie gegen seinen Körper, und zu ihrer Überraschung spürte sie ein neues Begehren in ihrem Innern. Sie schlang ein Bein über seins und begriff, dass die überbordende Erregung nicht nur vom neuen (erwachsenen) Jack ausgelöst worden war, sondern auch von dem Gedanken, dass er und Ben vor all den Jahren schon scharf auf sie gewesen waren. Der gute, zurückhaltende Ben, vor dem sie Angst hatte, selbst heute noch, und mit dem sie sich nur am Telefon unterhielt.

»Komm, wir sehen nach, was die Sexbesessenen treiben«, schlug Jack vor.

Sie wandte ihm den Rücken zu und fühlte sich plötzlich ruhelos. Sie sprang auf, zog ihre Shorts und das bestickte Top an. Die meisten Knöpfe waren abgesprungen. Sie schritt um das Cottage herum.

Ja, klar, da stand er, genauso, wie sie es sich vorgestellt hatte, als sie und Sally am ersten Abend darüber gesprochen hatten – der Wigwam. Sie hatten Derek die Aufgabe gestellt, neben dem Cottage ein Indianerzelt aufzubauen, und er hatte seine Aufgabe wunderbar gelöst.

Sally rannte aus der Küchentür, als Janie sich näherte. Sie trug Decken und Kissen.

»Wir dachten, wir könnten drinnen im Wigwam essen, aber wir haben nicht genug Platz«, trällerte sie. »Jono und ich haben es gerade ausprobiert«, fügte sie augenzwinkernd hinzu. »Ich nehme an, du weißt, was ich meine. Es gibt nur Platz für zwei Personen in der Hundestellung. Aber selbst ich weiß, dass man auch zu viel des Guten haben kann. Wir werden es auf dem Rasen tun«, rief sie dann und strahlte übers ganze Gesicht. »Ich rede vom Abendessen.«

Jonathan folgte ihr mit einer Kiste Champagner und mit einem glänzenden neuen Grill, den er aus seinem Kofferraum geholt hatte. Janie musste kichern, als sie Jonathan in der berüchtigten Schürze sah. Sally trug sein Polohemd, das ihr bis zu den Knien reichte.

»He, hast du...?« Janie sah, dass Sally nicht zuhörte, deshalb ging sie zum Wigwam und grinste breit, als sie das blutrote Innere sah, angestrahlt von der untergehenden Sonne. »Rate mal, wer bald ins Cottage kommt.«

»Wer denn? Oh, Janie, wir müssen dir auch was sagen.« Sally ließ Decken und Kissen ins Gras fallen. »Jonathan und ich kehren nach London zurück.«

Janie runzelte die Stirn. »Das geht doch nicht. Der Sommer ist noch nicht vorbei.«

»Ja, ich meine ja auch nicht sofort, aber in den nächsten Tagen. Wir müssen unser Geschäft aufbauen.«

Janies Gliedmaßen waren schwer, sie hatte keine Kraft mehr, sich zu streiten. »Was immer dich glücklich macht, Baby. Aber ich glaube, es wird dir schwer fallen, von hier wegzugehen.«

Sally legte ihren Kopf für einen Moment auf Janies Schulter. »Du hast Recht. Die Zeit hier war ein Jungbrunnen für mich. Ich hätte nie gedacht, dass es mir hier so gut gehen würde. Du bist die Beste, Janie, und das Höchste war, dass mir der Vater aller Bastarde hierher gefolgt ist und kleine Brötchen backt.«

»Ja, wer hätte das gedacht?«

»Und wer hätte gedacht, dass du dich zur einheimischen Nymphomanin entwickelst? Du hast mich ja fast in den Schatten gestellt. He, ich sagte *fast*.« Sally lachte. Jonathan rief irgendwas, aber sie verstanden ihn nicht »He, was wolltest du mir eigentlich erzählen?«

»Ach, nichts.«

Janie stand in der Mitte des Wigwams, wo das Feuer brennen würde, wenn es angezündet wäre, und starrte auf die spitze Decke über ihrem Kopf. Es war genau wie in ihrer Erinnerung; Derek hatte wirklich großartige Arbeit geleistet. Vielleicht hatte er als Kind auch in einem Wigwam gespielt. Nur eins passte nicht in ihre Erinnerung – der Wigwam war niemals so klein gewesen. Oder doch? Damals waren sie Kinder gewesen.

Janie empfand eine leise Enttäuschung. Sie schlang die Arme um sich und fand, es war besser, Bens bevorstehende Ankunft für sich zu behalten.

Die einheimische Nymphomanin – eine dumme Charakterisierung, und trotzdem gefiel sie ihr. Sally hatte Recht. Wo immer sie hinschaute, sah sie Sex. Sie streckte ihren schmerzenden Rücken. Sie hatte den Mann, den sie wollte. Sie fing an, die neue Janie zu mögen.

Eine überraschende Brise zupfte an der Leinwand, die Derek für den Eingang zum Wigwam zurückgeschlagen hatte, und jemand kroch hinein. Janies Körper entspannte sich in dem Wissen, dass Jacks Hände sie jeden Moment wieder streicheln würden. Sie wusste, sie würden sich wunderbar auf ihrer Haut anfühlen.

Sie drehte sich nicht um, aber ihre Nackenhaare stellten sich auf, als er reglos hinter ihr stand. Sie konnte hören, wie er den Mund öffnete, um etwas zu sagen, aber dann konnte sie nur seinen Atem hören. Sie schloss die Augen. Keine Frage, Sallys Prognose war richtig; es gab nur Platz für ein Paar im Wigwam. In der Ferne hörte sie Sally und Jonathan übers Essen streiten, aber im Zelt war es still und dunkel.

Endlich berührte er ihre Vorderseite. Seine Hände strichen über ihren Bauch. Zögerlich, fand sie lächelnd. Als ob er sie noch nie gestreichelt hätte. Sie lehnte sich zurück gegen ihn, und er stolperte leicht, als er unerwartet ihr Gewicht auffangen musste. Sie nahm seine Hände und schob sie höher, über die dünne Bluse, bis sie auf ihren Brüsten ruhten.

Sie fühlte, wie er sich hinter ihr versteifte, wie das Begehren ihn erfasste. Seine Finger suchten nach den Knöpfen der Bluse, und er fand die wenigen, die noch geblieben waren. Janie ließ die Finger auf seinen Gelenken liegen und hielt ihn davon ab, die Knöpfe zu öffnen. Sie wollte die Brüste noch bedeckt halten, sie schwollen an und drohten die Knöpfe zu sprengen.

Janie lächelte still vor sich hin und unterdrückte ein aufgeregtes Lachen. Nie wieder würde sie dicke, lange Pullover oder weite Hemden tragen, unter denen sie ihre großen Brüste verstecken konnte. Himmel, seit sie hier war, hatte sie nicht einmal einen BH angezogen. Ihre Brüste drängten sich den liebkosenden Händen entgegen, und das Lächeln wandelte sich in ein lustvolles Stöhnen. Er atmete schwer in ihrem Nacken und schmiegte sich ungeduldig an sie.

»Nun warte mal ab«, sagte Janie in das dampfende Schweigen. »Dies ist mein Wigwam, und dies ist meine Phantasie. Hier hast du das zu tun, was ich sage.«

Jack zögerte, dann wich er von ihr zurück. Die Klappe fiel herunter und deckte den Eingang ab.

»Knie dich«, befahl sie.

Schmunzelnd sah sie, wie er ihren Befehl ausführte. Sie öffnete die kleinen Knöpfe der Bluse und enthüllte das tiefe Tal ihrer Brüste. Sie hielt die Bluse noch einen Moment zusammen, dann ließ sie den Stoff von den Schultern gleiten und bewegte verführerisch den Oberkörper, wie sie es bei Sally gesehen hatte, als sie bei den Kicker Girls strippte.

Wie aufs Stichwort setzte im Haus die Musik ein, langsamer, wehmütiger Jazz. Janie nahm ihre Brüste in die Hand und knetete sie, zuerst sanft, dann immer härter. Dies war ihre ganz persönliche Schau. Sie konnte nicht tanzen, aber sie wusste, wie sie sich selbst Spaß bereiten konnte. Es war ihr nicht möglich, Jacks Gesicht zu sehen, weil es im Schatten lag, aber sie ahnte, dass er sie in diesem Moment anschmachtete. Sie konnte sich auch Bens Gesicht vorstellen, wenn er jetzt neben seinem Freund gekniet hätte.

Eine Welle heißer Lust schwappte über sie, als sie tiefer in ihre Phantasie trat. Die Musik wurde lauter, und sie koste ihre Brüste voller Leidenschaft, während ihr Oberkörper hin und her schwang. Sie fühlte, wie sich ihr Körper entspannte, wie sie die gierigen Blicke der beiden Jungen genoss, die bestimmt steif wurden und ihre Blicke nicht von ihr wenden konnten.

Die Hitze erfasste ihren Schoß und ließ es herrlich in ihm prickeln. Der ganze Körper wurde von dieser Glut erfasst, und sie wurde fast verrückt vor Lust und davor, dass sie sich traute, sich so schamlos zu zeigen.

Sie legte einen Arm unter die Brüste und hob sie an, und die Hand strich und zupfte an den empfindlichen Nippeln, während sie mit der anderen Hand ihre Shorts nach unten schob, bis sie auf den Boden rutschten. Sie trat aus ihnen heraus und ging auf Jack zu, spreizte die Schenkel und stellte sich vor ihn, ihr Schoß direkt vor seinem Gesicht.

Seine Hände strichen über die Rückseite ihrer Schenkel und kitzelten die empfindliche Haut ihrer Kniekehlen. Janie drückte ihren weichen Busch gegen sein Gesicht und fühlte seinen heißen Atem. Sie wiegte die Hüften, schwenkte sie vor und zurück und konnte den Rhythmus nicht mehr anhalten, weil er dem Sehnen entsprach, das durch ihren Körper floss.

Er packte ihre Pobacken, grub seine Finger hinein und zog ihre Pussy zu seinem Mund. Sie war schon so scharf, dass sie laut und sehnsüchtig aufstöhnte, als sie seine Zunge spürte, die gegen ihre Klitoris stieß. Sie mahlte den Schoß an seinem Gesicht, und es kostete fast übermenschliche Kräfte, einen Schritt zurückzutreten. Die Zeit war noch nicht reif.

Sie drehte sich leicht seitlich ab, um sich dem zweiten Jungen im Wigwam zuzuwenden, der ebenfalls zu ihrer Phantasie gehörte – ihr Vetter Ben. Er würde auf allen vieren da hocken und sein Gesicht an ihrem Schenkel reiben.

Zurück zu Jack. Sie stand wieder mit gespreizten Beinen da und drückte ihre Pussy gegen sein Gesicht. Er teilte ihre Labien mit den Fingern, hielt sie auseinander und begann sanft mit den Zähnen zu nagen.

Janie lächelte und spürte, wie ihre Beine zu zittern begannen, während Jack die Zähne immer mehr einsetzte, und sanft war er jetzt auch nicht mehr. Aber es gefiel ihr. Sie stellte sich vor, dass Ben hinter ihr war und über ihre Backen rieb. Ihre Phantasien hatten sie derart erregt, dass sie fürchtete, viel zu schnell zu kommen.

Sie zog sich von seinem Mund zurück und hörte ihn leise fluchen. Mit einer Hand hob sie weiter ihre Brüste an, die andere drückte gegen ihren Schoß. Sie musste sich zwingen, die Finger still zu halten. Sie setzte sich langsam auf den Boden und schlug wie eine Squaw die Beine übereinander. Sie breitete die Arme aus, eine freundliche, ermunternde Geste, und legte sich auf den Rücken.

Jack kroch sofort zu ihr, legte sich auf sie, streichelte und küsste sie, spreizte ihre Schenkel, drückte die Arme über ihren Kopf und hatte nun freien Zugang zu ihrem Körper.

Janie stellte sich wieder vor, dass sie zu dritt waren. Sie wälzte sich auf dem Boden herum, aber Jack hielt sie fest und fiel über ihre Brüste her. Er umfasste sie mit den Händen, spielte mit den Nippeln, drückte sie, zwickte sie und nahm sie abwechselnd in den Mund. Janie stöhnte und quietschte, sie spürte den nahenden Orgasmus und hoffte, dass sie ihn noch hinausschieben konnte.

»Ich will dich in mir spüren – jetzt.«

Janie schlug die Augen auf und spürte die vertraute Wärme von Jacks Körper. Er drückte den Mund fest auf ihren und küsste sie lange, dann schob er die Beine noch weiter auseinander und führte behutsam seinen harten Schaft in sie ein.

Sie wusste, wenn sie sich jetzt gehen ließ, würde sie sofort ihren Höhepunkt erleben, aber sie wollte ihn viel länger ausdehnen. Ihr genügte schon das Wissen, dass sie Jack erneut genießen durfte. Ben verschwand immer mehr aus ihrer Phantasie; dies hier war die Wirklichkeit, dies war Jacks Story. Sie fragte sich, was Ben jetzt von ihr halten würde, eingeschlossen im Wigwam, der Schwanz des Jugendfreunds tief in ihr, ihre Brüste nackt und geschwollen, ihr Mund weit offen vor Ekstase. Sie hoffte, er würde beeindruckt sein – aber wenn sie ehrlich war, interessierte sie Bens Meinung nicht.

»Janie! Janie! Hier ist jemand, der dich sehen will! Und wir haben den Grill angeworfen. Wir sind bereit!«

Sallys Stimme drang durch ihr heftiges Atmen, und Jack und Janie mussten ihr Lachen unterdrücken.

»Nur noch ein bisschen mehr, Jack«, keuchte Janie. »Nur noch ein bisschen ...«

Sie war nass, und Jack fühlte sich angefeuert. Janie

schlang die Beine um seine Hüften, als er zu seinen schnellen, tiefen Stößen ansetzte. Ihre Gedanken waren ausschließlich auf Jack konzentriert – das erste Mal überhaupt, fiel ihr ein. In der Scheune war sie von den jungen Burschen am Eingang abgelenkt, da war es ihr so vorgekommen, als befände sie sich in einem Film. Aber jetzt hörte sie, wie sie Jacks Namen rief.

Sie ließ sich von den Wellen des Orgasmus überrollen, und Jacks Stöße wurden wilder und wuchtiger, als er sich so nah am Ziel wusste. Er rammte tief in sie hinein, und dann brach auch bei ihm der Damm, er bedeckte ihr Gesicht mit Küssen und füllte sie mit seinem Samen.

Sie hörten Kichern und Rufen. Jonathan stand wahrscheinlich in seiner Schürze am Grill und drehte die Würste.

Janie setzte sich auf und zog die Knie vor die Brust. Draußen klirrten Gläser, und der Geruch der Holzkohle vom Grill waberte zu ihnen herüber.

»Komm, lasst uns essen«, sagte Janie.

»Ist das wieder ein Befehl?«, fragte Jack glucksend und tastete nach der Decke, die vor dem Ausgang hing.

Janie lachte. Der Wigwam schwankte bedenklich, als sie sich durch die Öffnung zwängten. Er schien sich zu einer Seite zu neigen, und im nächsten Moment kippte Dereks schmalbrüstige Konstruktion zusammen. Bambusstäbe ragten hoch in die Luft, die Decken fielen in sich zusammen, und die beiden krochen nackt und blinzelnd ans Licht.

»Du hast sie also gefunden, Jack.«

Sie fuhren herum und griffen nach einem roten Stoff, um sich zu bedecken. Jack sah wie ein Indianerkrieger mit Lendenschurz aus.

Ben stand auf dem Rasen und sah in seinem grauen

Anzug wie ein Mann aus einer anderen Welt aus. Er sah sich in seinem eigenen Garten um, als wäre er gerade vom Mars gelandet. Janie erinnerte sich an diesen defensiven Blick. Als Junge hatte er oft so dagestanden, wenn er Streit erwartete, die Füße leicht auseinander, wie auf dem Sprung. Damals freilich hatte er oft noch Pfeil und Bogen dabei gehabt, um seine Überlegenheit zu demonstrieren.

»Ben!«, rief Jack inmitten von kurzen und langen Bambusstöcken. »Gut, dich zu sehen! Schön, dass du aus Amsterdam wieder zurück bist. Ich wusste nicht genau, wann…«

»Nun schaut euch doch mal an«, sagte Ben leicht tadelnd. »Man kann euch keine Minute allein lassen. Janie, solltest du nicht auf mein Cottage aufpassen?«

»Ben, das habe ich doch getan! Ich meine, ich tue es immer noch. Du kannst es dir ja mal ansehen. Alles neu.«

Janie biss sich auf die Lippen, wütend darüber, welche Gefühle er in ihr auslöste. Als wäre sie wieder acht Jahre alt. Jack legte einen Arm um sie.

»Und ich habe gedacht, du hättest dein Schwärmen längst hinter dir gelassen, Jack. Wirklich, ich hätte mir nicht träumen lassen, euch bei meiner Rückkehr von einer anstrengenden Geschäftsreise in meinem Garten tummeln zu sehen. Amsterdam war wirklich hart und anstrengend, danke für die Nachfrage.«

»Man kann eine Zurechtweisung nur schwer kommentieren, wenn man nackt einem angezogenen Mann gegenüber steht. Entschuldige, Ben«, sagte Jack. »Und ich kann nicht glauben, dass du dir in der Zwischenzeit nicht auch das eine oder andere Vergnügen erlaubt hast. Ich meine, Amsterdam ist fast so etwas wie deine zweite

Heimat geworden, nicht wahr? Hart und anstrengend? Ha, wer soll das denn glauben? Die Grachten, die Brücken, die rehäugigen Schönheiten, die vielen Göttinnen der Nacht, die mit gekreuzten Beinen in den ultraviolett angestrahlten Fenstern sitzen und dich anlocken und ...«

Ben lachte los. Er zog sein Jackett aus und warf es über einen der Stühle auf der Terrasse.

»Einer muss schließlich schuften, um sich das Cottage leisten zu können. Leute, ich freue mich, euch zu sehen, und es ist großartig, dass ihr beide euch gefunden habt. Du warst immer schon scharf auf Janie, Jack.«

»Ich war auch scharf auf dich«, platzte es aus Janie heraus.

»Ah, sie kann ja sprechen! Nun, bei den entscheidenden Dingen komme ich immer zu spät. Der beste Mann hat gewonnen.«

Janie sah Jack an. »Ja, stimmt.«

»He, was geht denn hier vor? Wieso seid ihr alle so ernst?«, rief Sally, die über den Rasen lief und eine Grillzange schwang. »Wenn ihr zwei mit eurer Nummer im Wigwam – oh, ihr müsst verdammt stürmisch gewesen sein!«

»Ach, das sollte ein Wigwam sein?« Ben hielt sich den Bauch vor Lachen.

»Da gibt es nichts zu lachen, junger Mann«, schalt Sally. »Er gehört zu Janies Phantasie, verstehst du? Nein, du verstehst überhaupt nichts.« Sie wandte sich an Janie und hob die Hand mit der Zange. »Du hast zielstrebig gearbeitet, Mädchen. Ich dachte, uns bliebe nur, am Kamin über unsere Phantasien zu sprechen, aber du hast sie lebendig werden lassen. Auch wenn eine Hauptperson nicht besetzt war.«

»Worüber sprichst du?«, fragte Ben, öffnete den obersten Hemdknopf und lockerte die Krawatte.

»Wir sprechen von Phantasien, Vetter Ben«, antwortete Sally, hob noch ein paar Decken und Kissen auf und drapierte sie um den Grill herum. »Dieses Cottage ist verzaubert. Eine Menge ist hier geschehen, was niemand hätte voraussehen können. Und du musst zugeben, dass deine kleine Cousine sich zu einer hübschen jungen Frau gemausert hat.«

»Ja, das gebe ich gern zu. Ihre Freundin ist auch nicht schlecht.«

Sally gab ihm einen Klaps auf den Arm. Jonathan blickte vom Grill auf, um zu sehen, worum es bei dem Palaver ging.

»Am liebsten würde er mir das Flirten verbieten«, sagte Sally lachend, »aber das traut er sich nicht, wenn er aussieht wie das Umschlagbild auf einem Kochbuch für erotisches Essen. Also, Ben, du trägst zu viele Klamotten. Warum legst du nicht mindestens deine Hose ab? Komm, sei ein guter Junge.«

Sie bückte sich, öffnete den Gürtel und knöpfte die Hose auf. Ben streckte sich und hob die Hände.

»Es ist schwer zu entscheiden, wer das Sagen hat«, rief er. Sally drohte ihm mit der Zange.

»Sally, du musst mir helfen«, rief Jonathan.

»Ja, gehen wir essen«, meinte Ben und hoffte, sich dadurch Sally vom Hals zu halten.

»Wir müssen Jonathan helfen«, sagte Jack, er gab Janie einen Kuss und folgte Ben über den Rasen. »Dabei kann ich dir erklären, wer hier das Sagen hat.«

»Ja, das wäre mir lieb. Eigentlich habe ich ja Maddock aufgetragen, nach dem Rechten zu sehen, aber von ihm gibt es weit und breit keine Spur.«

»Ich glaube, sie haben ihm das Gefühl gegeben, von der Aufgabe entbunden zu sein«, mutmaßte Jack. »Janie hat die Arbeiten im Cottage erledigt. Ich habe gehört, dass Maddock ein oder zwei Mal vorbeigeschaut hat.«

Jack und Ben setzten sich auf eine Decke und sahen zu, wie Janie den Salat mischte, während Sally einen kräftigen Bissen von der Wurst nahm.

»Das kann ich mir lebhaft vorstellen«, murmelte Ben. »Ich wette, er hat den Frauen einen gehörigen Schrecken eingejagt, denn er hält nichts von subtiler Taktik.«

»Nun, ich habe den Eindruck, dass sie niemandem was schuldig bleiben«, antwortete Jack. Janie warf ihm einen warnenden Blick zu. Sie wusste, dass er über die Episode mit Maddock nicht sehr glücklich war.

Jonathan hatte sich seine Hose wieder angezogen, behielt die Schürze aber an. Er setzte ein Tablett mit den verschiedenen Gewürzen und Saucen ins Gras. Die Dämmerung legte sich über den Garten, und am dunkelblauen Himmel stand ein voller Mond.

Ende

Zoe le Verdier

Die Lust der sieben Jahre

Erotischer Roman

Einer der erfolgreichsten erotischen Romane Englands

Vor sieben Jahren hatten die Studenten ihre persönlichen Ziele aufgeschrieben, jetzt treffen sie sich wieder. Doch es geht bei diesem Treffen nicht nur um Beruf und Karriere. Auch erotische Wünsche werden überprüft — oder finden jetzt ihre Erfüllung ...

»Bücher, die die Nation im Sturm genommen haben.«
Spank

Die Romane aus dieser Reihe haben allein in England eine Gesamtauflage von über drei Millionen Exemplaren. Sie werden in fünfzehn Sprachen übersetzt und sind die erfolgreichsten erotischen Romane auf der Insel.

3-404-14878-9

Jane Justine

Das rubinrote Band

Erotischer Roman

Die aufregende Jagd nach einem magischen Halsband

Die Journalistin Charlotte ist einer heißen Geschichte auf der Spur. Gibt es das rubinrote Halsband wirklich, das eine Frau willenlos macht? Im schottischen Hochland und viele Höhepunkte später kommt sie dem Geheimnis näher.

»Bücher, die die Nation im Sturm genommen haben.«
Spank

Die Romane aus dieser Reihe haben allein in England eine Gesamtauflage von über drei Millionen Exemplaren. Sie werden in fünfzehn Sprachen übersetzt und sind die erfolgreichsten erotischen Romane auf der Insel.

3-404-14864-9